YUNA DRAKE

NEVER *say* NEVER

FSC
www.fsc.org
FSC® C109510
Das Zeichen für verantwortungsvolle Waldwirtschaft

Umschlaggestaltung © My Bookcovers
Unter Verwendung von Shutterstock
Lektorat – KRC Lektorat / Melanie Anderson
Korrektorat – Sybille Weingrill
swkorrekturen.eu
odesza.info@gmail.com

ÜBER DEN AUTOR

YUNA DRAKE ist das Pseudonym einer erfolgreichen, jungen Amazon- und Bild-Bestseller-Autorin, deren Romane düstere, realitätsnahe und rasante Szenen auszeichnen. Sie veröffentlicht unter anderem auch als D.C. Odesza sinnliche, geheimnisvolle Liebesromane.

"Du wirst für immer schweigen, und ich werde in der Dunkelheit verschwinden."

Der Golden-State-Killer

VORWORT

Diese Roman-Reihe kann ohne Vorkenntnisse gelesen werden. Allerdings wäre es ratsam – um die Zusammenhänge besser zu verstehen – zuvor »Follow your Passion« *und* »Broken Blackness« *gelesen zu haben.*

Dennoch steht diese Reihe für sich allein und erzählt eine abgründige Geschichte, die dich möglicherweise an deine Grenzen bringen wird. Sie könnte so passiert sein, sie könnte auch reine

Fiktion sein. Es geschieht sehr viel auf dieser Welt, was wir für unmöglich halten.

Dies ist die Geschichte von Moira, deren Leben sich nach nur einem Anruf komplett ändert. Denn nach dem Telefonat mit einem Killer, der sich einen Spaß mit ihr erlaubt und aus ihren Ängsten ein Spiel kreiert, demonstriert er, wie machtlos sein Opfer ist.

Eine Geschichte braucht Zeit und nicht alle Fragen können innerhalb des ersten Bandes beantwortet werden. Genauso wenig wie sich Gefühle nach nur wenigen Seiten zwischen den Protagonisten entwickeln können. Gebt der Geschichte ihren Raum, denn sie wird euch in eine abgründige, verlockende Welt aus Lust, Geheimnissen und Vergehen entführen.

XOXO

♥

Yuna Drake

PROLOG
MOIRA

Der heftige Schneesturm nimmt kein Ende. Noch verschlafen starre ich aus dem beschlagenen Fenster des Busses und wische es mit dem Mantelärmel frei. An den Straßenrändern türmen sich die Schneeberge. Große Flocken wirbeln im Schein der Laternen an den dunklen Hausfassaden entlang und bedecken die gesamte Stadt Vilnius mit einer weißen erdrückenden Schneedecke.

Ich hebe meine linke Hand, um die Zeit abzulesen. Es ist

halb zwölf in der Nacht. Im Bus sitzen drei weitere Personen. Zwei junge Kerle, die mit einer Bierflasche in der Hand vorglühen und ein Mann Ende vierzig mit einer ziemlich zwielichtigen Erscheinung. Sein Gesicht wirkt aschfahl. Unter seinen Augen liegen krank aussehende Augenringe, doch trotz seiner hageren Erscheinung wirkt er wachsam. Er schaut wie ich ununterbrochen aus den beschlagenen Scheiben des Busses. Und wenn nicht, dann in meine Richtung, da er zwei Reihen entfernt mir gegenübersitzt. Ich hasse diese Momente, wenn man sich zwingen muss, eine fremde Person, die einem direkt gegenübersitzt, nicht anzustarren.

Noch zwei Haltestellen, dann steige ich aus. Die Jugendlichen verlassen grölend einen Stopp vor mir den Bus. Nun befinde ich mich mit dem unheimlich wirkenden Fahrgast und dem Fahrer allein im Linienbus 61 Richtung *Vingio* Park.

Kaum haben sich die hinteren Türen des Busses geschlossen und rollt der Bus wieder, spüre ich diese festnagelnden Blicke. Er starrt mich an. Ich muss nicht hinsehen, um es zu wissen. Auch wenn ich vorgebe, meinen dicken Mantel zu schließen, und ich nach außen gelassen wirke, ist mir dieser Moment unheimlich.

Ich denke, jede Frau befand sich schon einmal in dieser Situation. Und jede hat in demselben Augenblick das Gleiche gedacht: Hoffentlich steigt er nicht an derselben Haltestelle wie ich aus.

Ich hebe mein offenes kastanienbraunes Haar über die linke Schulter, bevor ich die Tasche umhänge und mich langsam aus meiner Sitzreihe erhebe.

»Nächster Halt: *Miglos Straße*«, ertönt die Durchsage.

Es ist die vorletzte Haltestelle, bevor die Buslinie endet. Die Wahrscheinlichkeit liegt bei fünfzig Prozent, dass der merkwürdige Mann mit mir aussteigen wird.

An der hinteren Tür angekommen, schiele ich aus den Augenwinkeln in die Richtung des Fremden. Er bleibt sitzen.

Mein Herzschlag beruhigt sich in dem Moment, als wir halten. Ich drücke den Knopf, damit sich die Tür öffnet, und steige aus. Mein Weg zur Arbeit führt über zwei sehr gut beleuchtete Straßen, an denen sich Eckrestaurants und Bars befinden. Falls mir etwas komisch vorkommt, dann husche ich in eines der geöffneten Lokale.

Mit einer inneren Anspannung betrete ich den glatten und beschneiten Gehweg. Die Bustüren schließen sich, als ich meine Umhängetasche am Riemen festhalte.

Gerade als der Bus wenige Meter losgefahren ist, stoppt er wieder. Ich drehe mich um und sehe, wie sich die hinteren Türen öffnen und der Mann aussteigt. Er muss sich umentschieden haben. *Nicht gut …*

Ohne ihn länger zu beobachten, gehe ich auf das italienische Eckrestaurant zu. Doch dummerweise scheinen sie heute eher zu schließen. Gerade als ich es erreiche, werden die Lichter im Lokal ausgeschaltet.

Es stürmt so heftig, dass ich mir die Kapuze mit dem Fellrand über meinen Kopf ziehe. Das Dumme ist bloß, dass ich so nicht mehr unbemerkt meine Umgebung mustern kann. Ist der Mann fort? Hat er eine andere Richtung genommen? Oder wohnt er in einem der Mietshäuser?

Stur, als würde ich keine Angst haben, laufe ich weiter.

Ich überquere eine Kreuzung und biege danach rechts ab. Etwa hundert Meter vor mir erhebt sich ein siebenstöckiges Gebäude, in dem ich gleich verschwinden werde.

Meine Stiefelabsätze klacken laut über den teilweise vereisten und geräumten Gehweg. In dem Moment verfluche ich mich, dass ich keine Sneakers angezogen habe.

Wenige Meter vor dem Bürogebäude kann ich das Knirschen von Schnee hinter mir hören. Jemand befindet sich auf demselben Weg wie ich.

Nun wage ich einen Blick über die Schulter und … sehe ihn. Er ist mir wirklich gefolgt. Im Laternenlicht sieht er noch unheimlicher aus als im Bus. Er wirkt in seiner geöffneten Bomberjacke und mit dem Schal bis über den Mund gezogen, als würde er sich verstecken wollen.

Mein Puls beschleunigt sich, als er meinen Blick auffängt. Augenblicklich werden meine Schritte schneller, aber nicht panisch. Es ist kein Zufall mehr, dass er sich auf dieser Straße befindet. Er hat den Bus extra anhalten lassen, hat die Kreuzung ebenfalls wie ich überquert und befindet sich auf demselben Gehweg.

Nur noch etwa fünfzig Meter, Moira.

In meiner Manteltasche umfasse ich meinen Wohnungsschlüssel. Ich habe im Fernsehen gesehen, dass, wenn man einen Schlüssel zwischen Zeige- und Mittelfinger klemmt, ihn als nützliche Waffe einsetzen kann.

Und dann? Hast du wirklich den Mumm, ihm damit in die Augen oder das Gesicht zu stechen?

Seine Schritte sind dumpf und schwerfällig. Die Laute, die meine Absätze von sich geben, hören sich schnell und aufgeregt an. Aber langsamer werden, halte ich für keine gute Idee. Mir kriecht es eiskalt den Nacken hoch, als ich mir vorstelle, dass er mich jeden Moment eingeholt haben könnte, mich an der Kapuze zu fassen bekommt und in den angrenzenden Stadtpark zerren könnte.

Kurz bevor ich den Eingang erreicht habe, drehe ich mich um. Der Mann hat aufgeholt. Er ist nur noch zehn Meter von mir entfernt.

Mein flacher Atem steigt als rauchige Wölkchen um mein Gesicht auf, während das Schneetreiben immer heftiger wird. Wind reißt braune Haarsträhnen über mein Gesicht, als ich es wieder umdrehe. In dem Moment trete ich auf eine vereiste Stelle und rutsche mit dem rechten Fuß weg. *Gott, nein!*

Ich gebe einen leisen Aufschrei von mir, bevor ich mich gerade so in Balance halten und wieder festen Stand finden kann. Ohne mich umzudrehen, laufe ich weiter, suche in meiner Tasche mit der freien Hand nach meiner Schlüsselkarte und stoppe vor dem Personaleingang.

Als ich die Karte in der Hand halte, drehe ich mich um und … entdecke niemanden mehr. *Wo … wo ist er hin?*

Unruhig suche ich mit den Augen die verschneite Straße ab, aber finde ihn nicht. Ist er in eine der Seitengassen eingebogen oder in den Park? Lauert er hinter einem der Bäume? Oder hat ihn mein kurzer Aufschrei verschreckt? Schließlich könnte ich von Anwohnern gehört worden sein.

Bevor ich mich weiter in der klirrenden Kälte aufhalte, hebe ich die Karte zum Scangerät, führe sie ein und gebe den aktuellen Code ein. Das erlösende Sirren der Tür ist zu hören.

Eilig betrete ich das Gebäude und schließe die Tür. Ein

letztes Mal schaue ich durch die Scheiben, aber kann keine Person erkennen. Doch dann sehe ich weiter hinten zwei Menschen nebeneinander laufen. Es müssen Vilma und Matas sein. Erleichtert atme ich durch, als ich Matas' hässliche Rentier-Wollmütze entdecke und sehe, wie sich das Laternenlicht in seiner Hornbrille spiegelt.

Möglicherweise hat der Mann auch die beiden bemerkt? Oder aber ich habe mir alles bloß eingebildet. Trotzdem bin ich froh, nicht nur dem grauenhaften Wetter, sondern auch dem Fremden entkommen zu sein.

Im fünften Stockwerk angekommen, bleibe ich an meinem Schreibtisch am Fenster stehen, lege die Umhängetasche ab und werde meinen Mantel los.

»Ich gehe von einer entspannten Nacht aus«, sagt Matas. »Die Leute schlafen alle und sind zu Hause. Kaum einer ist draußen unterwegs.«

»Eben weil sie nicht draußen unterwegs sind, könnten wir mehr als sonst zu tun haben«, antwortet Vilma und hängt ihre Jacke ordnungsgemäß an der Garderobe an einem Bügel auf. Ich hingegen lasse meine um die Stuhllehne hängen. Ich stelle mir eine Thermoskanne mit Tee vor den PC, packe meinen Roman aus und lege mein Notizbuch daneben.

Gerade als ich mich hinsetze und nach dem Headset greife, taucht ein Arm am rechten Sichtfeld auf. Matas stützt sich auf meinem Tisch ab und beugt sich zu mir vor.

»Arbeitest du immer noch an deinem Geheimprojekt?« Er schnappt mein Notizbuch, in dem er ungefragt blättert.

»Natürlich mache ich das. Ein gutes Buch schreibt man nicht innerhalb von wenigen Wochen.« Ehe er meine Notizen durchlesen kann, angele ich das Heft aus seinen Fingern.

»Ich will es unbedingt vorab lesen.«

»Nein, willst du nicht«, antworte ich kopfschüttelnd. »Aktuell besteht es bloß aus fünf Kapiteln.«

»Vor drei Wochen waren es noch viereinhalb.« Matas grinst mir entgegen.

»Zieh mich nicht damit auf. Ich komme einfach nicht so schnell voran, wie ich will.«

»Weil du zu viel nachdenkst. Oder dir die Inspiration fehlt.« Er setzt sich auf meine Tischplatte und schaut zu mir mit seinen warmen braunen Augen herab, während ich mir eine Tasse Tee eingieße.

»Da spricht wohl jemand mit Erfahrung.« Neugierig schaue ich zu ihm auf, bevor ich einen Schluck vom heißen Kräutertee nehme und die Augenbrauen in die Stirn hebe.

»Das nicht. Aber hättest du eine gute Idee, würdest du wesentlich schneller schreiben. Manchmal braucht es Zeit. Das wird schon.« Als wäre er mein großer Bruder, tätschelt er meine Schulter. »So, dann wollen wir mal starten, Mädels, oder?«

Matas schaut von mir zu Vilma, die ihren Zopf neu bindet und danach zu den Kollegen schaut, die weiter hinten ihre Schicht gleich beenden.

Auch wenn ich Dalia, die alles besser weiß und sich für die Schönste der Welt hält, nicht immer alles Gute wünsche, so hoffe ich, dass sie nicht dem Mann unten auf der Straße begegnen wird.

Eben weil sie schön ist, eine makellose zarte Haut besitzt, während ich einmal im Monat mit drei Pickeln kämpfe. Außerdem ist ihr braunes Haar immer perfekt geglättet. Egal ob wir gerade 35 Grad im Sommer haben oder Minus 10 Grad wie heute und es stürmt. Wenn ich ehrlich bin, beneide ich sie etwas um ihr Aussehen.

Mein Haar binde ich meistens zusammen, da es mir irgendwann lästig ist. Mein Make-up besteht aus Tagescreme, Mascara und, wenn ich hoch motiviert bin, einem coolen Lidstrich.

Da ich nachts arbeite, brauche ich mich nicht zu stylen. Nach der Schicht falle ich immer todmüde ins Bett und vor der Schicht bin ich meistens erledigt von der Uni.

Als die Mitarbeiter, die jetzt Feierabend haben, gegangen sind, schalte ich mein Mikro an, logge mich in den PC vor mir ein und klappe mein Notizbuch auf.

Wie Matas prophezeit hat, ist es die erste Stunde absolut ruhig. Fast schon langweilig.

Während Matas Papierkügelchen in den Papierkorb befördert und Vilma mit jemandem spricht, lese ich ein Kapitel in meinem Roman und kämpfe gegen die Müdigkeit.

Doch dann blinkt eine Taste und ich erhalte einen Anruf.

»Guten Abend, Sie sind verbunden mit der Seelsorge, mein Name ist Moira, wie kann …« Ein seltsames Knacken geht durch die Leitung, sodass ich meine einstudierte, freundlich gesprochene Ansage unterbreche.

»Hallo? Hören Sie mich?«, frage ich, nachdem ein störendes Rauschen eine männliche Stimme überlagert.

»Ja, hallo. Ich habe dich nicht richtig verstanden. Ich habe einen schlechten Empfang. Geht es jetzt?«

»Ja, jetzt höre ich dich. Wie kann ich dir helfen?« Geduldig warte ich ab, was mir derjenige gleich anvertrauen wird. Es ist jedes Mal eine Überraschung, welche Geschichte ich erzählt bekomme. Angefangen von einer schlecht laufenden Beziehung über ein verstorbenes Haustier bis hin zu Selbstmordgedanken ist alles dabei.

Ich arbeite seit über drei Jahren für die Seelsorge, habe eine professionelle Schulung und weiß, wie ich mit den unterschiedlichsten Themen umgehen muss. Doch das Wichtigste ist immer, der Person am anderen Ende zuzuhören, sie aussprechen zu lassen und sie ernst zu nehmen. Meistens brauchen die Anrufer jemanden, dem sie sich anvertrauen können, um sich ihren Kummer und ihre Trauer von der Seele zu reden. Reden hilft in jedem Fall, ganz besonders, wenn das Gespräch anonym bleibt. Die Anrufer erhalten Tipps und müssen sich nicht schämen, weil sie mich nie sehen oder treffen werden.

»Ich habe Sie vorhin nicht richtig verstanden. Wie heißen Sie?«, fragt der Mann am Ende der Leitung. Im Hintergrund kann ich andere Stimmen hören oder es läuft ein Fernseher. Doch mit einem Mal ist es ruhig.

»Ich heiße Moira. Am besten, wir bleiben beim Du. Das ist persönlicher. Wie heißt du?«

»Moira. Ein sehr ausgefallener Name«, stellt der männliche Anrufer fest. Auch wenn ich nicht immer mit meiner Einschätzung richtigliege, hört sich seine Stimme sehr entspannt und gelassen an. Er dürfte Ende zwanzig bis Ende dreißig sein. »Wie geht es dir, Moira?«

»Gut«, bringe ich etwas perplex hervor und drehe den Kugelschreiber zwischen den Fingern. »Die meisten Anrufer fragen mich nicht, wie es mir geht. Sie erzählen, was sie bedrückt. Möchtest du mir davon erzählen?«

»Was mich bedrückt?« Ein tiefes Ausatmen ist zu hören, bevor sein Lachen erklingt. Es ist ein leichtes beschwingtes Lachen. Er könnte etwas getrunken haben, um locker rüberzukommen. Manchmal gibt es Leute, die unter Drogenrausch anrufen, weil sie ansonsten Hemmungen haben.

»Mich bedrückt so einiges, sonst würde ich nicht anrufen. Du hast eine schöne Stimme. Wie siehst du aus?«

Augenblicklich stelle ich das Wippen mit dem Kugelschreiber ein, da das Gespräch in eine völlig merkwürdige Richtung verläuft.

»Wie … wie ich aussehe?«

»Ja, das würde mir helfen, um mir dich in meinen Gedanken vorzustellen, damit das Ganze nicht so unpersönlich ist. Ich mache das zum ersten Mal, und das nur, weil ich gerade nicht weiß, was ich anderes machen soll. Es schneit draußen, dass man besser keinen Fuß vor die Tür setzen will. Sag schon, bist du eher die Brünette, Zurückhaltende mit der schmalen Taille oder die vollbusige Blondine.«

Was hat er mich gerade gefragt? Steht er im Tee?

Klappernd fällt mein Kuli auf die Tischplatte. Er rollt geradewegs hinter meinen Computerbildschirm auf das Tischende zu. Rasch erhebe ich mich und fange ihn ein. Dabei gebe ich ein Keuchen von mir, bevor ich mich räuspere. Aus den Augenwinkeln blicke ich zu meinen beiden Kollegen, die ebenfalls telefonieren.

»Ich denke, du hast dich verwählt. Das hier ist keine Sexhotline, sondern die Seelsorge. Wenn dich also kein Problem bedrückt, sondern nur etwas in deiner Hose, dann –«.

»Nicht dein Ernst, Moira«, sagt er überrascht. Ob gespielt oder ernst kann ich nicht sagen.

»Es ist mein Ernst.«

»Dann habe ich mich in der Nummer verwählt.«

»Scheint so. Es war schön, mit dir gesprochen zu haben …« Normalerweise nenne ich den Namen der Person. Allerdings hat er mir seinen noch nicht genannt.

»Warte, warte … Leg noch nicht auf.« Wenn er wüsste, dass es eigentlich Vorschrift ist, dass der Anrufer zuerst auflegt, damit er nicht das Gefühl bekommt, abgewürgt worden zu sein, würde er das nicht sagen.

»Wieso nicht?« Stirnrunzelnd kratze ich mich an der Schläfe.

»Wenn du also keine heiße Telefonistin bist, die in Unterwäsche mit einem Telefon am Ohr auf dem Schreibtisch sitzt, dann …«

»Am besten, wir beenden das jetzt.« Eigentlich darf ich auch keinen Erzählenden unterbrechen.

»Ich wollte wirklich nicht unhöflich wirken, Moira. Wirklich nicht. Mir ist das auch etwas unangenehm. Worüber reden die Leute mit dir?«

Warum legst du nicht einfach auf, du Heini. Ich bin nicht zu deiner Belustigung hier. Es gibt Menschen, die anrufen, weil sie ernsthafte Probleme haben. Echte Sorgen.

»Ich möchte auch nicht unhöflich rüberkommen, Fremder, der mir nicht mal seinen Namen genannt hat.«

»Ich heiße Arūnas.«

»Arūnas. Okay, freut mich, dich zu hören. Normalerweise rufen Leute diese Hotline an, weil sie etwas belastet. Sie heißt nicht umsonst S-e-e-l-sorge. Das bedeutet, dass jemand ein Problem zu bewältigen hat und sich nicht damit allein auseinandersetzen kann oder will. Oder ihn etwas beschäftigt und er einen Zuhörer braucht. Ich muss dir leider deine Illusion nehmen, dass ich hier in Unterwäsche mit einem pinken Plüschtelefonhörer sitze und dir ins Telefon stöhne.«

Nun seufzt er gespielt gequält. »Alles klar, die Botschaft ist angekommen. Trotzdem gefällt mir deine Stimme. Ich möchte gern weiter mit dir reden.«

»Wenn du ein ernsthaftes Problem hast, dann ja. Driftet das Gespräch in billige Anmachen ab, beende ich es.«

Ich hoffe, die Botschaft ist angekommen. Irgendwie konnte ich etwas Reue aus seiner Stimme hören. Scheint nicht so, als würde es sich um einen Telefonstreich handeln.

»Okay, dann erzähle ich dir etwas, was mich wirklich beschäftigt, Moira. Nimm es mir nicht übel, aber ich stelle dich mir mit dunkelblonden Locken vor, mit einer über die Schulter gehenden Haarlänge, zierlich und mit einem hübschen Gesicht. Ich brauche einfach eine Visualisierung von dir, um mich auf das Gespräch einzulassen.«

Wenn es ihm hilft. Ich bin zwar braunhaarig, habe keine Locken und halte mich für normal statt zierlich, aber okay.

»In Ordnung, kommt fast hin«, lüge ich, da ich dem Mann eh nie begegnen werde.

»Ich bin so gut im Erraten. Warte, ich hole mir nur einen Drink, das Gespräch wird sicher länger gehen. Kostet der Anruf etwas, bezahle ich pro Minute? Wie läuft das ab?«

Etwas genervt schaue ich zur Decke auf, aber kann mir ein Lächeln kaum verkneifen.

»Das wirst du auf deiner monatlichen Abrechnung sehen.«

»Sehr frech, Fräulein. Ich gönne mir das Gespräch einfach mal. Ich habe schlimmere Sünden begangen als einen überteuerten Anruf.«

Wenn er meint. Ich höre, wie er eine Flasche aufschraubt und etwas in ein Glas gießt. Nachdem er drei Schlucke getrunken hat, beginnt er zu erzählen. »Das Gespräch bleibt anonym. Wird es aufgezeichnet?«

»Wenn du es nicht möchtest, nein. Dann erzähle ganz in Ruhe.«

Er verarscht mich sicher, lacht gleich laut in den Hörer und legt auf. Damit würde er mir definitiv einen Gefallen tun.

»Sehr gut. Du hast bisher nicht gefragt, wie ich aussehe.«

Weil es nicht wichtig ist. »Soll ich raten?«, necke ich ihn. »Korpulent, in ausgeleierten Jogginghosen, mit einem längeren Bart und langsam lichtem Haaransatz. Ich schätze, du bist Ende dreißig, gerade sexuell frustriert, und dich freut es, an diesem Abend meine Aufmerksamkeit zu bekommen. Liege ich richtig?«

Wieder höre ich ihn schlucken. »Du hast so recht. Ich habe es nicht so leicht mit den Frauen.« *Dachte ich mir.* Deswegen ist er sicher ein Dauerkunde bei Sexhotlines. Vielleicht hat er auch ein Alkoholproblem und ist arbeitslos.

Obwohl etwas in seiner Stimme mitschwingt, das ganz und gar nicht nach Enttäuschung klingt. Er hört sich sehr selbstbewusst an.

»Was genau ist das Problem? Ist es für dich schwer, eine Frau kennenzulernen?«

Ich höre das leichte Andeuten eines Hustens. »Kennenlernen ist nicht das Problem. Trotz meines korpulenten Aussehens komme ich, denke ich, gut an bei den Frauen. Zählen nicht die inneren Werte?«

»Schon, ja.«

»Und ich denke, da liegt das Problem.«

Mit meinem Stift skizziere ich einen rundlichen Mann in mein Notizbuch. »Inwiefern? Willst du damit andeuten, dass du keine guten Werte besitzt?«

»Wie sage ich es dir, ohne dass es falsch rüberkommt, Moira.«

»Sag es so, wie es dir durch den Kopf geht.«

»Wirklich?«

»Ja.« Jetzt macht er mich neugierig. Hat er eine Verhaltensstörung? Ist er traumatisiert?

»Ich habe Menschen getötet.« Nein.

Kurz halte ich die Luft an. Bisher hatte ich in all den Jahren, die ich für die Seelsorge arbeite, noch keinen Anrufer, der sich als Mörder entlarvt hat.

»Du nimmst mich gerade auf den Arm.«

»Nein, nehme ich dich nicht. Ich würde meine Hände links und rechts auf den Armlehnen des Sessels, auf dem du sitzt, abstützen und mich zu dir herabbeugen. Dann würde ich dir tief in deine blauen Augen sehen.« *Sie sind grün.* »Und sagen, dass ich dich nicht auf den Arm nehme. Es ist die traurige Wahrheit. Und weißt du was, manchmal sehe ich sie. Ihre Gesichter.«

Das ist unheimlich. »Die Gesichter der Menschen, die du getötet hast? Warum hast du sie getötet?«

»Warum wirst du den Schimmel in deinem Badezimmer los? Weil sie lästig waren. Es waren keine guten Menschen, Moira. Sie haben schreckliche Dinge getan. Menschen gefoltert, Frauen vergewaltigt ...« Er holt tief Luft. »Die Frau meines Bosses und langjährigen Freundes wurde von einem, den ich umgebracht habe, mehrmals brutal vergewaltigt und misshandelt. Denkst du, der Tod war keine gerechte Strafe?«

Kurzzeitig wird mir etwas schwummrig. Mit dieser schonungslosen Geschichte hätte ich niemals gerechnet. Auf mich hat er nicht den Eindruck erweckt, als wäre er ein Mörder und Rächer. Vielleicht verarscht er mich auch bloß oder verwechselt ein Onlinegame mit der Realität.

»Ich weiß nicht ...« Ich habe wirklich keine Ahnung, was ich darauf antworten soll. Das Fragenlexikon der Seelsorge wird sicher auch keine Antwort dazu kennen.

»Du weißt es nicht? Sollte man Täter nicht bestrafen? Mich mit eingeschlossen, natürlich.«

»Ja, es muss Gerechtigkeit für die Angehörigen und die Opfer geben.«

»Siehst du. Der Meinung bin ich auch. Ich mag dein Zögern. Du bist genauso geschockt, wie ich es mir vorgestellt habe. Also wie soll ich eine Frau kennenlernen, die das akzeptiert?«

Am Ende seines Satzes klingt er wirklich bedrückt. Er scheint sich einige Gedanken dazu gemacht zu haben. Ihm den Tipp geben, es ihr einfach nicht zu sagen, halte ich für ziemlich unklug.

»Wie sähe es aus, wenn du dich selbst stellen würdest? Es gäbe sicher eine mildernde Strafe, wenn du ein Geständnis ablegst. Würdest du deine Strafe verbüßen, würde dir sicher ein Teil deiner Reue abgenommen werden«, schlage ich mit ruhiger Stimme vor, atme tief durch und schaue wieder zu Vilma, die ihren Platz verlässt und mir ein Zeichen gibt, dass sie auf Toilette geht.

»Mich selbst stellen? Das geht nicht. Ich habe eine Verantwortung. Außerdem würde sicher mein Freund etwas dagegen haben, und im Knast gibt es keine Frauen. Daher … ich denke, nein.«

»Okay. Reue scheinst du keine zu haben?«

»Wieso? Weil ich die Welt von Männern, die dir womöglich nachts auflauern, befreit habe?«

»Aber Selbstjustiz ist keine Lösung«, antworte ich, auch wenn ein klitzekleiner Teil seine Einstellung bewundert.

»Du denkst anders darüber, wenn jemand, der dir wichtig ist, aus deinem Umfeld gefoltert wurde, und der Täter ungeschoren davonkommt.«

Nun hört sich seine zuvor sehr angenehme Stimme angespannt an.

»Wieso sollte er ungeschoren davonkommen?«

»Weil er für Leute arbeitet, die ihn entweder dafür bezahlen, andere zu töten, oder er von Mächtigen beschützt wird zum Beispiel. Aber kehren wir zum eigentlichen Problem zurück. Wie sollte ich das jemals einer Frau erzählen? Einer Frau, an der ich wirklich Interesse habe?«

Eine gute Frage. »Gibt es diese Frau schon?«

Ein paar Sekunden vergehen, bevor er antwortet: »Möglicherweise.«

»Wenn du wirklich ernsthafte Absichten hast, sag es ihr. Allerdings werden die wenigsten dafür Verständnis haben. Keiner möchte mit einem Kriminellen zusammenleben. Ob er nun Schwerverbrecher oder Unschuldige getötet hat. Mord ist Mord.«

Kaum dass ich meine Worte ausgesprochen habe, kommt in mir ein merkwürdiges Schuldgefühl auf. Ich kann es mir selbst nicht erklären. Irgendwie habe ich ihm mit meiner Antwort möglicherweise seine Hoffnung auf eine normale und gesunde Partnerschaft genommen. Für mich gibt es zwei Optionen: Entweder er schenkt der Frau reinen Wein ein und sie entscheidet, ob sie bei ihm bleibt oder nicht. Oder er belügt sie und muss mit der Lüge leben.

»Moira, ich danke dir für deine ehrliche Antwort.«

»Es … es ist nur meine subjektive Meinung, die nicht ausschlaggebend sein muss«, versuche ich, ihm Hoffnung zu machen. »Allerdings denke ich, es wäre besser, wenn du einen Weg findest, um dir selbst zu verzeihen. Du siehst ihre Gesichter. Meistens ist das ein Zeichen dafür, dass es dich nicht loslässt, sie …« Vilma nimmt wieder zwei Plätze weiter von mir Platz. »Ermordet zu haben. Schuldgefühle sind nichts Schlechtes.«

»Sondern?«

»Sie sagen uns, dass etwas nicht stimmt und wir noch nicht mit einer Sache abgeschlossen haben. Oder dass wir falsch gehandelt haben.«

»Du bist eine echt pfiffige Psychologin, oder? Kann man dich auch privat engagieren? Das würde mir sicher helfen.«

Meine Gesichtszüge geraten ins Wanken, bevor ich lache und den Kopf schüttele, was er nicht sehen kann. Ich lache über die Scherze eines Mörders. Wie krank.

»Nein, mich kann man nicht privat engagieren. Aber wenn du Sorgen hast, ruf diese Hotline an.« Wobei ich mir nicht sicher bin, wie andere Kollegen mit dieser *Art* Problem umgehen werden. Wenn er ein raffinierter Killer ist, wird er Sicherheitsvorkehrungen getroffen haben und von einem Handy anrufen, das nicht zurückverfolgt werden kann, oder einem anderen Telefon.

»Ich rede gerade gern mit dir und möchte nicht mit jemand anderem irgendwann sprechen. Denn ich denke, es wird kein Irgendwann geben. Eigentlich wollte ich ja die Sexhotline anrufen, nicht die Seelsorge. Aber weißt du was, möglicherweise war das eine göttliche Fügung, dass ich mich verwählt habe.«

»Ja sicher«, rutscht es mir sarkastisch heraus.

»Frech scheinst du auch zu sein. Dabei konnte ich kurzzeitig die Vorstellung, dich in Dessous im Sessel sitzend zu sehen, verdrängen.«

»Ich denke, es wird doch nötig, dass du gleich im Anschluss die Sexhotline deines Vertrauens anrufst.«

»Das befürchte ich auch.« Amüsiert und gar nicht aufgesetzt lacht er ins Telefon. »Aber wenn du mir genau zugehört hast, weißt du, dass ich solch eine Hotline zum ersten Mal angerufen habe. Ich danke dir für das Gespräch, Moira. Bevor das komplett unangenehm endet, werde ich auflegen.«

Einen flüchtigen Moment spüre ich ein Gefühl von Traurigkeit aufkommen. Er ist ein seltsamer Anrufer, gar keine

Frage, doch irgendwie ist er neben seinen schaurigen Erzählungen auch ein netter Gesprächspartner.

»Ich freue mich, wenn ich dir weiterhelfen konnte. Ich wünsche dir eine gute Nacht.«

»Ich werde von dir träumen, hübsche Moira. Der Name wird mir nicht mehr so schnell aus dem Kopf gehen.« *Flirtet er gerade mit mir?*

»Morgen früh, da bin ich mir sicher, wirst du ihn vergessen haben. Gute Nacht, Arūnas«, antworte ich ihm und warte, bis er aufgelegt hat.

Danach nehme ich das Headset ab, greife zu meinem bereits abgekühlten Tee und nehme zwei Schlucke. Manchmal rufen schräge Vögel an, aber das war mehr als befremdlich. Kurz schüttele ich mich und beuge mich zu Vilma rüber, die ein Kreuzworträtsel löst.

»Wie läuft es bei dir?«

»Ziemlich chillig. Eine Frau, die einen Mann vor die Tür gesetzt hat, weil er eine Affäre hatte, und eine arme Siebzehnjährige mit Liebeskummer. Mit wem hast du geredet?«

Das willst du besser nicht wissen.

»Einem Mann, der sich in der Hotline verwählt hat.«

»Spinner, echt. Sie versuchen es immer wieder. Rufen hier an, weil die Hotline kostenlos ist, und denken, wir stöhnen ihnen etwas vor. Schade, dass nicht Matas rangegangen ist. Er löst das Problem im Handumdrehen.« Ich lache, da ich Matas' schwule Begrüßung mit französischem Akzent »Wie kann ich helfen?«-Nummer kenne.

Eine Weile denke ich noch über diesen Arūnas nach. Denke darüber nach, wie sehr es einen belasten muss, jemand anderen getötet zu haben. Meistens geht man von skrupellosen Mördern aus, die Freude am Töten haben. Was, wenn es auch Mörder gibt, die keine Freude daran haben und sich dennoch ihrer gerechten Strafe entziehen wollen. Sind sie genauso schreckliche Monster?

Ich habe darauf keine Antwort. Mittlerweile ist es kurz nach zwei Uhr. Ich habe mehr als eine Dreiviertelstunde mit Arūnas gesprochen.

Um mich abzulenken, lehne ich mich im Bürostuhl zurück, lese in meinem Thriller weiter und verdränge das Gespräch, bis ein neuer Anruf eingeht.

I
MOIRA

Zwei Wochen später

Seit zwei Wochen wird Dalia vermisst. Sie ist nach ihrer Spätschicht nicht zu Hause angekommen. Die Polizei und ihre Angehörigen suchen nach ihr, doch bisher fehlt jede Spur.

Als ich bei der Polizei meine Aussage gemacht habe, fiel mir nicht sofort der Mann im Bus ein. Eigentlich habe ich ihn nie wiedergesehen. Doch er ist eine Person, deren Begegnung so unheimlich war, dass sie mir lange im Gedächtnis blieb.

Länger als die traurige Geschichte eines Anrufers.

Ich habe drei Nachtschichten pro Woche. Eigentlich sind sie sehr entspannt. Reden ist mein Ding und damit Geld verdienen umso mehr.

Allerdings habe ich hin und wieder die Befürchtung, dass wir nicht so sicher sind, wie wir es manchmal glauben. Zwar vertrauen uns Leute ihre Probleme, Ängste und Zweifel an, aber nicht jeder steht dazu, die Seelsorge angerufen zu haben. Während eines Gesprächs sind die meisten Anrufer erleichtert, aber schon einen Tag später könnte er sich dafür schämen. Und aus Scham kann sich der Drang entwickeln, es ungeschehen machen zu wollen. Das tritt zwar in den seltensten Fällen ein, trotzdem kann es vorkommen. Was ist, wenn Dalia solch einen Anrufer hatte? Und dieser ihr etwas Schreckliches erzählt hat, sodass sie verschwinden musste?

Ich schlage die Stirn gegen die Tischplatte. »Du liest zu viele Thriller.«

»Die Vermutung haben wir schon länger.« Eine Hand greift in mein Haar und wuschelt es durch. »Nimm dir mal eine Auszeit, Moira. Du siehst fertig aus. Wie liefen die Prüfungen?«

»Gut, schlecht, weiß nicht. Ich habe das Gefühl zur Realität und Selbstwahrnehmung verloren.« Das ständige Pauken lässt einen irgendwann kirre werden.

»Wenn die Prüfungen vorbei sind, bleib zu Hause und schreib an deinem Roman«, schlägt Vilma vor.

»Und wer kommt zur Nachtschicht?« Die will eh keiner.

Jetzt fehlt auch Dalia. Es ist nicht gerade so, dass sich die Leute um den Job im Callcenter reißen.

»Wir beide rocken das auch ohne dich. Eine Woche drei Schichten schaffen wir, oder, Vilma?«

Als ich den Kopf hebe, sehe ich, wie Vilma in Matas' Hand einschlägt.

»So was von. Zieh noch diese Schicht durch, dann hast du frei.«

Hört sich traumhaft an. Wobei frei sein bedeutet, Zeit in meiner kleinen, dafür gemütlichen Blockwohnung zu verbringen.

Wie üblich ist auch diese Schicht sehr entspannt und ich bin todmüde. Ich gähne ununterbrochen und reibe mir die Augen. Richtig schlimm ist es, wenn ein Anrufer eine monotone einschläfernde Stimme hat. Es ist schwer, nicht dabei einzuschlafen, wenn sie ihre Geschichte ohne Unterbrechung erzählen.

Nachdem mir eine Rentnerin von ihren Sorgen um ihren achtjährigen Enkel erzählt hat, geht ein neuer Anruf ein.

»Schönen guten Abend. Du bist mit der Seelsorge verbunden, mein Name ist Moira, wie kann ich dir helfen?«

»Ich hatte so gehofft, dich wieder zu erwischen«, ertönt eine Stimme, die ich nicht sofort zuordnen kann.

»Wer spricht dort?«, frage ich, da ich die Stimme nicht gleich wiedererkenne.

»Dein Freund Arūnas.«

Es gibt zwar Wiederholungsanrufer, das ist keine Seltenheit, aber er ist ziemlich mutig, noch mal anzurufen.

»Lass mich nachdenken. Es rufen sehr viele Männer mit

dem Namen Arūnas an«, veräppele ich ihn, wobei ich jetzt weiß, wer er ist.

»Der, der sich dich in Unterwäsche vorstellt. Wie geht es dir, Moira?«

»Mir geht es nicht so gut. Ich bin etwas müde.«

»Langen Tag gehabt?«, erkundigt er sich.

»Ja, kann man so sagen. Wie kann ich dir helfen?«

»Hört sich an, als könntest du Hilfe gebrauchen.«

»Keine Sorge, mir geht es gut.« Ein Killer, der mich fragt, wie es mir geht. Kopfschüttelnd greife ich zu meinem Teebecher und nehme einen Schluck.

»Das glaube ich dir nicht. Was machst du, wenn du nicht nachts telefonierst und Männer von dir träumen lässt?«

Was für eine schmierige Anmache.

»Studieren, schlafen, für Prüfungen lernen und wieder schlafen.«

Er stöhnt belustigt. »Hört sich sehr anstrengend und nach wenig Spaß an. Was studierst du?«

»Menschen wie dich, die zu neugierig sind. Ich gebe nichts von meinem Privatleben preis.«

»Kann ich verstehen, tut mir leid. Kann ich dich etwas fragen? Ich wollte es die letzte Woche schon fragen, aber dachte mir, du könntest die Frage falsch verstehen.«

Möchte er noch mehr über mich wissen? Wo ich wohne? Oder will er meine Handynummer?

»Frag ruhig, ich entscheide danach, wie ich antworte.«

»Okay.« Er holt geräuschvoll Luft, flüstert etwas zu sich selbst und scheint im Auto unterwegs zu sein. Denn im Hintergrund höre ich Fahrgeräusche.

»Würdest du dich mit mir treffen?«

Eines muss ich ihm lassen: Er stellt Fragen, auf die wir nicht geschult sind. Wobei persönliche Fragen mit Nein beantwortet werden, um unsere Privatsphäre zu schützen.

Ich lecke mir über die Lippen, bevor ich das Mikrofon näher zum Mund hebe und »Nein« stöhne, um ihn zu ärgern.

»Wieso nicht?«

»Weil es gegen die Vorschriften verstößt. Das hier ist keine Datinghotline.«

»Ich weiß. Ich will dich auch nicht daten, sondern mich privat mit dir ohne irgendwelche Hintergedanken unterhalten.«

»Du hast in dem Moment, als du dir mich in Dessous vorgestellt hast, Hintergedanken gehegt. Das wird nichts, Arūnas.«

»Bist du vergeben?«

Genervt verdrehe ich die Augen. »Also ja. Umso besser. Ich gebe mich mit keinen vergebenen Frauen ab. Das ist eines meiner Prinzipien. Somit bist du in meinem Kopf tabu und wir können uns privat und freundschaftlich unterhalten. Was denkst du?«

Mir sträuben sich die Nackenhaare bei der Vorstellung, mich mit jemandem zu treffen, der Menschen getötet hat.

»Nein, Arūnas. Das verstößt gegen die Vorschriften«, wiederhole ich mit höflicher und ruhiger Stimme. »Machs gut. Ich lege jetzt auf.«

Und ehe er mich weiter löchern und nach einem Treffen fragen kann, beende ich das Gespräch. Keine zehn Sekunden später geht ein neuer Anruf ein. Innerlich verfluche ich diesen fremden Mann. *Warum lässt er es nicht bleiben?*

Nachdem ich meinen Begrüßungstext aufgesagt habe, ist jedoch nicht Arūnas am anderen Ende, sondern ein fremder Mann mit rauer, beinahe kurzatmiger Stimme. Sie ist sonderbar kratzig, als wäre sie mit Schmirgelpapier bearbeitet worden.

»Hallo, Moira.«

»Hallo. Wie heißt du und wie kann ich dir weiterhelfen?«, erkundige ich mich mit meiner einstudiert netten Stimme und lächele dabei. Das Lächeln sieht zwar mein Anrufer nicht, hellt aber automatisch meine Stimme auf und lässt sie noch sympathischer rüberkommen.

Zugleich schnappe ich mir eine Apfelsine, die ich aus meiner mitgebrachten Box herausnehme, und schäle sie.

»Wie du mir weiterhelfen kannst? Ja, wo fange ich an … Kann ich dir alles erzählen?«

»Ja sicher, alles, was dich belastet. Ich höre dir zu.« Als ich einen Streifen von meiner Orange geschält habe, höre ich ihn husten. Es klingt wie ein Raucherhusten. Ich höre auch, wie ein Feuerzeug klackt. Einmal, dann zweimal. Außerdem befinden sich ein oder zwei Menschen im Hintergrund bei ihm. Er ruft vermutlich von einem öffentlichen Ort mitten in der Nacht an.

»Das ist nett. Es gibt nicht mehr viele Menschen, die in der Lage sind, zuzuhören. Sie beschäftigen sich nur mit sich selbst und halten ihre Anliegen für wichtiger als die der anderen Menschen. Wir leben in einer sehr egoistischen Gesellschaft, Moira. Siehst du das genauso?«

Ich runzele die Stirn. Manche Menschen wollen sich auch

gern über tiefgründige Themen wie Gott, das Leben nach dem Tod und Moralansichten unterhalten.

»Teilweise gebe ich dir recht, ja. Wie heißt du? Es macht das Gespräch angenehmer, wenn ich deinen Namen kenne.«

»Nenn mich Magnus.«

»Das mache ich. Magnus ist ein sehr ausgefallener Name. Sehr stattlich und …«

»Er bedeutet der Große.« Irgendwie wäre ich selbst darauf gekommen. Gemütlich schäle ich meine Orange weiter, als ich die verdammt feste Schale so sehr biege und mir ein Cocktail aus Pestiziden und Orangensaft in die Augen spritzt.

»Du gibst mir also recht, dass diese Gesellschaft zugrunde geht? Das finde ich gut. Denn ich denke, wir stehen kurz davor. Es werden schreckliche Dinge geschehen. Hast du die Zeitung von heute gelesen?«

»Nein«, antworte ich wahrheitsgemäß. Mir bleibt neben dem aktuell kräftezehrenden Studium nicht viel Zeit, um die Zeitung zu lesen.

»Nein, tut mir leid. Was steht in der Zeitung?«, hake ich nach und zerteile nun meine Apfelsine. Mein Magen grummelt schrecklich. Wann habe ich etwas richtig Normales gegessen? Nicht nur schnell etwas zwischendurch hinuntergeschlungen, um den Hunger zu stillen? Ich sollte mir auf dem Weg nach Hause etwas vom Bäcker holen. Oder mir ein Sandwich machen.

»Es sind drei Frauen in Vilnius vermisst. Das weißt du nicht?«

»Ja, doch schon. Ich habe es am Rande mitbekommen.

Dich beschäftigen die Vermisstenfälle? Kanntest du eine der Frauen?«

Einen Moment wird es still. Zu den drei Vermissten gehört auch Dalia. Die Polizei ermittelt in alle Richtungen, durchsucht die Familien, aber geht von einem Serienmörder aus. Bisher fand man zwei Leichen. Zwei, deren Körper grauenhaft zugerichtet aufgefunden wurden. Direkt neben den Leichen soll sich eine Symbolik befinden. Was es genau ist, wurde nicht veröffentlicht, um keinen Nachahmungstätern die Chance zu geben, die Polizei auf die falsche Fährte zu führen.

»Ich kannte sie nicht persönlich. Wie nennt man eine flüchtige Begegnung? Ein kurzes Kennenlernen? Von einer Freundschaft kann nicht die Rede sein. Wir beide unterhalten uns länger, als ich mit den Frauen gesprochen habe.«

Mit ihnen gesprochen habe? Sein Ernst? Langsam lege ich die Apfelsine zurück in die Dose und lasse das Stück vor meinem Mund sinken.

»Du hast dich mit ihnen unterhalten? Somit kennst du auch Dalia?«

»Dalia, sie ist schön, nicht wahr? Arbeitet sie nicht bei der Seelsorge?«

Mir läuft es eiskalt den Rücken hinunter, als mir immer mehr schwant, mit wem ich möglicherweise telefoniere. Soll ich ihn direkt konfrontieren oder die Polizei verständigen?

»Du bist so still, Moira. Habe ich etwas Falsches gesagt? Etwas …« Er hustet wieder gekünstelt, was in ein dumpfes Lachen übergeht, das Gänsehaut bei mir verursacht. »Was dir Angst macht?«

Er spricht mit solch einer spöttischen Überlegenheit, dass mir jedes seiner Worte unter die Haut geht.

»Ja, sie arbeitet hier, Magnus. Sie ist seit zwei Wochen verschwunden und gilt als vermisst.«

»Ich weiß. Sie werden sie nicht finden.«

»Woher weißt du das?«, hake ich vorsichtig nach und hole flach Luft.

»Du kennst die Antwort bereits. Du weißt sie.«

Am besten, ich lege jetzt auf.

»Es war mir ein Vergnügen, mit dir gesprochen zu haben, Magnus, aber meine Schicht ist jeden Moment zu Ende. Ruf gern wieder an, wenn wir dir weiterhelfen können.« Ehe ich auflegen und die Polizei verständigen kann, brüllt er durchs Telefon.

»Legst du auf, stirbt sie noch heute!«

»Das ist ein Scherz.«

»Ich mache keine Witze. Nie. Mir fehlt der Sinn für Humor, Moira. Also wirst du dich weiter mit mir unterhalten oder dich für einen schrecklichen Mord verantworten müssen.«

Warum erwische immer ich die Spinner? – denke ich.

»Wir wissen beide, dass deine Schicht in vier Stunden endet. So lange können wir uns ungestört unterhalten.«

Ungestört unterhalten … Aber … was, wenn ich nützliche Informationen von ihm erhalte, etwas erfahre, was helfen könnte, um Dalia zu finden?

»In Ordnung. Du hast recht. Worüber möchtest du dich unterhalten?«

»Du machst einen sehr kompetenten, freundlichen Eindruck. Trotz deiner Lage bleibst du souverän, gefällt mir.

Jeder andere würde sicher zittern vor Angst.« *Das tue ich, nur siehst du es nicht, du Vogel!*

»Wie geht es Dalia?«

»Schlecht.«

»Wo … wo ist sie gerade?«

»Stell mir keine Fragen, Moira. Ich stelle dir welche. Wie fühlt es sich an, zu wissen, mit dem Entführer deiner Freundin zu telefonieren? Keine Sorge, ich rufe von einer Telefonzelle aus an. Du wirst sicher die Polizei informiert haben, oder?«

»Nein, habe ich nicht. Noch nicht. Ich bin ehrlich, Magnus. Es fühlt sich scheiße an. Aber noch habe ich die Hoffnung, dass du mich belügst und bloß Aufmerksamkeit suchst. Du könntest auch nur jemand sein, der die Morde feiert und den Mörder glorifiziert.«

Wieder dieses Klacken. Es erinnert mich an das Öffnen und Schließen eines Benzinfeuerzeugs.

Klack-klack. Klack-klack.

»Möglich, du hast recht. Das habe ich nicht berücksichtigt. Wie beweise ich dir, dass ich der Mörder von Selina, Jolita und dem anderen Opfer bin?

Kann er nicht und selbst wenn, würde ich ihm nicht glauben. »Die … Presse hat absichtlich ausgelassen, welches Zeichen an den Tatorten zurückgelassen wird. Wenn du der Mörder bist, wirst du wohl wissen, welches es ist.« Und wenn er es mir nennt, könnte ich nie überprüfen, ob es stimmt. Ich arbeite bei der Seelsorge, nicht für die Polizei.

»Richtig. Cleveres Mädchen. Wie alt bist du? Du hörst dich jünger als Dalia an.«

»Ich bin siebenundzwanzig.«

»So jung. Dalia ist neunundzwanzig.« Richtig, das stimmt. »Ich erzähle dir etwas über sie, damit du mir glaubst.«

Er will mir also nichts über die Symbolik am Tatort sagen. Ich habe öfter in Filmen oder Dokumentationen gesehen, wie gewisse Täter ticken. Manche brauchen die Aufmerksamkeit, kehren zu den Tatorten zurück, sagen sogar als Zeuge aus, um mehr über den Ermittlungsstand zu erfahren.

Der Mann, mit dem ich spreche, wirkt sehr gewieft, weder nervös noch psychotisch. Er ist sich seiner Sache sicher. Er weiß genau, dass ich nichts ausrichten kann, und genießt es, mit mir über seine Morde zu reden.

»Einverstanden.« Der Saft der Orange klebt an meinen Fingern, als ich nach einem Taschentuch greife und mich zu Vilma umdrehe. Ich muss ihr ein Zeichen geben. Sie starrt mich an und runzelt die Stirn. Zugleich steht in ihrem Blick: »Was ist los?« Sie deutet auf ihr Headset. *Ja, ich weiß, dass du telefonierst, Vilma. Trotzdem hilf mir.*

»Dalia ist kleiner als du, femininer, aber nicht schöner als du, Moira.« *Er weiß, wie ich aussehe?*

Schlagartig wird mir unendlich flau im Magen. »Sie hat glattes Haar, das ich ihr abgeschnitten habe. Es befindet sich in meiner Kommode. Ich sammele von jeder meiner Frauen ein Körperteil, um sie nicht zu vergessen. Sie sind alle etwas Besonderes für mich.«

Krampfhaft schließe ich die Augen, während mein Finger über dem Knopf schwebt, um das Gespräch zu beenden. Ich halte mein rechtes Handgelenk mit der anderen Hand umfasst. Denn mein ganzer Körper zittert vor Aufregung. Gerade will ich nur weg. Er weiß, wie ich aussehe. Oder war es geraten?

»Du bist so still. Sag etwas, Moira.«

»Ich … halte dich für ein krankes, frauenverachtendes Schwein. Das hier ist kein Spaß mehr.«

»Ich habe vorhin gesagt, dass ich keine Späße mache. Bist du taub?!« Plötzlich wird er lauter, sodass mein rechtes Trommelfell schmerzt und ich die Hand zum Headset hebe.

»Ich lege jetzt auf, Magnus, und rufe die Polizei.«

»Wirst du nicht tun. Dalia hat auch aufgelegt, weil sie nicht auf mich gehört hat – mir nicht zuhören wollte. Wenn du auflegst, bist du die Nächste. Ich mag dich, Moira. Ich werde dir nichts tun. Aber nur, wenn ich das Gespräch beende.«

Sofort reiße ich die Hand vom Knopf zurück und halte die Luft an. »Bedeutet …«, bringe ich gepresst hervor. »Wenn ich mit dir rede, lässt du mich am Leben, wenn ich auflege, bin ich tot?« Wie zur Hölle weiß er, wo ich arbeite? Vor dem Center steht nicht gerade ein übergroßes Schild mit dem Wort »Seelsorge«.

»Richtig. Ganz genau so läuft es ab. Deine Vorgängerinnen haben alle aufgelegt und sind gestorben. Hätten sie auf mich gehört, würden sie noch leben. Du machst nicht denselben Fehler, oder?«

Ängstlich schaue ich zu Vilma. *Schau zu mir, Mann! Hilf mir!*

Doch sie redet entspannt weiter, nippt an ihrem Frappuccino und trommelt mit den Fingern auf der Tischplatte.

»Moira!«, ruft mich Magnus.

»Nein, nein, ich begehe nicht denselben Fehler. Aber

irgendwann ist meine Schicht beendet. Irgendwann muss ich auflegen, was nicht bedeutet, dass ich das Gespräch freiwillig beende«, setze ich schnell nach.

»Das ist mir klar. Halt mich nicht für dämlich.«

»Tue ich nicht.«

»Ich rufe in zwei Tagen wieder an, wenn du dich an deinem Platz befindest. Ich danke dir für deine Aufmerksamkeit. Lass dir deine Apfelsine schmecken und schlaf später gut.« Plötzlich hat er … aufgelegt.

Vollkommen aufgelöst starre ich zum Fenster, springe von meinem Bürostuhl auf und schaue aus dem verspiegelten Fenster auf die Straßen hinab. Mein Blick wandert zu den Laternen, zu den Wohnhäusern, in denen vereinzelt Lichter brennen, weiter zum Park, der rechts an das Callcenter angrenzt. Er liegt von einer dicken Schneedecke bedeckt im Dunkeln.

Mein Herz droht, sich jeden Moment einen Weg aus meinem Brustkorb zu arbeiten. Es rast so schnell wie bei keinem meiner Wettläufe früher. Er weiß, wo ich arbeite, wie ich aussehe, was ich esse.

»Hey!«, ruft nach einer Weile eine Stimme hinter mir, sodass ich heftig zusammenzucke.

»Alles gut, Moira? Du hast Anrufe.« Matas umfasst meine Schultern. Schreckhaft drehe ich mich zu ihm um und stoße ihn von mir. »Ich brauche einen Moment … Kannst du die Anrufe übernehmen?«

Der Beweis. Eine Apfelsine.

Der Beweis. Meine Körpergröße.

»Du siehst aus, als hättest du einen Geist gesehen.« Ehe

ich an ihm vorbeihuschen kann, hält er mich auf und umfasst meine Oberarme. »Was ist passiert?«

Darf ich über den Mörder reden? Verboten hat er es mir nicht. Aber wenn ich es tue, wird er es ganz sicher herausfinden, und dann bin ich die Nächste.

Ich muss erst mal verdauen, was gerade passiert ist. »Ich ...«, bringe ich kurzatmig hervor und senke den Kopf. »Kindstot, das hat mich ... mitgenommen«, belüge ich Matas. »Es geht gleich wieder.«

»Ach Mann, das ist schlimm. Wenn es um Kinder geht, ist das immer schwer zu verarbeiten. Ich nehme deine Anrufe an. Mach kurz eine Pause.«

Langsam hebe ich den Kopf, nicke dankbar und gehe anschließend an ihm vorbei. Aus den Augenwinkeln entdecke ich den Sitzplatz, auf den Dalia immer bestand. Er hatte den perfekten Standort für sie. Es gab keinen Zugwind, die Sonne blendete sie nicht, außerdem konnte sie ihr Make-up-Täschchen immer wunderbar auf der Fensterbank ablegen.

Ob sie jemals wiederkommen wird?

2

ARŪNAS

Mir geht ihre Stimme nicht mehr aus dem Kopf. Es mag merkwürdig klingen, aber mit Moira habe ich seit Langem über mich reden können. Einfach so. Ohne Hemmungen. Das hat mir gefallen.

Aus dem Grund habe ich noch mal versucht, sie zu erreichen. Eine ganze Woche lang, aber immer wurde ich mit einem anderen Mitarbeiter verbunden.

»Könntest du nicht versuchen, herauszufinden, wo dieses Callcenter ist?«, erkundige ich mich bei Tjark, der an seinem Schreibtisch sitzt und Dokumente durchgeht. Es sind mal wieder Lieferungen eingetroffen.

»Ich mache gerade deine Arbeit, Arūnas. Vergiss die Kleine und such dir eine andere Frau, die dir zuhört. Du solltest heute Abend zum Hafen fahren. Es gibt ein paar Unstimmigkeiten. Statt fünfundvierzig Holzboxen sind nur dreiundvierzig eingetroffen.«

In Gedanken vertieft laufe ich vor seinem Bücherregal auf und ab und lege den Kopf in den Nacken.

»Hast du mir zugehört?«, hakt Tjark mit angespannter Stimme nach.

»Klar, Lieferung checken heute Abend am Pier von Klaipéda.«

»Dann los. Du brauchst über vier Stunden, bis du dort bist.«

»Hetz mich nicht so. Ich habe heute schon andere Pläne«, antworte ich meinem besten Freund und leider auch Boss.

»Nein, die hast du nicht. Du fährst heute und bleibst ein paar Tage am Hafen.«

»Kannst du nicht Zydrunas oder Nojus schicken?«

Er hat auch andere fähige Männer. Warum muss ich dorthin fahren und seine Waffen checken?

»Ich würde sagen, Arūnas ist verknallt«, höre ich hinter mir, bevor ich mich umdrehe und Divina in der Tür stehen sehe. »Gib ihm doch Urlaub.«

»Urlaub klingt hervorragend«, stimme ich Divina zu. »Den habe ich mir auch verdient.«

»Du hattest vor zwei Wochen Urlaub, in dem du dich betrunken in deinem Appartement in Vilnius eingesperrt und die Seelsorge angerufen hast«, sagt Tjark und schenkt mir dieses überlegene Lächeln, das ich ihm am liebsten aus dem Gesicht reißen und in Stücke fetzen würde.

»Ja und? Ich habe mich verwählt. Kommt vor. Es war vielleicht Schicksal.«

»Fand die Frau das am anderen Ende der Leitung auch?«

Provozier mich nicht, Tjark!

»Du kannst solch ein Arsch sein.«

»Nein, ich bin dein Freund.« Nun erhebt er sich in seinem schwarzen Hemd und mit diesem tiefgründigen Lehrmeisterblick.

»Du machst gerade eine sehr merkwürdige Phase durch. Keine Ahnung, was nicht mit dir stimmt. Aus dem Grund wirst du deinem Job nachgehen, statt in deinem Appartement zu hocken, Weiber zu dir einzuladen oder das Bordell aufzusuchen.«

Divina schenkt mir einen mitfühlenden Blick und zuckt mit den Schultern. In ihrem Gesicht kann ich die Worte: »Sorry, Arūnas, aber ich muss Tjark recht geben«, lesen. *Verräterin.*

»Indem ich allein in einem Hotel hocke und die Lieferung im Auge behalte, soll es mir besser gehen? Wo ist da die Logik?«, frage ich Tjark, der sicher selbst erkennt, was er für einen Blödsinn von sich gibt.

»Fahr nach Kalpédia«, pocht er weiter darauf.

Ich verschränke die Arme vor meiner Sweatjacke, die müffelt, weil ich sie drei Tage nicht gewechselt habe. »Nein. Ich werde zu Rys gehen, dort bin ich besser aufgehoben. Du kommandierst mich nicht herum. Fahr doch selbst hin.«

Wir sind Partner. Ich bin nicht sein Untergebener, den er für seine Dreckssarbeit einsetzt.

»Arūnas«, sagt Divina und kommt auf mich zu. In ihrem hellen Kleid sieht sie wirklich hübsch aus. Ihre wasserblauen Augen fangen meinen Blick auf, den ich abwende.

»Mach, was Tjark sagt. Ich kann dir auch zuhören, wenn du Probleme hast.« Ja, sicher, aber das ist nicht dasselbe. »Du weißt, wie dankbar ich dir bin, dass du den Mann von Dalius getötet hast. Er hätte weitere Frauen vergewaltigt, wie er es vorher getan hat, und er hätte …«

»Habe ich gern gemacht. Ich gehe trotzdem. Du kannst mich nicht umstimmen, Divina. Nichts gegen dich, aber ich brauche eine Auszeit.« Ich schenke Divina einen Kuss auf die Stirn, deute eine Verbeugung vor Tjark an und verlasse das Herrenzimmer, in dem mir die Luft zu stickig wird.

Auf dem Gang begegne ich Jones, der ein Sandwich in der Hand hält, das ihm sicher Marta gemacht hat.

»Hey, Arūnas. Lange nicht mehr gesehen«, bringt er nuschelnd hervor und schluckt seinen Bissen hinunter.

»Geh zu deinem Boss, er hat einen Auftrag für dich. Ich bin wieder weg.«

Fragend schaut mir Jones entgegen, nickt danach und geht brav zu Tjarks Büro. Als ich das Foyer durchlaufe, entdecke ich Zydrunas, der verschneit aus dem Garten kommt. Auf ihn habe ich gewartet.

»Arūnas«, begrüßt er mich und will an mir vorbeigehen. Doch ich stelle mich ihm in den Weg.

»Zydrunas, mein Bester. Hast du einen Moment?«

»Eigentlich nicht, aber für die rechte Hand … muss ich wohl Zeit haben.« *Ganz genau.*

Ich lege meine Hand auf seine Schulter, blicke mich um und führe ihn zurück zum Haupteingang. »Tu mir einen

Gefallen, mein liebster Zydrunas. Finde heraus, wo sich das Callcenter der Seelsorge befindet und wer dort arbeitet.«

»Was?«, fragt er perplex. »Brauchst du Hilfe?«

»Ja, aber nicht die Hilfe.« Er verzieht das Gesicht und dreht sich auf den Eingangsstufen zu mir. »Finde heraus, ob dort eine Moira abreitet.«

»Steht ihr Name nicht irgendwo auf einer Homepage?«

Junge, hörst du mir zu?

»Wäre es so, würde ich dich nicht fragen, oder?«

»Stimmt wohl. Ich versuch, was rauszufinden. Aber hey, wenn du Sorgen hast, komm …«

»Das lassen wir besser, Zydrunas. So gut befreundet sind wir dann doch nicht. Außerdem stehe ich über dir. Finde alles über sie heraus und schick es mir heute Abend.«

»Wird gemacht. Hat sie was verbrochen?«, hakt er nach und tritt näher an mich heran.

»Nein. Bisher nicht.« Ich zwinkere ihm zu, bevor ich auf seine Schulter klopfe und danach die Stufen hinter mir lasse.

Ich kann mir selbst nicht erklären, warum mir diese Angelegenheit so wichtig ist. Aber ich will wissen, wie sie aussieht. Wie sie ist. Danach wird sich meine Neugier sicher stillen, und ich werde darüber lachen, einem Hirngespinst hinterhergejagt zu sein. *Aber ihre Stimme … Sie geht mir einfach nicht aus dem Kopf.*

Mit großen Schritten laufe ich über die schneebedeckte Einfahrt zu meinem Geländewagen, öffne die Tür und steige ein. Als ich hinter dem Lenkrad sitze, reibe ich mir die Hände. Die Winter in Litauen sind erbarmungslos. Allein die Vorstellung, heute Abend nach Klaipéda zu fahren, ist der reinste Horror. Soll sich jemand anderes die Eier am

Hafen abfrieren. Ich weiß ja, dass Tjark die Konkurrenz zusetzt, er glaubt, dass er bestohlen wird, aber er kommt schon für ein paar Tage klar. Ich nehme nur kurzfristig frei.

Danach kümmere ich mich um den *Zármon* Clan und knöpfe mir einen nach dem anderen vor, räuchere ihre Bordelle aus und blockiere ihre Handelspunkte.

3
MOIRA

ZWEI TAGE SPÄTER

Es ist kurz vor ein Uhr mittag, als ich träge in der Badewanne liege. Die vorletzte Prüfung habe ich dermaßen vermasselt. Und das nur, weil ich die letzten beiden Tage nicht lernen konnte. Nicht wie sonst, da meine Gedanken sich permanent wie ein Mobile um den Mörder gedreht haben. Bisher gibt es keine Neuigkeiten zu Dalia. Sie wurde weder lebend noch tot gefunden.

Ob es ein gutes Zeichen ist? Ich denke schon.

Im Wasser starre ich meine Mitschriften der klinischen Psychologie an. Immer wieder fallen mir die Augen zu, nachdem ich bloß zwei Absätze gelesen habe.

Gott, so wird das nie was. Ich sollte mich zusammenreißen.

Um nicht in der Wanne einzudösen, zwinge ich mich, mich aufzusetzen, und lege den Ordner auf den Badläufer.

Anschließend halte ich die Nase zu und tauche rücklings unter Wasser. Einen Moment halte ich die Luft an und schließe die Augen. *Du schaffst das. Es ist die letzte Prüfung vor den Semesterferien.*

Als ich wieder auftauche, hole ich befreit Luft. Viel mehr Sorgen bereitet mir der Serienkiller. Heute ist meine nächste Schicht, und wenn er sein Versprechen hält, ruft er wieder an.

Wenn ich nicht mit ihm spreche, tötet er mich. Was ist, wenn ich nicht ins Telefonberatungszentrum gehe? Wird er mich auch töten? Wird er mich aufsuchen?

Ich habe die Polizei verständigt, die der Sache nachgehen wird. Ich hoffe, sehr schnell, denn ein weiteres Gespräch kann ich mit dem Mann nicht führen.

Den gesamten Nachmittag büffele ich weiter. Ich hocke auf meinem Bett und prügele mir sämtliche Definitionen und Lehren in den Schädel, bis mir der Kopf qualmt und ich bei einer Serie, die im Hintergrund läuft, einschlafe.

Als mein Handy klingelt, ist es bereits 22.30 Uhr. *Shit!*

»Fuck! Fuck! Fuck!«, fluche ich, da ich mich verspäten werde. Ich brauche knapp eine Stunde, um im Zentrum von Vilnius zu sein. Mein Bus fährt in 25 Minuten ab und bis zur Haltestelle brauche ich zehn Minuten zu Fuß.

Eilig reiße ich die Bettdecke mitsamt den Aufschriften von mir und stürme auf meine Kommode zu. Ich öffne die Schubfächer und ziehe irgendeinen dunkelblauen Pullover, graue Jeans, frische Unterwäsche und Socken heraus. Im Eiltempo ziehe ich mich an, kämme kurz mein Haar im Badezimmer durch, trage Mascara auf und schnappe meine Umhängetasche.

Schnell reiße ich die Wohnungsschlüssel vom Brett, schlüpfe in meine Schnürboots und hinke ungelenk aus dem Eingang. Vor der Wohnungstür schnüre ich meine Schuhe zu, damit ich nicht mit der Nase voran die Treppen heruntersegele.

In einem gehetzten Sprint stürme ich aus dem Wohnhaus und jage hektisch keuchend den verschneiten Fußgängerweg entlang. Niemand ist zu sehen, und selbst wenn, hätte er seine wahre Freude an meinem Sprint. Denn immer wieder rutsche ich mit einem Fuß weg.

»Scheißeis!«, meckere ich lautstark und renne weiter. »Ich falle nicht hin!« Schwer atmend renne ich auf einen Mann mit grauer Sweatjacke zu, der mir den freigeschippten Weg versperrt.

»Achtung, ich habe es eilig!«, rufe ich, damit er auf dem schmalen Weg Platz macht. Ohne ihn zu berühren, laufe ich haarscharf an ihm vorbei und drehe den Kopf über die Schulter. Am Ende der Straße sehe ich meinen Bus, wie er in meine Richtung fährt. Allerdings ist die Haltestelle noch etwa hundert Meter entfernt.

»Leg zu, Moira!«, sporne ich mich an, halte den Riemen meiner Tasche umfasst und gebe alles. Ich will den Bus nicht verpassen. Noch bevor ich fünfzig Meter hinter mir gelassen habe, rast der Bus an mir vorbei. Ich gebe Winkzeichen, damit er auf mich wartet, doch der Fahrer sieht sie nicht.

»HEY! Stopp! Sustoti, sustok!«, rufe ich und reiße die Hände in die Luft. In dem Moment rutscht mein linker Fuß weg, verliere ich den Halt und knalle volle Kanne mit dem Steiß voran auf den überfrorenen Gehweg. *Halleluja! Šūdas!*

Erst ist ein dumpfer Schmerz zu spüren, bevor er gewaltig in meinem Becken explodiert und ich die Engel im Himmelschor singen höre. Aua!

Meine Tasche liegt direkt neben mir, nach der ich im Schnee mit ziependen Tränen in den Augenwinkeln greife und kurzzeitig wie gelähmt bin.

Ungelenk ziehe ich mich auf die Knie und sehe im selben Moment, den Bus an der Haltestelle halten.

»Stopp!«, rufe ich erneut. Gerade als ich mich mühsam und mit schmerzverzogenem Gesicht hochhieven will, greift jemand unter meine Arme und hilft mir auf. *Wer …*

»Geh es langsam an. Den Bus hast du verpasst«, sagt eine männliche Stimme entspannt zu mir. Sofort schnellt mein Blick hoch, und ich entdecke einen Mann mit tief ins Gesicht gezogener Kapuze, unter der mittelblondes Haar hervorragt. Er ist … Ist er nicht der Mann, den ich vorhin auf dem Gehweg beinahe umgerannt hätte?

»Danke. Ich denke, ich habe noch eine Chance … Mach bitte Platz!« Halb humpelnd und halb rennend laufe ich an ihm vorbei und verlangsame meine Schritte, als der Bus bereits die Haltebucht verlässt.

Enttäuscht bleibe ich stehen und senke den Kopf. »Große Klasse, wirklich«, murmele ich angefressen und trotte weiter auf die beleuchtete Haltestelle zu. Im Gehen klopfe ich mir den Schnee vom Mantel und setze meine fellbesetzte Kapuze auf.

»Wo musst du hin?«, höre ich hinter mir unerwartet. Als ich mich umdrehe, sehe ich den Mann, der mir auf dem Gehweg aufgeholfen hat.

»Zur Arbeit.«

»Der Bus fährt …« Er hebt seinen Arm über meine Schulter und geht mit dem Zeigefinger den Fahrplan durch. »In dreißig Minuten. 23.30 Uhr.« Dabei blockiert er mir den Weg und steht verdammt nah vor mir. Verdutzt starre ich seine geöffnete Jacke an, unter der ich eine Sweatjacke entdecke und ebenmäßige Haut sehe.

»Ich weiß«, wispere ich und ducke mich unter seinem Arm hinweg. Jetzt muss ich dummerweise eine halbe Stunde später anfangen und bekomme weniger Geld.

Auf der Bank nehme ich schnaufend Platz, ziehe die Tasche auf meinen Schoß und beiße die Zähne zusammen. Vom Sturz schmerzt immer noch mein Steißbein. Warum besitzen Menschen überhaupt eines? Müsste sich das nicht evolutionsbedingt komplett zurückentwickelt haben?

»Geht es dir gut? Ist dir was passiert?«

Mit knappen Blicken schaue ich zu dem Fremden auf, der mir zwar bloß helfen will, mir aber langsam lästig wird.

»Alles bestens. Es geht schon. Ist nichts passiert.« Was für eine Lüge. Mir tut mein Hintern weh, mein Jackenärmel hat am Ellenbogen ein Loch und ich habe den Bus verpasst.

»Magst du keinen Blickkontakt oder redest du nicht gern mit Fremden?« *Wenn er wüsste.* Ich rede mehr mit fremden Personen als mit denen, die ich kenne.

Mit einem skeptischen Blick schaue ich zu ihm auf, um

ihn näher zu betrachten. Dabei schiebe ich zwei störrische braune Haarsträhnen aus meinem Gesicht und danach die Jackenärmel weiter über die Handschuhe. Er wirkt nett. Hat ein schönes Gesicht, kann sogar lächeln, obwohl es arschkalt ist und wir hier allein hocken. Nein, falsch ... er hockt nicht hier.

»Nein, tue ich nicht«, lüge ich und weiche seinen neugierigen Blicken aus. Denn er besitzt blaue Augen, die ständig mein Gesicht betrachten, als würde er darin eine Warze oder einen Pickel suchen. Ich mag aufdringliche Blicke nicht. Für gewöhnlich schaue ich jemandem nie länger als zwei Sekunden in die Augen.

Er trägt eine dunkle Hose, Sweatjacke bei der verdammten Kälte und darüber eine schwarze geöffnete Outdoorjacke mit Pelzkapuze. Erst jetzt fallen mir seine fingerlosen Handschuhe und braunen schweren Schnürboots ähnlich wie meine auf.

»Was hältst du davon, wenn ich dich fahre? Es ist bitterkalt und dreißig Minuten können mitten in der Nacht für eine Frau ganz allein sehr lang und beängstigend werden«, bietet er mir an und schenkt mir wieder dieses lockere Sonnyboylächeln.

»So beginnt jeder Horrorfilm. Nein, danke. Ich warte auf den Bus.«

Stur schaue ich an ihm vorbei. Er dürfte jetzt merken, dass ich nicht mit ihm reden möchte. Was ist, wenn er der Mörder ist? Die meisten Serienmörder wollen zuerst das Vertrauen der Opfer gewinnen, bevor sie sie gewaltsam umbringen.

Wir befinden uns auf einer Straße, an der sich ein Wohnblock neben den anderen reiht. Wenn ich laut schreie, würde das die Bewohner aus ihrem Schlaf reißen. Aus dem Grund wäre es keine ideale Möglichkeit, um mich hier anzugreifen.

Ich bleibe in der Haltestelle sitzen, so lange, bis der nächste Bus kommt.

Mit jeder Minute fühlen sich meine Fingerspitzen tauber an. Ich vergrabe meine Hände in den Taschen und schaue an dem Mann vorbei.

»Finde ich gut. Man sollte keinen Fremden trauen.«

Genervt verdrehe ich die Augen. *Wann gehst du endlich.*

»Wenn du nichts dagegen hast, bleibe ich so lange hier, bis dein Bus kommt.« Unvermittelt nimmt er neben mir auf der kalten Bank Platz und streckt die Beine aus. Lässig verschränkt er sie und stößt mich hin und wieder mit seinem Ellenbogen an. Sollte mich das jetzt beruhigen oder beunruhigen?

Ohne einen Ton von mir zu geben, ziehe ich meinen Schal höher ins Gesicht, lehne mich gegen die Glasscheibe der Haltestelle und warte. In meiner rechten Hand befindet sich ein Pfefferspray, das sofort zum Einsatz kommt, falls er übergriffig wird. Wobei ich ehrlich sagen muss, dass ein Mann wie er bei Frauen sicher gut ankommt. Er bekommt auch so, was er will, und muss sich nichts erzwingen.

Auch wenn ich schöne Männer nicht bewundere, da mir der Charakter wichtiger ist, gebe ich ehrlich zu, gehört er zu den von Gott bevorzugten Exemplaren. Er sieht sportlich aus, ist groß gewachsen, hat volles Haar, ebenmäßige Gesichtszüge, etwas leicht hervorstehende Wangenknochen, markante Augenbrauen und keinen Bart. Aber selbst mit einem Wochenbart sähe er bestimmt gut aus.

Er ist sicher knapp fünf bis zehn Jahre älter als ich, trägt gar nicht mal so billige Klamotten. Hosen von Bugatti, teure neue Lederboots. Jacke von Off-White. Arm oder obdachlos ist er nicht. Vielleicht ist er ein Ehemann, der einer Frau nur Gesellschaft leisten will, damit sie nicht in der Nacht angegriffen wird.

»Du musst wirklich nicht mit mir warten«, bringe ich mit bibbernden Lippen hervor. »Es ist verdammt kalt.«

»Ich warte gern. Und ich halte mein Wort. Außerdem kann ich dir auf diesem Weg beweisen, kein Monster zu sein, sondern der Sorte Mann anzugehören, die Frauen respektvoll behandelt.«

»Hm«, stoße ich hervor. *Wem will er das beweisen? Sich oder mir?*

»Hat das einen genauen Grund? Kein Mensch setzt sich dreißig Minuten neben jemand Fremden und friert sich hier draußen die Eier ab.«

Neugierig schiele ich in seine Richtung. Er lächelt breit, bevor er das Gesicht zu mir dreht. »Du hast da einen schwarzen Punkt unter dem linken Auge. Genau da.« Nun deutet er mit dem Zeigefinger unter mein Auge.

»Ich weiß«, lüge ich, damit ich nicht, wie er es vielleicht erwartet, in meinem Gesicht herumrubbele. In der Hektik, in der ich Mascara aufgetragen habe, kann mein Gesicht nur wie ein gesprenkeltes Osterei aussehen.

»Du willst es nicht wegmachen?«

»Wieso denn? Vielleicht möchte ich es so tragen.« Vielleicht kann ich den Punkt auch nicht wegmachen, weil ich meine verdammten Finger bis dahin nicht mehr spüre und sie abgefallen sind.

»Sieht gut aus.«

»Siehst du. Wenn es dir gefällt, dann lasse ich den Punkt«, scherze ich und richte mich höher auf. »Gott, ist das kalt«, bringe ich hervor, sodass mein warmer Atem als frostige Wölkchen aufsteigt.

»Mein Angebot steht noch. Ich fahr dich zur Arbeit. Mein Wagen steht gleich dort hinten.« Er deutet mit dem Daumen auf eine Seitenstraße. Genau der Straße, in der ich wohne. Sofort wird mein Blick ernst.

»Wohnst du dort?« *Falls ja, hätte ich ihn sicher irgendwann gesehen.*

»Nein. Ich wohne am anderen Ende der Stadt.«

»Ah, in einem Reichenviertel, oder? Das hier ist eher das Slum-Studenten-Gebiet von Vilnius.«

Er lächelt nur in sich hinein, ohne auf meine Worte einzugehen.

»Dennoch nein, es dauert nur noch zehn Minuten, bis der Bus kommt«, sage ich, als ich mein Handy aus der Manteltasche hervorhole und es angeschaltet habe. Die Hände reibend ziehe ich die Arme eng an den Körper.

»Du hast meine Frage nicht beantwortet«, hake ich nach.

»Du hast mir keine gestellt.«

Doch, schon. »Warum sitzt du hier und wartest freiwillig in der Kälte auf einen Bus, in den du nicht einsteigen wirst?«

»Weil ich dich nicht allein lassen will.« Ja sicher. Jeder Mensch hegt Absichten. Will er mich anflirten? Oder vögeln?

»Was willst du genau? Hast du auch einen Namen?«

Nun hebt er mir seine Hand entgegen. »Ich habe einen

Namen, nenn mich Aras.« *Aras?* »Und nein, ich will nichts Bestimmtes, sondern mich mit dir unterhalten.«

Okay. Warum will er sich mit mir unterhalten? Ich lege meine Hand in seine. »Hallo, Aras, ich heiße Moira. Schön, dich kennenzulernen, auch wenn unsere Begegnung gleich endet. Dort kommt endlich der Bus.« Ich schenke ihm ein dankbares Lächeln, da er mich wirklich nicht begrapscht oder angegriffen hat. Er hat sein Wort gehalten und einfach nur gewartet. Wie merkwürdig, zugleich auch freundlich.

Ich schnappe meine Tasche und erhebe mich, doch er gibt meine Hand nicht frei, sondern schaut mich wieder unentwegt an. »Pass auf dich auf, Moira. Die Stadt ist nachts sehr gefährlich.«

Ich weiß. Aus dem Grund reißen sich die Mitarbeiter nicht gerade um die gut bezahlten Nachtschichten.

»Das mache ich, Aras. Komm gut nach Hause und danke für deinen Schutz.«

Nun löst er seine Hand um meine, lächelt freundlich und macht einen Schritt von mir zurück. Ich blinzele mehrmals, bevor ich meine Tasche umhänge und danach auf den Bus zugehe. Mehrmals drehe ich mich zu Aras um, als ich in den Bus steige. Er beobachtet mich sogar, während ich durch den halben Bus laufe und mich an einem Fensterplatz hinsetze. Lächelnd winke ich ihm zu, woraufhin er die Hand hebt.

Als sich der Bus in Bewegung setzt, hebe ich die Kapuze von meinem Haar und behalte ihn so lange im Auge, bis der Bus abgebogen ist.

4
MOIRA

Hallo, Moira«, begrüßt mich die eiskalte rauchige Stimme des Mörders. »Du bist spät dran.«

»Ich habe meinen Bus verpasst. Worüber möchtest du mit mir sprechen?«, bringe ich angewidert über die Lippen und male Kreise in mein Notizbuch, um die Anspannung zu lösen.

»Es gelten dieselben Regeln. Nur damit du im Bilde bist. Legst du vor mir auf, ist Dalia tot.«

»Verstanden.« Geräuschvoll hole ich Luft.

»Du wirkst angespannt. Hattest du einen anstrengenden Tag?«

»Ja, er war anstrengend. Wie geht es Dalia?«

»Ich stelle die Fragen, Moira. Sei nicht gleich so forsch. Wir sprechen doch erst zwei Minuten miteinander.«

Du Bastard. Du hältst eine Frau gefangen und findest es wichtiger, Gespräche über den Tag und das Wetter zu führen, während sie leidet.

Im Hintergrund höre ich erneut dieses rätselhafte Klacken. Er atmet tief durch und stößt Luft aus. Er raucht, das ist klar und deutlich zu hören.

»Okay. Dann höre ich dir ganz in Ruhe zu.« Was habe ich schon für eine Wahl?

»Das ist sehr freundlich von dir. Ich möchte dich etwas fragen.«

»Gerne«, bringe ich gespielt höflich über die Lippen, obwohl ich ihn am liebsten anschreien würde. Draußen auf dem Gang stehen zwei Polizisten, die das Gespräch zwar nicht mitverfolgen, aber zur Not eingreifen werden. Es wird aufgenommen, womit Magnus ganz bestimmt rechnet.

»Bevorzugst du es beim Sex, oben zu sein oder lieber auf dem Rücken zu liegen?« *Bitte was?*

Entsetzt von seiner sehr aufdringlichen Frage halte ich das Mikrofon zu und keuche. Verdammt, das wird aufgezeichnet.

»Bist du noch dran? Moira? Moira!«

»Ja«, antworte ich, nachdem ich tief durchgeatmet habe. »Ich bin noch dran.«

»Wie lautet deine Antwort?«

»Warum interessiert es dich?«

»Du stellst mir keine Fragen, sondern beantwortest meine, wenn Dalia leben soll.«

»Ich will einen Beweis, dass du sie wirklich festhältst und sie lebt. Wenn ich ihn höre, dann beantworte ich alle Fragen, die du mir stellst. Haben wir eine Vereinbarung?«, frage ich gefasst und zugleich mit bebenden Stimmbändern. Warum verfluchter Mist muss immer mir so was passieren. Ausgerechnet kurz vor meiner wichtigsten Prüfung.

»Meinetwegen. Ich mache dieses eine Zugeständnis. Aber nur, weil ich dich mag.« Schwere Schritte sind zu hören, das metallische Klappern ist verstummt. Etwas weiter entfernt, als hätte er den Hörer abgelegt, kann ich erstickte Geräusche hören, dann ein hohes Stöhnen, als würde jemand hinter einem Knebel schreien.

Unerwartet höre ich schrille, angsterfüllte Rufe. »Moira!«, erkenne ich Dalias Stimme. Sie klingt verzweifelt und unglaublich panisch. »Bitte … bitte hilf mir! Mach, was er sagt.«

Mein Magen knotet sich schmerzhaft zusammen, als ich ihr Flehen höre, ihre Stimme wiedererkenne und ihre Verzweiflung wie lähmendes Gift auf mich übergeht. Wir waren nie Freunde, aber ich kann sie nicht im Stich lassen. Vilma rollt auf ihrem Bürostuhl zu mir heran, als ich ihr ein Zeichen gebe. Sie ist eingeweiht wie auch Matas, die beide den Anruf ab jetzt über ihre Headsets und Lautsprecher mitverfolgen.

Verzweifelt blicke ich zu ihnen. Er ist tatsächlich Dalias Entführer. Er hat mich nicht angelogen. Gerade wünschte ich, er hätte es getan.

»Was … was machst du … Nein! Nein, ich will das

nicht«, höre ich Dalia, von Magnus ist nichts zu hören. »Bitte nicht ... Bitte ...« Danach ertönt ein qualvoller durch Mark und Bein gehender Schrei.

Augenblicklich lege ich das Headset ab, da ich das nicht länger anhören kann, und beiße in meinen Handrücken. Doch die Schreie gehen weiter, da sie weiterhin durch die Lautsprecher zu hören sind.

»O mein Gott«, stößt Vilma hervor. »Es ist wirklich Dalia.«

»Reden Sie weiter ...«, spricht ein Polizist zu mir, der den Raum betreten hat. »Wenn Sie auflegen, wird er nicht noch mal anrufen. Es ist die einzige Möglichkeit, mehr über ihn zu erfahren.«

Sein verdammter Ernst? Ich soll mir weiter anhören, wie eine Frau gequält wird?

»Du und deine netten Anwesenden konnten hören, dass Dalia wirklich bei mir ist. Gut versorgt und bei bester Gesundheit«, verarscht er uns. »Ich habe dir nicht ausdrücklich verboten, die Polizei zu informieren, Moira. Dennoch bin ich enttäuscht. Das zerrüttet unser Vertrauensverhältnis.« *Welches beschissene Vertrauensverhältnis!* »Aber lass die Polizisten doch deine Antwort auf meine Frage mitanhören.«

Ich greife zum Headset und setze es wieder auf. »Welche ...«

»Ah, ah, du stellst mir keine Fragen. Stell dich nicht so an. Sag mir, wie du am liebsten gevögelt wirst!«

Mieses Schwein! Aus den Augenwinkeln schaue ich zu den Polizisten, die endlich herausfinden sollen, wo sich Magnus aufhält. Wie kann er wissen, was hier im Callcenter vor sich geht, wenn er Dalia in seiner Nähe gefangen hält? Er muss irgendwo eine Kamera installiert haben.

»Moira. Lass mich nicht zu lange warten.«

»Ich … mag beides. Ich mag es, wenn ich auf ihm sitze und ihn reite, und auch, wenn ich unter ihm liege.«

»Siehst du, war gar nicht so schwer. Kommen wir zu meiner nächsten Frage. Was denkst du über Dalia?«

Angespannt verdrehe ich die Augen. Je mehr ich Zeit schinde, desto weniger blödsinnige Fragen kann er mir stellen.

»Lass dich nicht immer so bitten!«, fährt er mich an. »Du stellst meine Geduld langsam auf die Probe!« Seine Stimme wird mit jedem Wort kehliger und ungehaltener.

»Ich halte sie für eine egoistische, selbstverliebte Kuh, die meint, jedem ihre Meinung aufdrücken zu müssen, ohne zu wissen, wie sie auf anderen herumtrampelt. Genügt dir die Antwort?«

»Sehr aufrichtig von dir, Moira. Du wirst mir immer sympathischer.«

»Ich hoffe nicht, Magnus. Denn ich werde dein Spiel nicht mehr lange mitspielen.« Die Polizisten schütteln die Köpfe, da sie befürchten, ich könnte auflegen.

»Du bist ja richtig zornig. Sind dir meine Fragen zu privat?«

»Allerdings, du Arschloch!«

»Es geht um dein Leben, Schätzchen. Keine Antwort könnte zu beschämend sein, um deine eigene Haut zu retten. Du hast die Polizei als Mithörer auf den Plan gerufen. Wenn es nach mir gegangen wäre, wäre das Gespräch unter uns beiden abgelaufen. Also reg dich jetzt nicht über die Situation auf.«

Mieser …! Er hat recht, aber das werde ich ihn nicht wissen lassen. Mit geschlossenen Augen hole ich tief Luft, um mich zu sammeln. Ich höre ihn plötzlich ganz entspannt ein Kinderlied pfeifen. Es kommt mir sehr bekannt vor, auch wenn ich nicht darauf komme.

»Wieder alles gut zwischen uns?«

»Leck mich!«

»Würde ich, wenn ich bei dir wäre. Ich denke sogar, dass es mir gefallen würde.« *Widerlicher perverser Sack.*

»Ich kann mir nicht vorstellen, dass es mir gefallen würde. So wie du mit Frauen umgehst, kannst du ganz sicher nur ein verschmähtes armes Würstchen sein. Du wirst es vermutlich nicht im Bett gebracht haben. Aus dem Grund sind die Frauen gegangen und jetzt rächst du dich an ihnen.«

»Frau Kudirka, provozieren Sie ihn nicht«, flüstert mir ein Polizist zu.

»Dann unterhalten Sie sich mit ihm!«

»Mit der Krummnase will ich nicht reden. Er hat keine Eier so wie du, Moira«, mischt sich Magnus in das Gespräch ein. »Ich fühle mich von deiner Antwort gekränkt. Sehr sogar. Aus dem Grund werde ich Dalia einen Finger abschneiden.«

»Ach komm schon, es war nur eine Vermutung, nicht ernst gemeint«, will ich ihn davon abhalten, spanne die Schultern an und starre geradeaus auf den Bildschirmmonitor.

»Du glaubst, ich bluffe nur, was? Du denkst, das hier ist

ein Unterhaltungsprogramm?«

»Nein, das glaube ich nicht, Magnus. Es tut mir leid, was ich gesagt habe. Es ist mir einfach so rausgerutscht und …«

Doch schon höre ich ein Knacken, dem ein unendlich gequälter Schrei folgt. Dalia ist zwar wieder geknebelt, trotzdem sind die erstickten Laute, die sie von sich gibt, unendlich herzzerreißend.

Meine Schuld. Es ist meine Schuld, dass er das gemacht hat. Und das nur, weil ich nicht die Klappe gehalten habe. Mit Tränen in den Augen schaue ich zu den Polizisten auf.

Macht doch irgendwas! – flehe ich sie mit den Blicken an. Der junge Mann wirkt komplett fahl und sieht aus, als würde er jede Sekunde umkippen. Sein Kollege hält das Gesicht gesenkt. Vilma hingegen presst die Hände vor den Mund und stürmt aus dem Callcenter. Die Schreie sind kaum auszuhalten und das Lachen des Irren ebenso wenig.

»Es ist bloß der kleine Finger. Beruhig dich wieder. Ich schicke ihn dir zu, damit du dich selbst davon überzeugen kannst, Moira.«

Ohne einen Ton von mir zu geben, weine ich. Ich will, dass es aufhört, und auflegen. Schnell reiße ich die Hand zur Taste, die mir von den Polizisten weggezerrt wird. Der Schwarzhaarige schüttelt den Kopf.

»Moira, Schatz? Ich denke, du brauchst eine Pause.«

»Hm«, bringe ich mit bebenden Lippen hervor und spüre, wie mein Mageninhalt die Speiseröhre hochkriecht.

»Wir reden am Montag weiter. Schlaf gut, Liebes. Dalia verdankt dir ihr Leben, vergiss das nicht, und du behältst deines. Bis Montagabend.« Schon hat er aufgelegt.

Blitzschnell reiße ich das Headset von meinem Kopf,

halte den Bauch umfasst und verlasse das Center, um die Damentoiletten aufzusuchen.

Ich stürme in die Toilette, klappe den WC-Deckel hoch und übergebe mich. Da ich nicht gerade viel über den Tag hinweg gegessen habe, würge ich hauptsächlich Kräutertee hervor und ein paar Reste von Kartoffelsalat.

Gott … Ich will, dass es vorbei ist.

5

ARŪNAS

Ich muss sagen, ich habe sie mir komplett anders vorgestellt. Nicht besser oder schlechter. Einfach anders. Scheiße, habe ich mit meiner äußerlichen Beschreibung von ihr fehlgelegen. Statt blonden Locken hat sie braunes glänzendes Haar. Da sie einen dicken Mantel getragen hat, weiß ich nicht, wie sie darunter aussieht. Dafür weiß ich, dass mir ihre Vorsichtigkeit gefällt. Und ihr freches Mundwerk.

Außerdem ist ihr Ausrutschen auf dem Eis ein unvergesslicher Anblick für mich. Es muss höllisch wehgetan haben, trotzdem hat sie keine Miene verzogen. Wie sie gestürzt ist, werde ich so schnell nicht vergessen. Sie ist anders als die Frauen, die ich bisher getroffen habe. Nur … etwas ist da, was mir bekannt vorkommt. Nur weiß ich nicht, was es ist.

Immer wieder schaue ich zu dem Bürogebäude auf, in dem sie arbeitet. Es brennt nur in der fünften Etage Licht. Nahe am Gebäude liegt ein Park. Ein für mich allzu bekannter Park, in dem häufig gedealt wird und sich zwielichtige Gestalten herumtreiben.

Eines muss ich ihr lassen: Moira ist wirklich mutig, sich nachts in nicht gerade ungefährlichen Gegenden aufzuhalten. Sie dürfte bis sechs Uhr morgens arbeiten.

Irgendwie komme ich mir ziemlich blöd vor, auf dem Parkplatz des Bürogebäudes zu parken und abzuwarten, bis Madame durch die Tür kommt. Allerdings will ich ihr noch mal begegnen, nur ein Mal.

Denn da ist so ein Teil in mir, der wissen will, was mir so vertraut an ihr vorkommt.

Den Fahrersitz weit zurückgefahren, hebe ich die Beine auf das Armaturenbrett meines Geländewagens und rauche eine Zigarette. Erst dann sehe ich, dass sich da oben etwas bewegt. Jemand springt nahe am Fenster auf, gestikuliert wild und verschwindet gleich darauf.

Was geht dort oben ab? Wird sich gestritten?

Genüsslich nehme ich noch einen Zug und entdecke aus den Augenwinkeln eine Gestalt zwischen dem Gebüsch am Parkrand.

Heilige Scheiße! Warum habe ich dich kleinen Bastard nicht eher bemerkt?

Er steht weiter vorn am Gebäude und sieht mich nicht. Sofort lasse ich das Fenster herunterfahren und werfe die Kippe hinaus. Ein rotes Glühen fällt in der Nacht sofort auf.

Was ist das für ein Penner, der vor dem Gebäude herumlungert? Ein Dealer, der auf jemanden wartet?

Verdammt, gerade wünschte ich, ich hätte ein Fernglas dabei. Es ist kurz nach zwei Uhr nachts, bitterkalt, minus zwölf Grad und jemand steht dort und starrt zur beleuchteten Etage auf.

Gut, dass Moira dort oben ist. Die Tür ist verriegelt, ich habe selbst versucht, ins Gebäude zu gehen.

Als ich mich im Sitz aufrichte und meine Liegeposition ändern will, geht im Treppenaufgang Licht an. Ich sehe eine Person eilig Stufen herunterlaufen, gefolgt von zwei weiteren. Und verdammt, es sind Polizisten. Warum sind Polizisten dort oben?

An der Tür angekommen, stößt die Person sie kräftig auf und bleibt davor stehen. Sie unterhält sich mit den zwei uniformierten Männern, schüttelt den Kopf und zerrt sich die Kapuze über das braune Haar. Will sie schon gehen?

Sofort schaue ich zu der im Park wartenden Person. Sie ist verschwunden. *Was ein Schisser. Kaum hat er die Bullen entdeckt, hat er die Biege gemacht.*

Mit eiligen Schritten, die Arme um den Körper geschlungen und Schultern eingezogen, geht Moira quer über den Parkplatz. Was soll das werden? Sie will jetzt nach Hause fahren? Dort zur Haltestelle gehen, an der betrunkene Jugendliche ebenfalls auf Bahn und Bus warten?

Warum fahren sie die Polizisten nicht nach Hause? Ah,

verstehe. Madame hat sie gerade abgewimmelt so wie mich vor wenigen Stunden. Wollen wir sehen, ob sie meine Einladung erneut ablehnt.

Ich starte den Motor meines Autos, nachdem ich meine Beine vom Armaturenbrett genommen habe, und fahre ihr langsam hinterher.

Als sie das Scheinwerferlicht bemerkt, dreht sie sich mehrmals um. Und plötzlich rennt sie. Sie rennt, als ginge es um ihr Leben. Hält sie mich für einen Stalker? Schnell hole ich auf und lasse das Fenster auf der Fahrerseite herunter. »Renn nicht so, Moira. Sonst landest du wieder auf deinem hübschen Hintern«, scherze ich. Abrupt hält sie schwer atmend an.

»Du? Hier? Aber … Verschwinde. Lass mich in Ruhe!«

»Wieso? Was ist passiert?«

»Du sollst gehen. Fahr weiter! Ich … will einfach nur weg.«

Sie sieht ziemlich blass aus und wirkt beinahe panisch. Was ist vorgefallen, dass sie sich von einer schlagfertigen, entschlossenen Frau plötzlich zu einem vollkommen aufgelösten Nervenbündel entwickelt hat?

»Wovor hast du Angst? Warum waren die Polizisten im Gebäude?«, will ich wissen und fahre weiter neben ihr her. Immer wieder checke ich meine Seitenspiegel, um zu überprüfen, ob wir verfolgt werden.

»Stalkst du mir hinterher? Bist du sein Handlanger?« Sie starrt mich wütend an, während sie weiter auf die Haltestelle zuläuft. »Du bist einer von Magnus' Anhängern, oder? Du hast ihm gesagt, dass Polizisten im Callcenter sind.«

»Wie bitte, was? Magnus? Ich bin dir nur gefolgt, um

sicherzugehen, dass du heil und unversehrt zur Arbeit kommst.«

»Klar, sicher«, schnaubt sie und senkt ihre Brauen. Sie sieht aus, als würde sie jeden Moment in Tränen ausbrechen. »Verschwinde, Aras. Fahr weiter!«

Magnus. Magnus. Irgendwie klingelt da etwas in meinem Hinterstübchen. Wo habe ich den Namen gehört oder gelesen?

Ich umfasse das Lenkrad und fahre ruhig neben ihr her, bis es mir einfällt. Schlagartig wird mein Gesichtsausdruck todernst. Nicht der Magnus, der seit Jahren Frauen entführt, vergewaltigt und auf bestialische Art tötet.

»Der Mörder?«, hake ich nach. Als hätte ich sie beschimpft, zuckt sie schreckhaft zusammen und bleibt stehen. »Okay, los, steig ein, Moira.«

»Nein«, antwortet sie stur. »Ich fahre allein zurück.«

»Bist du bescheuert? Steig ein, ich fahre dich nach Hause.«

Sie presst energisch die Lippen zusammen und schüttelt den Kopf. Dabei schnieft sie. »Er tut mir nichts. Ich dürfte nicht mal mit dir darüber reden. Ich kenne dich nicht mal.«

Ohne sie vorzuwarnen, beschleunige ich den Wagen und fahre auf den Gehweg, damit sie mir nicht entwischt. Sie macht große Augen, als sie mein Manöver sieht, und will umdrehen. Doch ich steige aus und bekomme sie am Ellenbogen zu fassen.

»Es ist viel zu gefährlich hier draußen. Jetzt steig in mein Auto.«

»Spinnst du? Willst du mich kidnappen?« Sie wehrt sich

mit Händen und Füßen, als würde ich ihr nach dem Leben trachten. Verdammt hat sie viel Kraft!

»Nein, ich will dir helfen, verflucht.«

»Ich brauche deine Hilfe nicht.« Scheiße, kann sie eigensinnig sein.

»Okay.« Mit in die Luft gehobenen Händen trete ich von ihr zurück. »Geh allein nach Hause, lass dich dort von den betrunkenen Jugendlichen anpöbeln und von dem Mörder beobachten.«

Ohne sie weiter zu belästigen, was wohl so auf sie gewirkt hat, nehme ich Abstand und steige in meinen Wagen. Warum helfe ich ihr eigentlich? Ich mache mich nur zum Deppen.

Sie blickt sich in alle Richtungen um, sieht die Kerle an der Haltestelle, wie sie laut lachen und sich herumschubsen, sieht den dunklen Wald und schreit dann auf. Ich drehe mich im Auto um und entdecke die Gestalt, die vorhin im Park stand, im Rückspiegel. Moira umrundet meine Motorhaube, reißt die Beifahrertür auf und springt in meinen Wagen.

»Fahr los. Mach schon!«

Das ging ja schnell. »Beruhige dich. Er ist schon die gesamte Zeit da und hat dich beobachtet.«

Mit weit aufgerissenen Augen starrt sie mich an. Ich lächle in mich hinein, verriegele den Wagen und setze zurück. Die Gestalt nimmt sofort Abstand. Sollte sie auch, da sie sich sicher nicht mit mir anlegen will.

»Sagst du mir jetzt, was genau passiert ist und du mit dem Killer zu schaffen hast?«

Moira umklammert ihre Tasche auf den Beinen und

starrt aus dem Fenster. »Er hat mich vor wenigen Abenden angerufen. Ich arbeite in einem Callcenter, was du sicher schon weißt. Er wollte mit mir reden und macht sich einen Spaß daraus, mich mit anhören zu lassen, wie er Menschen quält. Er hat eine Mitarbeiterin von uns bei sich. Sie heißt Dalia. Gott, das ist so krank. Was soll ich jetzt machen?« Vollkommen aufgelöst beugt sie ihren Oberkörper nach vorn und vergräbt die Hände im Gesicht.

»Nicht mit ihm reden?«, schlage ich vor.

»Dann bin ich die Nächste. Er will am Montag wieder anrufen.«

Warum führt er Gespräche mit ihr? Um sich aufzugeilen und mit seinen Taten zu prahlen? Welchen Bezug hat er zu ihr? Und wieso warnt er sie vor? Soweit ich weiß, schnappt er sich seine Opfer eher zufällig, wählt sie innerhalb eines Abends aus und plant keine Entführungen wochenlang.

»Dann bist du am Montag krank. Er tut dir nichts.«

»Woher willst du das wissen?«

»Weil er es sonst längst getan hätte. Denk mal nach, welcher Mörder ruft bei dir an und will weitere Male mit dir sprechen? Du bist ihm wichtig. Warum auch immer. Er tötet dich vielleicht dann, wenn du ihn enttäuschst.«

Verwirrt schaut sie mich an. »Woher weißt du, wie er tickt? Kein normaler Mensch kann sich in diese gestörte Psyche hineinversetzen.« Und sie will eine Psychologiestudentin sein. Fachgebiet verfehlt, würde ich sagen.

»Ich bin gut im Profiling.«

»Du verarschst mich gerade.«

»Ja, das stimmt.« Ich lache. »Wenn er dich Montagabend sprechen will, bleibst du drei Tage am Leben. Das ist doch was«, will ich sie aufmuntern und stoße sie mit dem Ellenbogen an. Sie ist auf einmal ziemlich still.

»Das ist kein Spaß, Aras. Er hat seine Freude daran, mich an seinen Taten teilhaben zu lassen. Ich habe Dalia schreien gehört. Sie lebt noch, aber nur so lange, wie ich mache, was Magnus will. Er hat ihr … ihr einen Finger abgeschnitten. Findest du das auch komisch? Alle haben es im Center gehört, selbst die Polizisten.«

Nein, das ist überhaupt nicht komisch. Es hört sich todernst an. Gut, dass ich sie eingesammelt habe.

»Ich bringe dich nach Hause. Danach verlässt du deine Wohnung nicht mehr, auch nicht, wenn es klingelt. Du lässt dir von der Polizei Leute schicken, die dich rund um die Uhr bewachen sollen.«

Als sie meine Worte hört, nickt sie und reibt über ihre Fingerknöchel. »Ich habe nur morgen eine Prüfung. Ich kann sie nicht sausen lassen.«

»Wirst du müssen.« Vor dem Wohnkomplex in ihrer Nähe angekommen, frage ich sie nach dem Weg. Ich kenne ihn, aber wenn ich einfach so zu ihrem Block fahre, wird sie misstrauisch. Das wäre ich an ihrer Stelle auch.

Ich stoppe den Wagen am Straßenrand vor dem Eingang und schaue zu ihr. Sie wirkt immer noch schrecklich nervös. »Ich danke dir. Tut mir leid, dass ich dich vorhin so angegriffen habe. Trotzdem bist du mir unheimlich.«

Glaube ich ihr sogar. »Geh direkt in deine Wohnung und schließ die Fenster und Türen. Auch wenn ich nicht glaube, dass Magnus dich in den nächsten drei Tagen töten wird.« Beim Wort *töten* zuckt sie zusammen und schaut zu mir.

»Kannst du … Nein.«

»Kann ich was?«, erkundige ich mich.

»Nein, schon gut. Danke nochmals. Bis irgendwann.« Sie öffnet die Beifahrertür und will aussteigen, als ich sie am Handgelenk zu fassen bekomme.

»Was kann ich? Sag es mir.«

»Kannst du kurz mit hochkommen und nachsehen, ob jemand in meiner Wohnung ist?«, fragt sie mich mit einem bittenden und zugleich peinlich berührten Blick. Ich schlucke hart und nicke.

»Sicher, ich schaue nach.«

Vor ihrer Wohnung angekommen, schließt sie die Tür auf. Danach schiebe ich sie hinter mich und stoße die Wohnungstür auf. Moira schaltet das Licht hinter mir an. Doch egal in welchen der drei Räume wir gehen, es ist niemand da. Ihre Wohnung ist so klein, dass sich ein Killer nicht einmal in einem Schrank verstecken kann.

»Hier ist niemand. Du kannst ganz beruhigt schlafen gehen.«

Sie nickt aufgelöst und holt tief Luft. »Du sollst nicht glauben, dass ich ein Angsthase bin.«

»Mal ehrlich, Moira. Welche Frau wäre gelassen, wenn sie mit einem potenziell gesuchten Frauenmörder telefoniert? Keine.«

»Du hast recht. Ich will dich auch nicht länger aufhalten. Du musst sicher nach Hause zu deiner Familie oder so.«

Meine Familie sind die Vanags und von denen habe ich mich gerade selbst beurlaubt. »Nein, muss ich nicht. Ich habe keine Familie.«

Perplex dreht sie sich auf Socken zu mir um und öffnet ihren Mantel. Als sie ihn ausgezogen hat, sehe ich eine wirklich hübsche schlanke Frau, die in einem übergroßen Pullover steckt und dunkelgraue Skinnyjeans trägt.

Ihr kastanienbraunes Haar fällt in leichten Wellen über ihre Schultern. Sie trägt einen Seitenscheitel und hat ein für mich sehr natürliches Gesicht mit schwachen Sommersprossen, grünen Augen und einer kleinen geraden Nase.

»Nicht?«, hakt sie verwundert nach und weicht sofort meinen Blicken aus. Sie mag es nicht, länger als fünf Sekunden angeschaut zu werden. Wieso nicht? Sie muss sich nicht für ihr Aussehen schämen, im Gegenteil.

»Nein«, sage ich ruhig. »Ich lebe für meinen Job.«

»Ah, okay, was machst du beruflich? Arbeitest du auch in Schichten? Du bist schließlich noch wach. Andere schlafen um diese Zeit.«

Sie läuft zu ihrer kleinen Kochnische, die nur aus Herdplatte, Minibackofen, Toaster und Wasserkocher besteht.

Was soll ich darauf antworten? Ihr wird die Antwort nicht gefallen. Auch wenn ich mit ihr vor Tagen sehr entspannt telefonieren konnte, wird sie jetzt, da ihr ein Mörder auf den Fersen ist, sicher schreiend die Wohnung verlassen.

»Mein Job ist es …«, antworte ich und ziehe den Zeigefinger über die Küchenplatte, als sie den Wasserkocher befüllt. »Meinen Boss zu beschützen.«

»Ah, dann bist du ein Bodyguard oder so?«

Ich hasse es, zu lügen. Aus dem Grund tat es gut, am Telefon mit ihr unbefangen über das zu reden, was ich wirklich bin. Ebenfalls ein Killer, der Feinde tötet, für eine Organisation arbeitet, die illegal Waffen über die Grenzen schmuggelt, und nebenbei illegal geführte Bordelle hochnimmt.

»Ja, unter anderem, Moira.«

»Du wirkst so verändert. Stimmt etwas nicht?«, fragt sie mich und zieht ihre Brauen über dem Nasenrücken zusammen.

»Ich denke, dass du hier auf Dauer nicht sicher bist.« Meine Augen wandern prüfend durch die Wohnung. Die Wohnungstür ist ohne Weiteres schnell eingetreten. Vor den Fenstern verläuft eine einladende Feuerschutztreppe. Magnus käme spielend leicht in diese Wohnung.

»Wie meinst du das? Du hast gesagt, ich soll die Fenster und Türen schließen.«

»Ich weiß, Moira. Aber ich will dir nichts vormachen, die Tür ist alt und deine Schlösser sind leicht zu knacken. Die Treppe vor deinen Fenstern …« Ich deute auf die halb zugezogenen Fenster. »Die reinste Einladung für einen Mörder. Du bist hier nicht sicher.«

Ein Poltern ist zu hören, als ihr der Wasserkocher aus den Fingern in die Spüle rutscht. Ich kann ihr ansehen, dass sie fieberhaft überlegt, was sie tun soll.

Ich wüsste eine Lösung, aber ich dränge mich ihr nicht auf. Langsam laufe ich am Tresen vorbei zu ihrer hellvioletten Samtcouch und nehme auf ihr Platz. Dabei schaue ich zu den Fenstern, zwischen denen ein Fernseher auf einer kleinen Kommode steht. Alles wirkt sehr sporadisch eingerichtet und trotzdem wohnlich. Sie hat aus fünfzig Quadratmetern viel gemacht. Es hängen Fotografien an den Wänden, Ordner stehen neben vielen Büchern in einem

Regal, sie hat auch einen hübschen Teppich auf den alten, teilweise eingerissenen Linoleumboden gelegt.

Mit zwei Tassen Tee kommt sie in ihr kleines Wohnzimmer und reicht mir eine Tasse. »Ich habe nur Tee da, tut mir leid.«

Tee? Ich starre in das Glas, in dem ein Teebeutel hängt. Wann habe ich zuletzt Tee getrunken? Tjark säuft das Zeug literweise neben seinen Shakes. Aber ich bevorzuge Wasser, Gin und Espresso.

»Ich liebe Tee«, lüge ich und könnte mich ohrfeigen. Mich kotzt es an, ihr nicht ins Gesicht sagen zu können, wer ich bin, was ich mache, was ich gern trinke und was nicht. Aber aus Rücksicht quatsche ich irgendwelchen Blödsinn.

Ich greife zum Honig, um den Tee etwas zu süßen, damit ich das Zeug hinunterbekomme.

Ich habe sie jetzt gesehen, finde sie hübsch, aber sollte wieder gehen. Sie ist heil zu Hause angekommen und sollte zu Verwandten oder Freunden ziehen, bei denen sie sicher ist.

»Ich muss auch gleich los«, sage ich, nachdem ich zwei Schlucke von dem Kräuterzeug getrunken habe, das sie nicht mal mit Honig gesüßt hat.

Ihre grünen Augen schauen auf meine Hände. »Ich weiß, wer du bist, Aras«, sagt sie plötzlich, umfasst ihre Tasse mit beiden Händen und schaut nun zu mir.

»Was?«, rutscht es mir raus.

Sofort wandert ihr Blick von meinem Gesicht zu meiner Tasse Tee, an der ich mir fast die Pfoten verbrenne.

»Ich erinnere mich an die meisten Stimmen. Bei dir habe

ich etwas gebraucht. Aber deine aufdringliche Art hat dich verraten, Arūnas.«

Kurzzeitig wird es totenstill. Nur das Ticken eines Weckers auf dem Beistelltisch neben mir ist zu hören. »Willst du mich auch töten?«

Hey ho, was? »Frag das noch mal«, sage ich ernst, stelle die Tasse ab und schaue sie verärgert an.

»Bist du hier, um mich zu töten oder zu vögeln?«

Okay, sie weiß es. Töten will ich sie nicht, warum sollte ich? Das Angebot auf Sex würde ich nicht ablehnen, aber sie legt es so aus, als würde ich ihn mir erzwingen wollen. Auf gar keinen Fall. Ich penne mit keiner Frau gegen ihren Willen.

»Ich bin nicht hier, um dich zu töten. Wenn ich es gewollt hätte, wärst du nicht mehr am Leben. Außerdem habe ich bisher nie eine Frau umgebracht. Dir ist das sicher unangenehm, ich wollte dich nur einmal sehen. Jetzt bist du heil zu Hause angekommen und ich mache die Biege. Im Übrigen hasse ich Tee. Wir sollten ab sofort ehrlich sein.«

Verdutzt schaut sie mich an, während ich mich erhebe, den Reißverschluss meiner Jacke zuziehe und angespannt lächele. Das war das dümmste erste Treffen meines ganzen Lebens. Ich habe mich komplett zum Volltrottel gemacht. Es ist besser, wenn ich wieder Frauen auf Partys aufreiße oder Escortdamen bestelle. Das hier ist einfach nur sinnfrei.

»Danke für deine ehrliche Meinung, Arūnas.« Jetzt erhebt sie sich ebenfalls. »Wer ist dein Boss? Für wen tötest du Menschen?«

»Das wird dir nicht gefallen. Ich mache es nicht gern, das

habe ich dir während unseres ersten Gesprächs bereits gesagt.«

»Du hast auch gesagt, dass du ihre Gesichter siehst. Dass es dich beschäftigt und dir nicht gefällt, sie zu töten. Und dass es Männer waren, die Frauen angegriffen und vergewaltigt haben.«

Augenblicklich denke ich an Divina, die eine grauenhafte Zeit in Dalius' Bordell überlebt hat.

»Dir macht es keine Freude, oder?«

Ich gehe um die Couch herum, ohne sie anzuschauen. »Es war nett, Moira. Such dir eine andere Unterkunft und rede nicht mehr mit Magnus. Er geilt sich daran auf und wird dich trotzdem irgendwann schnappen. Er demonstriert nur, wie viel Macht er über dich hat, und lässt dich glauben, dass du Einfluss auf sein Morden hast. Letztendlich wird er nie aufhören. Also verschwinde von hier, bevor er dich nachts auf der Feuertreppe überrascht. Es heißt, er passt seine Opfer in ihren Wohnungen ab.«

Mit gesenktem Kopf schaue ich vorsichtig in ihre Richtung, um zu sehen, was meine Worte bei ihr ausrichten. Sie sollen ihr Angst machen, so sehr, dass sie hier abhaut.

»Denkst du, das weiß ich nicht, Arūnas? Ich kann nirgendwo anders hin. Ich studiere hier. Mein Vater wohnt dreihundert Kilometer weit entfernt.«

»Zieh zu Freunden.«

»Und du denkst, dort würde er mich nicht finden?«

Auf den Fersen drehe ich mich zu ihr um, habe die linke Hand in der Jackentasche vergraben und reibe mit der rechten über mein Kinn. »Ich bin ehrlich zu dir. Er findet dich überall. Wenn er dich töten will, gelingt ihm das auch.« So einfach ist das.

»Kannst du mir nicht helfen?«

»Nein. Such die Polizei auf.« Sie sieht furchtbar entsetzt über meinen Vorschlag aus.

»Die Polizei?« Unerwartet sehe ich hinter ihr am Vorhang etwas aufblitzen, dann die Hälfte eines Gesichts. Ohne ihn anzustarren, schaue ich wieder zu Moira, die ihn nicht bemerkt hat. *Magnus, du altes Schlitzohr, sendest irgendwelche Anhänger aus, um sie im Auge zu behalten.*

»Moira, mein Schatz, komm mal in die Küche. Ich glaube, ich nehme ein Wasser«, sage ich, um sie von dem Fenster wegzuholen.

Sie sieht mich auf einmal sehr lange an. »Er ist hier, oder?«, fragt sie flüsternd. Ich lächele verbissen.

Sein Mann ist nur sieben Meter von ihr entfernt. Damit sie nicht wie versteinert stehen bleibt, gehe ich auf sie zu, lege meinen Arm um ihre Schulter und ziehe sie in die Küche. Danach schließe ich die Tür und schiebe sie gegen den Tresen. Sie atmet hektisch. »Er beobachtet uns, nicht wahr?«

Links und rechts stemme ich die Hände neben ihrer Hüfte am Tresen ab und senke mein Gesicht. »Er ist es nicht. Es ist einer seiner Leute. Du packst jetzt das ein, was dir wichtig ist. Laptop, Handy, Portemonnaie und dann gehen wir in den Flur und du sagst lachend, dass wir eine Bar besuchen.«

»Ich will nicht raus«, sagt sie sofort und schaut ängstlich zur Tür.

»Dann kommt er rein. Was ist dir lieber? Oder du rufst die Polizei an.«

»Ich halte nichts von denen, klar? Ich pfeif auf die Polizei. Die machen eh nichts. Und wenn, dann bin ich bereits tot.«

»Magnus tötet dich nicht heute«, erkläre ich ihr noch mal und halte ihr Kinn fest.

»Woher willst du das wissen?«

»Weil er am Montag mit dir reden will. Mörder wie er verfolgen ein Schema. Er freut sich schon auf Montag. Warum sollte er sich diese Freude kaputtmachen? Entweder du lebst damit, dass er dich beschatten lässt, und gehst Montag in dein Callcenter oder du …«

»Ich nehme *oder*?«

»Wow, ging ja flott«, antworte ich verblüfft. »Dann komm. Hol deine Sachen.«

Eilig macht sie sich daran, Dinge einzupacken, die sie brauchen wird.

»Alter, ist das dein Ernst? Wichtige Sachen, habe ich gesagt«, meckere ich mit ihr, als ich sehe, dass sie ihren schweren Psychologieordner in einer Stofftasche verstaut.

Was soll das? Es war nicht die Rede davon, ihre Bibliothek mitzunehmen.

»Sie sind wichtig! Ich habe mehrere Monate an den Mitschriften gearbeitet. Morgen ist die Prüfung. Da steckt ein Teil meiner Zukunft drin.« Sie deutet auf die drei Ordner, während ich die Augen zusammenkneife und mit Daumen und Zeigefinger meine Nasenwurzel reibe.

»Mensch, Mädel. Dir bringen deine Ordner auch nichts,

wenn du tot bist. Wenn er merkt, dass du abhaust, könnte er seine Abmachung nicht mehr einhalten.«

»Denkst du, das weiß ich nicht?« Sie hebt ihren Kopf, schnürt ihre Boots zu und schaut zu mir auf. Dabei rutschen lange Haarsträhnen über ihr Gesicht. »Ich gehe in ein Hotel und warte ab, bis sich alles beruhigt hat.«

Aha, clevere Idee. Warum bin ich nicht früher darauf gekommen? *Die Kleine kommt sicher in keinem Hotel unter.*

»Du gehst in kein Hotel, sondern kommst mit mir mit«, sage ich entschieden. »Außerdem wirst du morgen deine Prüfung schreiben und am Montag ins Callcenter gehen.«

»Wieso?« Sie schüttelt energisch den Kopf. »Ich rede nicht mehr mit dem Verrückten.«

»Willst du deiner Freundin nicht helfen?«, hake ich nach.

»Sie ist nicht meine Freundin«, stößt sie hervor, richtet sich auf und hängt ihre Tasche über die Schulter. Danach schnappt sie ihren Schlüsselbund und geht durch die Wohnungstür, die ich ihr aufhalte. Im Gang ist niemand zu entdecken. Irgendwie witzig, dass sich jemand dort draußen den Arsch abfriert.

Unten angekommen schaut sie sich überall um.

»Beruhige dich. Schau mich an.«

»Trägst du eine Waffe?«, will sie wissen und umklammert plötzlich meinen rechten Arm. *Niedlich, wie anschmiegsam sie auf einmal wird.*

Ich schaue auf sie hinab und tätschele ihren Kopf. »Jederzeit.« Mit der Hand umfasse ich ihr Handgelenk und schiebe ihre Finger zu meiner linken Flanke, wo sie die Waffe spüren kann.

Sie zuckt kurz zusammen.

»Ich bin dumm, oder?«

»Wieso?«

»Weil ich mit dir mitgehe. Ich sollte umdrehen.« Abrupt stoppt sie und reißt sich von mir los, dann höre ich sie schreien. Als ich mich ebenfalls umdrehe, entdecke ich die dunkle schmale Gestalt mit dem schiefen Kiefer.

»Arūnas. Was soll das werden?«, spricht er mich an.

»Wonach sieht es denn aus?«, hake ich neugierig nach und hebe die Brauen.

Ich schiebe Moira hinter meinen Rücken. »Es sieht aus, als würdest du die Frau gegen ihren Willen mitnehmen.«

»Stimmt nicht!«, sagt Moira hinter mir und klammert sich an meinem Oberarm fest. Cleveres Mädchen.

»Du hast es gehört. Geh nach Hause oder zu Magnus. Moira leihe ich mir so lange aus. Am Montag darf er sich wieder mit ihr unterhalten.«

Die dunkle Person, die ich nicht kenne, aber die weiß, wer ich bin, bleibt stehen und rührt sich nicht vom Fleck. Er kennt die Regeln. Er wird ihr nichts tun.

»Das wird ihn nicht freuen.«

»Weißt du, wie sehr mir das am Arsch vorbeigeht?!«, antworte ich knurrend. »Zieh Leine, das ist nicht deine Sache, wenn du nicht Ärger mit den Vanags bekommen willst.«

Hinter mir zuckt jemand zusammen, während der Fremde vor mir schnaubt, Rotz hochwürgt und in den Schnee spuckt. »Tod den Vanags!«

Wütend balle ich die Finger zu Fäusten und würde ihm so richtig gern die Visage polieren. *Das hat er nur einmal gesagt. Sei froh, dass ich Urlaub habe, du Penner!*

»Komm …« Ich drehe mich zu Moira um, die rückwärtsgehend Abstand von mir nimmt und den Kopf schüttelt.

»Vanags? Du bist einer von ihnen?«

»Komm endlich!«, fahre ich sie an, damit sich uns nicht noch mehr Trottel, die sich gegen die Vanags verbündet haben, in den Weg stellen. Moira bleibt wie versteinert stehen und schüttelt den Kopf.

»Dann bleib eben hier!« Stur laufe ich an ihr vorbei, betätige den Funkschlüssel meines Wagens, als im selben Moment eine Bombe hochgeht.

Heilige Mutter Theresa!

Okay … damit habe ich nicht gerechnet. Er wollte mich töten! Das war ein Angriff auf mich! Wütend starre ich meinen in Flammen stehenden Wagen an. »Du mieser Wurm!«

Scheint so, als hätte sich Magnus sehr schnell überlegt, mich loszuwerden. *Störe ich seine Kreise so sehr? Meinetwegen, mein Freund. Das hier ist eine Kriegserklärung!*

6

MOIRA

Es tut mir leid um deinen Wagen«, entschuldige ich mich bei Arūnas, als ich neben ihm im Auto seines Freundes sitze.

»Kein Problem. Er ist für solche Zwischenfälle versichert«, antwortet Arūnas, starrt jedoch weiter aus dem Fenster. Er ist wütend, das weiß ich. Und der Wagen ist ganz sicher nicht bei Explosionen versichert. »Zydrunas, fahr schneller.«

»Auf den Straßen ist Eis, Mann. Ich fahre so, wie ich es für richtig halte.«

Arūnas stöhnt genervt. Neugierig und irgendwie beklommen schaue ich zwischen beiden hin und her. Gerade kommt wieder dieses üble Gefühl in mir hoch. Ein Gefühl, das mir verrät, vom Regen in der Traufe gelandet zu sein. *Vanags*. Ich hocke bei zwei der Vanagsmitgliedern. Die Vanags sind nicht gerade für ihre Freundlichkeit bekannt, halten sich im Untergrund auf, betreiben illegale Geschäfte, haben angeblich einige Mitglieder in höherrangigen Positionen und sind ansonsten verschwiegen. Niemand weiß wirklich viel über sie. Mein Stalker am Fenster wusste allerdings sofort, wer sich in meiner Wohnung aufhielt. Er kennt Arūnas. Muss man ihn kennen? Neugierig schaue ich in seine Richtung.

Ich schlucke hart und überlege fieberhaft, wie ich mich freundlich von beiden verabschiede und mein eigenes Ding mache. Wenn ich bei ihnen bleibe, werde ich sicher auch bald als Leiche unter Schneemassen begraben im Wald enden. Wo bin ich da nur reingeraten …

Ich könnte Matas fragen, ob er mich aufnimmt. Oder Vilma. An der Uni habe ich nicht viele Leute, denen ich vertraue. Ich will mich niemandem aufdrängen. Außerdem würde ich sie ebenfalls in Gefahr bringen. Matas nimmt mich ganz sicher nicht auf. Er weiß, was gerade abgeht. Mit einem Mörder will sich keiner anlegen.

Am besten, ich suche mir ein Hotel oder eine günstige Pension.

»Tjark will dich sehen, Arūnas«, sagt dieser Zydrunas,

während wir durch die verschneite Stadt fahren, in der wenig los ist.

»Hast du ihm davon erzählt?«, fragt Arūnas, dreht sich zu dem blonden Mann am Steuer um und greift um den Beifahrersitz.

»Natürlich. Das ist mein Job. Ich arbeite nicht für dich, Arūnas. Er macht sich Sorgen.«

»Du fährst uns zu meinem Appartement und sagst, wenn du im Anwesen bist, dass alles in bester Ordnung ist. Klar?«

»Ich lüge nicht für dich. Es ist nichts in Ordnung. Der durchgeknallte Magnus ist hinter dir her! Das wird Tjark nicht gefallen. Überhaupt nicht. Wir haben uns jahrelang da rausgehalten, jetzt hast du sie …« Zydrunas schaut in den Rückspiegel zu mir. »Kennengelernt … Wir sollten die Finger von der Sache lassen.«

Auch wenn ich die beiden schnellstmöglich verlassen will, bildet sich ein schwerer Klumpen in meinem Magen. Wenn selbst die Vanags Ehrfurcht vor Magnus haben, dann sieht es verdammt übel aus.

Ohne die Miene zu verziehen, schaue ich zu Arūnas, der die Augenlider schließt. »Ich bekomme das allein geregelt und spreche morgen mit ihm.«

»Morgen früh. Um 10 Uhr bist du da. Das richte ich ihm aus.«

»In Ordnung«, murrt Arūnas und lehnt sich wieder gegen den Ledersitz. Aus den Augenwinkeln schaut er zu mir. Ich weiß genau, was in ihm vorgeht. Er wägt ab, ob ich das Risiko und den Ärger wert bin.

Bin ich nicht – würde ich ihm am liebsten sagen. Und ich will das hier auch nicht. Sobald wir halten, bin ich weg. Mehrmals schaue ich aus dem Fenster und der Heckscheibe. Uns verfolgt niemand. Somit ist die Gefahr kurzzeitig vorüber und ich bin für Magnus von der Bildfläche verschwunden.

Nach etwa dreißig Minuten halten wir vor einem eingezäunten Industriegebiet mit mehreren »Betreten verboten«-Warnschildern. Zydrunas steigt aus dem Wagen, um ein meterhohes Tor zu öffnen. Es schiebt sich mechanisch auf. Als er den Wagen über einen weitläufigen, nicht beleuchteten Platz fährt, wird mir immer mulmiger.

Ich kann das Tor kaum überwinden. Es besteht aus schmalen Längsstangen. Über dem Zaun verläuft Maschendraht. Wo zur Hölle sind wir hier? Unruhig rutsche ich auf meinem Platz hin und her und starre aus dem Fenster.

Der Wagen umfährt mehrere Hallen, bevor er vor einer mit einer Außentreppe stehen bleibt.

Das ist nicht das noble Viertel von Vilnius. Das ist ein stillgelegtes Industriegelände.

»Wir sind da.« Dieser Zydrunas öffnet seine Tür, bevor er aussteigt und meine Tür aufhält. »Dann mal aussteigen, Fräulein.« Sofort bläst mir eisige Nachtluft ins Gesicht. Mit wackeligen Schritten verlasse ich den Wagen, hänge meine Tasche und meinen Beutel über die Schulter und schaue mich in alle Richtungen um.

»Fahr zurück. Ich ruf dich morgen an, damit du mich abholen kannst.«

Zydrunas schaut eindringlich zu mir, schüttelt den Kopf und geht dann auf Arūnas zu, um ihm etwas ins Ohr zu flüstern.

»Überlass das mir, ja? Ich weiß, was ich mache«, schnappe ich die Worte auf. Zydrunas klopft Arūnas auf die Schulter, bevor er wieder in den Wagen steigt. Auch er trägt eine Pistole an seinem Hosenbund, die kaum zu übersehen ist.

Nach wenigen Sekunden setzt der dunkle Mercedes zurück und kurzzeitig blenden mich die grellen Scheinwerfer. Das Letzte, was ich von dem Wagen sehe, sind die roten Rückleuchten, die hinter einer Industriehalle verschwinden.

»Na dann, komm mal mit, Prinzesschen.« Arūnas will mir meine Tasche und zwei Beutel abnehmen, als ich einen Schritt zurücksetze.

»Ich gehe jetzt«, sage ich entschieden, aber nicht wirklich überzeugt.

»Na klar. Du gehst. Viel Spaß«, nimmt er mich auf den Arm.

»Das meine ich ernst«, antworte ich und lecke mir über die Lippen.

»Wirklich, na dann. War toll, dich kennengelernt zu haben.« *Er verarscht mich doch gerade, oder?*

Jedoch lässt er meine Taschen los und geht auf die Metallleiter zu. Er muss ja sehr von sich überzeugt sein, dass er glaubt, ich könnte das Industriegebiet nicht verlassen.

»Ja, war auch toll, dich kennengelernt zu haben«, antworte ich, schnappe meinen Beutel und drehe mich um. »Danke für deine Hilfe!«, rufe ich ihm hinterher, doch im selben Augenblick fällt die schwere Stahltür hinter ihm zu.

Okay, dann eben nicht, Holzkopf. Ich wollte nur freundlich sein.

Schnurstracks laufe ich über den schneebedeckten Weg

zwischen zwei verlassenen Hallen auf das gigantisch hohe Tor zu. Es fängt wieder an zu schneien. Dieser ewige Schnee nimmt kein Ende.

Als ich einen Blick auf mein Handy werfe, lese ich 4.12 Uhr ab. Gott, ist es spät. Wenn ich bis um fünf ein Hotel gefunden habe, kann ich mich noch zwei Stunden hinlegen, danach zur Uni fahren.

Mehrmals drehe ich mich um und laufe um die langen Hallen, die sich nahtlos aneinanderreihen, sodass man beinahe den Überblick verliert. Ich folge den frischen Reifenspuren im Schnee, als ich endlich das Tor erreiche. Mittlerweile schnüren sich die Henkel der Beutel immer mehr in meine Schulter. Die verdammten Ordner sind höllisch schwer.

Als ich das Tor erreiche und nach einem Knopf oder etwas Ähnlichem suche, um es zu öffnen, finde ich nichts. Über den Zaun klettern, kommt nicht infrage. Ich würde mir die Hände und Klamotten am Stacheldraht aufreißen. Warum wohnt er hier? Auf einem gottverlassenen Industriegelände?

Ein hohes geisterhaftes Quietschen dringt an meine Ohren, das sich wie ein gequälter Schrei eines Kleinkindes anhört. *Gott!*

Sofort drehe ich mich um, aber entdecke nichts Auffälliges. Wieder quietscht es, sodass sich mir die Nackenhaare aufstellen. Dann entdecke ich ein eingeschlagenes Fenster, das im Wind hin und her schaukelt. Es erzeugt dieses schaurige Quietschen.

So ganz allein im Schneesturm auf einem dunklen Industriegelände ist mein persönlicher Albtraum. Mehrere

Schneeberge befinden sich um das Tor, ich höre das Fauchen einer Katze, bei dem ich schreckhaft zusammenfahre.

Ich will einfach nur in meine Wohnung oder an einem warmen Ort in Sicherheit sein.

Ich könnte zurückgehen und Arūnas fragen, ob er mir das Tor öffnet. Oder ich könnte versuchen, drüberzuklettern und das alles hier hinter mir zu lassen. *Okay, ich versuche es.*

Ich binde meine Tasche und die Ordner so um mich, dass sie sich wie ein Rucksack auf meinem Rücken befinden. Danach umfasse ich ohne Handschuhe die Eisenstangen.

Heilige Scheiße, sind die kalt.

Zischend ziehe ich die Finger zurück und hauche sie an. Um mir nicht sofort die Hände abzufrieren, zerre ich die Pulloverärmel über meine Handrücken und umfasse erneut die Streben. Mit den Schuhen trete ich auf die Stangen, um mich abzustützen und mit den Armen hochzuziehen. Allerdings schaffe ich keinen einzigen Meter. Scheiße, habe ich eine üble Kondition. Im Seilklettern war ich immer schon eine Null. Fuck, wer hätte denn ahnen können, wie wichtig es für mich später sein könnte, Tore zu erklimmen.

»Was soll das werden, Moira?«, fragt eine Stimme hinter mir unbeeindruckt und kühl.

Tierisch erschrocken von seiner Stimme gebe ich einen hohen Laut von mir, rutsche ab und lande auf dem Boden vor dem Tor.

Als ich mich umdrehe, entdecke ich Arūnas mit verschränkten Armen wenige Meter vor mir. »Ich will gehen. Kannst du das Tor öffnen?«

»Nein. Es bleibt zu.«

Sein Gesichtsausdruck ist in der Dunkelheit zwischen

den schweren Schneeflocken kaum zu deuten. Doch irgendwie sieht er verärgert aus.

»Aber … ich will nicht hierbleiben. Öffne das Tor und lass mich gehen. Ich rufe mir ein Taxi und …«

»Nein, Moira. Du bleibst hier.« *Aber …*

»Das bestimmst nicht du!«, sage ich lauter, hebe mich auf die Füße und klopfe mir den Schnee von der Hose ab. »Du öffnest das Tor und lässt mich gehen.«

Langsam gehe ich auf ihn zu, um sein Gesicht deutlicher zu erkennen. Er schüttelt dreimal den Kopf. Schnee verfängt sich in seinem mittelblonden Haar und legt sich auf seine Schultern. Er trägt bloß seine graue Sweatjacke, Hosen und Schuhe. Er muss höllisch frieren.

»Wieso nicht? Ich habe mich für deine Hilfe bedankt und …«

»Das ist es nicht. Wenn du jetzt dort rausgehst, bist du für immer verschwunden. Da ich das nicht möchte, bleibst du hier, ob es dir passt oder nicht. Platz für uns beide gibt es genug.« Mit einer einladenden Geste deutet er auf die verlassenen Hallen. *Das ist ein Witz, oder?*

Er dreht sich um und läuft zwischen zwei großen Hallen zurück, bis er fast von der Dunkelheit verschluckt wird. Es ist sein Ernst.

»Du kannst auch hier draußen zelten oder dir ein Iglu bauen«, verarscht er mich. »Tob dich ruhig aus.«

»Mieser Blödmann!«, schimpfe ich. »So war das nicht abgemacht. Ich habe gesagt, dass ich in ein Hotel will.«

»Was ist dein Problem, Moira?« Wendig dreht er sich um und breitet die Arme aus. »Das hier ist viel größer und besser als ein billiges Hotel. Das gehört alles mir. Ich lass dich auch umsonst hier wohnen, bis sich alles beruhigt hat.«

»Er hat doch gewaltig einen an der Waffel«, murmele ich.

»Das habe ich gehört.« Vor mir lacht er und verschwindet um die Ecke einer Halle. Im nächsten Augenblick höre ich etwas neben mir rascheln, schaue zu den eingeschlagenen Fenstern und sehe die gelb glühenden Augen eines Tieres.

Augenblicklich nehme ich die Beine in die Hand und renne Arūnas hinterher.

»Du bist solch ein Lügner«, rege ich mich auf. »Warum fragst du mich nicht, ob ich das will.«

»Weil wir beide wissen, wie deine Antwort ausfallen wird.«

»Richtig, du gehörst zu den Vanags«, antworte ich hinter ihm hertrottend.

Abrupt bleibt er stehen, sodass ich in ihn hineinlaufe. Er dreht sich zu mir, umfasst mein Gesicht und hebt es an. Seine Augen starren bedrohlich zu mir herab, zugleich lächelt er schmal. »Ich bin die Vanags. Seit meiner Jugend bin ich ein Teil von ihnen. Mein Leben gehört dieser Organisation, ob es dir passt oder nicht.«

»Und darauf bist du stolz?«, hake ich nach und stoße ihn von mir. »Es gibt Leute, die mit ehrlicher Arbeit ihr Geld verdienen und nicht illegalen Dingen nachgehen wie die Vanags. Ihr seid Verbrecher.«

Hart wie Granit lässt er sich kaum von mir wegstoßen. Im Gegenteil, er macht einen Schritt auf mich zu. Er keucht verärgert. Dabei steigen weiße Wölkchen in die Luft auf.

»Pass auf, was du sagst, kleine Moira. Du weißt nicht,

wovon du sprichst. Ich bin meistens ein umgänglicher, netter Mensch, aber wenn du mich oder die Dinge, die mir wichtig sind, beleidigst, werde ich böse.«

Stur funkele ich ihm entgegen, weiche jedoch einen Schritt zurück, den er weiter auf mich zukommt.

»Dann werde böse, ist mir scheißegal. Ich habe keine Angst vor dir.« Wieder gehe ich zurück. Jeden Schritt, den ich zurücksetze, holt er auf, bis ich direkt vor einem Schneeberg unterhalb einer Mauer ankomme.

»Solltest du aber«, spricht er rau und schenkt mir einen mörderischen Blick. Ich setze noch einen Schritt zurück, schon überwindet er die letzte Distanz und ich kippe rücklings in den Schnee. Breitbeinig ist er unvermittelt über mir und schaut auf mich herab.

Er ist verdammt groß. Mehr als einen Kopf größer als ich. Ein Fußtritt von ihm in meine Mitte und er würde mir die Rippen brechen. Ich vergrabe die Finger im Schnee, balle sie zusammen und werfe danach einen Schneeklumpen in sein Gesicht.

»Droh mir nicht! Ich weiß, dass du mir nichts tust.« *Wumm!* Der Schnee landet mitten in seinem Gesicht, sodass er flucht und sich dann über mir auf die Knie sinken lässt. Er umfasst meine Kehle und drückt meinen Kopf tiefer in den Schnee.

»Ich drohe dir nur, wenn du mir keine andere Wahl lässt. Kapiert?« Ungefragt kommt er mir näher, beugt sein Gesicht zu meinem herab und senkt die Augen. Immer noch hängen Schneereste in seinem Haar, Augenbrauen und Wimpern. Ich stemme die Hände gegen seine Brust.

»Geh runter von mir«, keuche ich und suche seinen Blick. »Bi…«

Unerwartet legt er seine Lippen auf meine, schmiegt seine Hand um meinen Kopf und küsst mich. Wie versteinert halte ich die Luft an. Die Kälte brennt auf meinen Wangen. Meine Finger fühlen sich taub an, aber nicht mein Mund. Er glüht förmlich von seiner Wärme.

Als ich flach Luft hole, atme ich seinen sehr prägnanten Duft ein. Er riecht nach Zitrus und etwas Weichem, Sandigem, das ich nicht definieren kann. Es ist ein angenehmer, fast schon zu schöner Geruch, der von keiner Parfümnote überlagert wird. Dennoch ist das hier falsch. Ich beiße in seine Unterlippe, woraufhin er zurückschreckt, und verpasse ihm eine Ohrfeige.

Vollkommen überrascht von meiner Reaktion erhebt er sich über mir. Er starrt mich an, als wäre ich vollends übergeschnappt. Dabei ist er nicht mehr ganz richtig im Kopf!

»Ich bin keine dieser Sexhotline-Tanten. Ich bin weder zu dumm oder naiv, um auf diese Nummer hereinzufallen.« Unter seinem Oberkörper rutsche ich weg. Blöderweise stützt er seine Hand auf meinem Haar ab, sodass ich daran zerre. »Nimm die Hand von meinem Haar.«

»Wow. Du bist die Erste, die mir eine geklebt hat«, murrt er und richtet sich endlich auf.

»Darf mich das freuen?«, antworte ich schlagfertig und lache.

»Nein. Weißt du was, Moira, fick dich! Erfriere hier in der Kälte. Ist mir scheißegal! Schlaf gut hier draußen!« Auf einmal ist er richtig sauer.

Soll er doch. Ich lasse mich nicht von jedem küssen.

Außerdem habe ich einen Halbfreund. Arven. Wir sind zwar nicht fest zusammen, trotzdem vergnüge ich mich nicht gleich mit dem Nächstbesten.

»Fick du dich, du aufdringlicher Arsch!«, rufe ich ihm hinterher und raffe mich aus dem Schneeberg hoch. Was fällt dem Blödmann ein, mich zu küssen. Allerdings hat er aufgehört und nicht weitergemacht …

»Fick dich härter, Moira! Am besten mit einem Eiszapfen über deinem Kopf!«, brüllt er mir zu und geht mit großen Schritten davon. *Mieses versautes Schwein!*

»Werde ich! Er wird es mir besser besorgen als du!«

Aus den Augenwinkeln verfolge ich, wie er an der Halle weiterläuft, kurz stehen bleibt und sich zu mir umdreht. Er sieht aus, als würde er jede Sekunde zurückkommen, mich an den Armen packen und in den Schneeberg drücken. Doch dann schüttelt er bloß den Kopf, stopft die Hände in seine Jackentaschen und geht davon.

Ich stemme mich auf den Ellenbogen hoch und bibbere am ganzen Körper. Weiterhin rieseln große Schneeflocken aus dem Nachthimmel. Wäre es nicht so bestialisch kalt, würde ich den Anblick genießen. Aber meine Augen tränen von der Kälte, meine Finger schmerzen und ich spüre allmählich meine Zehen nicht mehr.

Bevor ich noch bei meinem Glück von einem Eiszapfen erschlagen werde, erhebe ich mich fluchend aus dem Schneeberg. Ich klopfe meinen Mantel ab, schüttele die Kapuze aus und ziehe sie über den Kopf.

Die Hände reibend und immer wieder anhauchend trete ich unruhig auf der Stelle. Meine Ordner sind ebenfalls voller Schnee. Wenn ich sie nicht irgendwie abschüttele, lösen sich meine Mitschriften, die ich per Hand geschrieben habe, in schlierige Farbkleckse auf.

Solch ein Mist! – fluche ich in Gedanken, beuge mich zu den Beuteln und meiner Tasche und puste den Schnee weg. Doch es ist zwecklos. Der Himmel, dieser Arsch, lässt weitere Schneeflocken in die Taschen rieseln. »Kannst du mal aufhören, es schneien zu lassen!«, rufe ich hoch. »Es hat sieben Tage geschneit!«

Meine Stimme hallt an den Wänden der Industriehallen wider, bevor ich wütend Luft hole. Arūnas ist fort. Er ist eingeschnappt abgezogen und wird es sich sicher in seinem Appartement zwischen Industriemaschinen gemütlich machen. Vermutlich rollt er gerade seinen Schlafsack aus.

Wie kann man bloß an diesem Ort leben?

Es ist nicht nur gruselig, sondern einsam und verdammt trist. An diesem Ort würde ich irgendwann depressiv werden.

Ein Taxi rufen, ist sinnlos. Ich weiß, was mir als letzte Option übrig bleibt, und sie gefällt mir überhaupt nicht.

Innerlich fluchend folge ich Arūnas' Fußspuren im Schnee. Ich umrunde die große Halle, biege links ab und sehe vor mir die Außentreppe. Mittlerweile bin ich komplett durchgefroren und zittere so heftig, dass ich die Befürchtung habe, mir jeden Moment die Zunge abzubeißen.

Vorsichtig steige ich die überfrorenen Treppenstufen hoch. Oben ist eine Metalltür. Ob es ihm egal wäre, wenn ich nicht kommen würde? Würde er mich morgen als erfrorene Leiche finden und bloß mit den Schultern zuckend sagen: »Selbst schuld«?

Es kostet mich drei tiefe Atemzüge und eine immense

Überwindungskraft, um mit der Hand an seine Tür zu klopfen.

Das ist wirklich unangenehm. Jetzt komme ich angekrochen, obwohl ich am liebsten gehen will.

Wetten, das freut ihn?

Nichts passiert.

Dieser Fiessack!

Ich klappere furchtbar mit den Zähnen, als ich erneut anklopfe. Ein beißender Windzug weht mir übers Gesicht.

Wieder vergehen ein paar Sekunden. Habe ich mich in der Tür geirrt oder will er mir nicht öffnen?

Ich greife zur Türklinke, als die Tür aufgerissen wird. Dahinter steht Arūnas in einem dunkelblauen T-Shirt, schwarzen Hosen und ohne Schuhe mit einer Zahnbürste im Mund. Er sagt nichts, aber das muss er gar nicht. In seinem Gesicht kann ich ablesen, was in ihm vorgeht. Er grinst knapp, hält mir dann die Tür auf und macht eine einladende Bewegung mit der Hand ins Halleninnere.

Ich setze vorsichtig einen Schritt in das beleuchtete Zimmer. Es ist hell, es ist warm und es ist weit und breit kein Schlafsack zu sehen. Im Gegenteil. Hier befinden sich keine Industriepumpen oder verrosteten Filteranlagen oder Rohre.

Der Boden ist mit riesigen grauen Platten ausgelegt. Es gibt kein Zimmer, sondern einen gigantisch großen Raum, den ich eher als Halle bezeichnen würde.

Direkt neben mir steht eine Garderobe aus selbst zusammengeschraubten Rohren, um die verstreut gefühlt zwanzig Paar Schuhe stehen. In einem Regal daneben befinden sich noch mehr Schuhpaare. Wie kann man so viele Schuhe haben? Ich betrete den Raum weiter, als er meine Schulter schnappt und mit dem Finger auf die Fußmatte deutet.

»Füße abtreten«, nuschelt er mit der Zahnbürste im Mund.

Skeptisch schaue ich zu ihm auf. Er erwidert meinen Blick, daher mache ich, was er sagt, und trete artig mit einer giftigen Miene die Füße ab. »Danach Schuhe ausziehen und mitkommen.«

»Bin ich dein Knecht oder Gast?«

»Du wärst mein Gast gewesen, wenn du dich nicht so zickig aufgeführt hättest. Jetzt bist du … keine Ahnung was.« Er geht an mir vorüber und putzt die Zähne weiter. Musik ist zu hören. In der Halle verteilt stehen mehrere schmale Lautsprechersäulen.

Ich werde meine Schuhe los, bevor ich die Halle mit den schweren Metallträgern genauer betrachte.

Verdammt, ist die Bude nobel eingerichtet. Es gibt links von mir eine Küche mit petrolfarbenen Hochglanzfronten. Die Küche ist fast größer als meine gesamte Wohnung. Rechts gegenüber steht ein kreisrunder Tisch, der mit allerlei Zeug vollgestapelt ist wie Gläsern, Zeitungen, Stiften und Tellern.

Weiter vorn entdecke ich eine einladende L-förmige Couchlandschaft und einen Fernseher, der so groß ist wie mein Kleiderschrank.

Ich drehe mich einmal um meine eigene Achse. Je länger ich mich umblicke, desto mehr entdecke ich. Fotografien, Teppiche, Raffrollos vor den großen Industriehallenfenstern, moderne Lampen und sehr weit hinten eine schwere Schiebetür aus dunklem Metall, durch die Arūnas geht. Dort muss sich das Badezimmer befinden. Und wo schläft er?

Ich bin bis zur grauen Couchlandschaft vorgedrungen, als Arūnas zurückkehrt und eine zusammengerollte Decke unter dem Arm anschleppt.

»Du schläfst hier. Sabbere mir nicht die Couch voll und verhalte dich ruhig. Zu essen findest du im Kühlschrank. Bad ist gleich dort vorn.« Er zeigt auf die Schiebetür, durch die er mit der Zahnbürste verschwunden ist. »Ach, verdammt, warte …«

Nachdem er die weiche Fleecedecke auf der Couch abgelegt hat, öffnet er eine weitere Tür einige Meter neben der des Badezimmers.

Ich sehe sogar einen Kamin, der gerade erst angeheizt worden sein muss. Ohne zu zögern, gehe ich auf ihn zu, hocke mich hin und halte meine tauben Finger vor die Scheibe. Es ist ein moderner Rundkamin aus Metall und Glas, der sich gegenüber der Couchlandschaft befindet.

»Hier. Keine Ahnung, ob dir das passt. Schlaf gut.«

Er ist wirklich beleidigt, oder? Plötzlich verstummt die angenehme Soulmusik, die der Halle Leben eingehaucht hat, und die Lichter gehen über mir aus. Das Zuschieben der Schlafzimmertür ist zu hören. Dann ist es verdammt ruhig.

Egal. Ich habe einen Kamin, was will ich mehr. Eine Weile beobachte ich die knisternden Flammen, die über die Holzscheite lecken. Allmählich verschwindet das Taubheitsgefühl und wird von einem Kribbeln in den Fingerspitzen abgelöst. Als ich mich nach einigen Minuten erhebe, den Mantel ausziehe und an die Garderobe hänge, finde ich auf der Couch ein Männer-T-Shirt in Weiß vor und Boxershorts. Wow.

Ich werde mich sicher nicht beschweren, da meine Kleidung komplett durchnässt ist und sich die feuchte Kälte in meinen Körper frisst.

Im Badezimmer angekommen, fällt mir die Kinnlade herunter. Das Bad ist der Knaller und immens groß. Es ist in einem Schieferton gehalten und besitzt – neben in Stein gehauenen Waschschalen – eine runde, frei stehende Badewanne und eine große Dusche mit Glaswänden.

Ich lege Arūnas' Kleidung auf einem Samthocker ab, bevor ich die Toilette benutze, meine Hände wasche und mich umziehe. Dummerweise lässt sich die Tür nicht abriegeln.

Ich werde meinen Pullover los, steige aus meiner nassen Hose und feuchten Socken. Danach streife ich mein Top über den Kopf und ziehe meinen BH aus.

Schnell hebe ich das viel zu große T-Shirt über den Kopf, aber verzichte auf die Shorts. Die Vorstellung, dass er sie vor mir getragen hat, ist irgendwie bizarr.

Danach wanke ich todmüde aus dem Badezimmer, breite die Decke auf der Couch auf und stelle meine Ordner vor den Kamin. Die Wärme wird die Seiten hoffentlich trocknen und das, was von ihnen übrig ist, retten. Auf einer großen Wanduhr, die aus einem Metallring und Zeigern besteht, lese ich 4.57 Uhr ab.

Um zehn muss ich in der Uni sein. Um nicht zu verschlafen, stelle ich meinen Handywecker auf 8 Uhr und krabbele danach unter die Decke.

Während der gesamten Zeit höre ich Musik aus dem Schlafzimmer, höre seine Schritte, dann etwas poltern. Was macht er? Ich kann Licht unter der Türritze sehen, was bedeutet, dass er noch wach ist.

Irgendwie fühle ich mich wie ein ungebetener Gast. Vielleicht habe ich ihn falsch eingeschätzt und er will mir wirklich helfen. Oder ich befinde mich in einem Albtraum, von dem ich noch nichts weiß.

Das Knacken der Holzscheite ist zu hören, während ich stumpf zu den Metallträgern über mir blicke. Ich habe sehr lange nicht mehr bei jemand anderem geschlafen. Wenn ich meinen Halbfreund treffe, dann verschwinde ich jedes Mal, wenn wir Sex hatten. Ich mag es nicht, wenn ich woanders aufwache.

Mit einem Seufzen rolle ich mich auf die Seite und starre zum großen Flachbildschirm, der auf einem Sideboard steht. In ihm spiegeln sich die Flammen des Kamins wider. Das Appartement ist einladend, aufgeräumt, offen, wenn auch ungewöhnlich. Aus dem Grund finde ich es schön. Allmählich spüre ich meine Zehen wieder, ist die Kälte endlich aus meinem Körper gewichen. Ein Klappern ist hinter den Fenstern zu hören. Es gibt hier andere Geräusche und andere Gerüche, die ungewohnt sind. Draußen tobt weiterhin der Schneesturm. Was wäre passiert, wenn ich draußen im Schnee gewartet hätte, bis es Tag wird?

Jetzt liege ich bei einem Fremden auf der Couch, der verärgert ist. Soll er … Morgen ist er mich los.

Ich vergrabe die Nase in der weichen, nach Flieder duftenden Fleecedecke und schließe die Augen. *Schlaf, Moira.*

Nur ein paar Stunden.

7
MOIRA

Wie an jedem Morgen schalte ich das nervige Klingeln meines Handys aus und stelle die Schlummerfunktion an. Noch zehn Minuten. Nur zehn Minuten.

Doch zehn Minuten können einem am Morgen wie zehn Sekunden vorkommen.

Wieder vibriert und läutet mein Smartphone. Wieder stelle ich es auf den Schlummermodus. Das letzte Mal. Als es erneut klingelt und ich neben mich greifen will, um es auszustellen, kommt mir jemand zuvor.

»Das ist ja kaum auszuhalten.« Blinzelnd öffne ich die Augen. Während mein Hirn verarbeitet, wo ich bin, sehe ich einen Mann in Shirt und Boxershorts mein Handy in eine Vase werfen.

»Andere wollen noch schlafen ...«, murmelt er verpennt und sieht aus, als wäre er aus einer Gruft gestiegen. Das aschblonde Haar steht wüst in alle Richtungen, seine Augen sind vom Schlaf noch leicht angeschwollen und, scheiße, seine halbe Morgenlatte ist kaum zu übersehen. Er dreht sich um und verschwindet wieder in sein Schlafzimmer.

Hat er ... Müde fahre ich mir übers Gesicht und richte mich gähnend auf. *Hat er ...* Mein Blick wandert zu der Blumenvase, in der mein Telefon einen Tauchgang macht. »HAT ER!«

Ich gebe einen grellen Schrei von mir, bevor ich komplett ausraste. »Bist du bescheuert! Wie kannst du mein Handy ins Wasser werfen!« Es ist nicht wasserdicht, nicht wie die teuren Applehandys.

Wieder erscheint er aus dem Schlafzimmer mit einem schmalen Blick und keiner Morgenlatte mehr. »Reiß dich zusammen. Du bekommst ein neues. Mir geht dieses irrsinnige Klingeln am Morgen mächtig auf den Zeiger. Du bist wie Rys. Wenn du schon den Wecker einstellst, dann steh danach auch auf. Diese nervige Schlummerfunktion ist doch für den Arsch. Als würde man kurz vorm Orgasmus den Schwanz rausziehen.«

Wow! Er ist ein absolut abscheuliches Morgenmuffelexemplar.

Bin ich auch, daher lasse ich mir den Blödsinn nicht gefallen.

»Ich hoffe wirklich für dich, dass ich ein neues Handy bekomme, sonst mache ich etwas in deinem Appartement kaputt.«

»Versuchs doch!«, murrt er und verschwindet wieder ins Schlafzimmer. »Dann binde ich dich an den Masten neben dem Tor und lass dich als Geschenk verschnürt von Magnus abholen.«

Nicht witzig. Beleidigt streiche ich über meine Stirn, setze mich auf und rutsche zum Couchtisch, in dem mein Handy in der Vase schwimmt. Mit zwei Fingern fische ich es aus dem Wasser und lege es auf den Teppich.

Welcher normale Mensch zerstört Telefone von anderen? Es wird Zeit, dass ich gehe. Ich bin ihm lange genug auf die Nerven gegangen.

Noch verschlafen richte ich mich auf und strecke die Arme aus. Meine Klamotten dürften in der Zwischenzeit getrocknet sein. Meine Ordner hoffentlich auch. Ich schnappe mir meine Kleidung, die ich auf einen Stuhl gehängt habe, und verschwinde im Bad. Dort erleichtere ich zuerst meine Blase und schaue mir danach die Hände waschend im Spiegel entgegen.

Ich finde mich weder hübsch noch hässlich. Gewöhnlich oder durchschnittlich trifft es eher. Wobei ich meinen Mund mag und meine Augen. Aber meine Haarfarbe ist langweilig und meine Sommersprossen gefallen mir nicht. Dennoch habe ich es aufgegeben, sie jeden Tag zu überschminken. Ich leihe mir einen Kamm von Arūnas und finde sogar unter dem Waschtisch in einem Korb Haargummis vor.

Als ich mein Haar zu einem Knoten zusammengebunden habe, wird die Tür aufgeschoben.

»Guten Morgen, Moira, hast du dich wieder beruhigt?«, erkundigt er sich frohgestimmt.

Ich glaube, es hackt. Wer von uns beiden den ersten morgendlichen Ausraster hatte, war ja wohl er. Es ist besser, nicht mit ihm zu reden. Besser und klüger.

Ich bringe ein »Guten Morgen« über die Lippen und schnappe meine Klamotten, als er den Toilettendeckel hochklappt. *Klar, fühl dich ganz wie zu Hause. Ach ja, richtig, es ist ja dein Zuhause.*

Morgenlatte. Vergleich von einem Coitus interruptus und ein pinkelnder Mann am Morgen. Wie könnte der Tag besser starten. Und jetzt checkt er mich von oben bis unten mit seinen Blicken ab. Seine Augen bleiben länger auf meinen Beinen hängen, wandern anschließend hoch zu meinem Gesicht. Je länger er mich betrachtet, desto mehr fällt mir dieses schalkhafte Zucken seiner Mundwinkel auf.

Ich starre ihn ebenfalls an, auch wenn ich bloß seinen Oberkörper hinter der Trennwand sehe. Er steht lässig eine Hand an der Wand abgestützt vor der Toilette und pinkelt, danach betätigt er die Spülung. Ihm ist es nicht mal unangenehm, ihn dabei zu beobachten.

»Wie hast du geschlafen?«, fragt er beiläufig, als er fertig ist.

»Zu kurz«, murmele ich und will das Bad verlassen. »Aber gut«, setze ich nach. Denn ich habe wirklich nicht schlecht geschlafen. »Ich gehe dann auch gleich los.«

»Willst du nicht frühstücken?«

Er geht zu der Waschschale und reinigt seine Hände.

»Nein, ich würde mich über dreihundert Euro für mein ertränktes Handy freuen.«

»Dabei habe ich heute Nacht nicht mal was für die dreihundert Euro geboten bekommen«, neckt er mich und hebt beide Brauen in die Stirn, während er mir im Spiegel mit einem lüsternen Funkeln entgegen grinst.

»Fick dich.«

»Werde ich, danach dich.«

Die Augen verdrehend verlasse ich das Badezimmer, da mir das Gespräch zu aufdringlich und hirnrissig wird, und überlege, wo ich mich ungestört umziehen kann. Am Fenster bleibe ich neben der Couch stehen und ziehe das Shirt über den Kopf. Danach greife ich zu meinem BH und Tanktop.

»Langsam erhalte ich doch was für mein Geld«, höre ich ihn hinter mir amüsiert sprechen. Erschrocken drehe ich das Gesicht über die Schulter und halte den Arm über meine Brüste. Er steht neben der Couch und kassiert sich von mir den Mittelfinger.

»Den stecke ich dir dorthin, wo du ihn sicher nie spüren willst, wenn du wieder aufdringlich wirst.«

Ein anzügliches Raunen verlässt seine Lippen. Er reibt sich lachend über den Nacken. »Wenn du wüsstest, wie scharf mich Analsex macht.«

Kann er jeder Beleidigung von mir immer etwas Versautes abgewinnen?

Ohne mich aus der Ruhe bringen zu lassen, ziehe ich mich fertig an und schnappe anschließend Beutel und Umhängetasche. Die große Wanduhr zeigt kurz vor 9 Uhr an. Ich sollte mich sputen, um rechtzeitig im Prüfungssaal einzutreffen. Auf dem Weg dorthin kann ich meine Mitschriften lesen und mir etwas zu essen kaufen. Gott sei Dank habe ich noch etwas Bargeld für ein Taxi.

Jedoch sieht Arūnas nicht aus, als würde er sich etwas anziehen, um mich zum Tor zu begleiten. Er steht in der Küche und füllt diese überzuckerten Tresor-Kelloggs in eine Schale, öffnet den Kühlschrank und holt frische Milch heraus. Danach spricht er mit Alexa, die die Musik anschaltet. Auch der Fernseher geht an.

Ohne mich zu beachten, nimmt er gegenüber der Küchenzeile auf einem der sechs Hocker am Tresen Platz und schaufelt sich seine Kelloggs rein.

»Arūnas?«

»Hm?«, kontert er und geht die Nachrichten auf seinem noch heilen Telefon durch. Unruhig warte ich an der Tür und steige in meine Schuhe. »Was gibt es, mein Liebling?« Nun blickt er zu mir auf.

»Ich muss los.«

»Hast du es dir anders überlegt und willst doch einen Abschiedskuss?« Wenn er nicht immer so scheißefreundlich lächeln würde, würde ich ihm ins Gesicht springen.

»Bringst du mich zum Tor?«, hake ich nach, ohne auf seinen Scherz einzugehen. Er senkt den Blick und isst seelenruhig weiter.

»Hallo?« *Bockt er etwa immer noch herum?*

Mit einem lauten Knall lasse ich die Beutel fallen und laufe über die großen Fliesenplatten zu ihm in die Küche.

»Zieh die Schuhe aus, wenn du durch meine Wohnung läufst«, beschwert er sich.

»Nein, du kommst jetzt mit. Futter deine Kelloggs, wenn

ich gegangen bin. Ich habe eine Prüfung zu schreiben, Mann!«

Ich schnappe seinen Ellenbogen, um ihn vom Barhocker zu zerren, damit er endlich in die Gänge kommt. Blöderweise war das ein dummer Fehler. Er reißt mich vor sich und legt seinen Unterarm um meine Kehle.

Seine Finger zu einer Faust geballt, spricht er: »Benimm dich, Moira. Ich mache, was ich will. Ich bringe dich nicht zum Tor«, raunt er nah an meinem Ohr, während ich nach seinem Unterarm greife, der hart wie Stein um meine Kehle liegt. »Hast du mich verstanden?«

Ich beiße auf die Unterlippe und nicke, da ich schwer Luft bekomme. »Gut. Jetzt zieh deinen Mantel aus. Wir fahren erst in einer halben Stunde los.«

Er löst seinen Arm um meinen Hals, aber nicht, ohne zuvor mit den Lippen über mein Ohr zu streifen. »Du riechst gut.«

Okay, er will es oder kann es nicht verstehen. »Arūnas, das ist kein Witz«, sage ich, als ich schnell atmend vor ihm stehe. »Ich muss zum Campus. Für die Prüfung gibt es keinen Nachschreibetermin. Wenn ich sie heute nicht schreibe, dann erst in einem Jahr. Verstehst du das? Hast du studiert?«

»Habe ich. BWL. Du siehst ja, wo ich gelandet bin. Was ist eine verdammte Prüfung wert, wenn du morgen aufgehängt mit zerfetztem Unterleib unter der Brücke gefunden wirst? Dein Leichnam direkt über einem mit deinem eigenen Blut gemalten Auge baumelt? Na?«

Mit meinem Blut gemaltem Auge? Ist das etwa Magnus'

Symbol, das er bei jedem Opfer zurücklässt und die Polizei bisher nicht der Öffentlichkeit mitteilte?

Kurzzeitig sprachlos von der grausamen Vorstellung schüttele ich den Kopf.

»Siehst du. Wenn deine Vorlesung oder dein Seminar erst in zwei Semestern angeboten wird, wiederholst du es einfach.«

»Dann bin ich ein Jahr in Verzug. Ich kann mir das nicht leisten.«

Er weiß nicht, wovon er redet. Ich will mein Studium in der Regelstudienzeit beenden, nicht zwei, vier oder sechs Semester dranhängen.

Gelassen räumt er Schüssel und Löffel in den Geschirrspüler, wäscht sich die Hände in der Spüle und dreht sich mit seiner großen Statur zu mir um. In seinem Gesicht kann ich einen winzigen Moment Mitleid ablesen, dann tippt er mich an der Brust an.

»Sag das Magnus, nicht mir. Ich will dich nicht umbringen.«

Er hat recht. Dennoch macht es das nicht besser.

Aufgelöst fahre ich mir übers Gesicht und könnte heulen. Ich habe ein halbes Jahr gelernt. Habe alles genaustens geplant, mein Geld abgezählt, dafür gearbeitet und jetzt … Jetzt ruft ein beknackter Mörder an, der mein Leben auf den Kopf stellt.

»Er …«, sage ich mit bebender Stimme. »Er wird mich nicht heute umbringen. Er will am Montag mit mir telefonieren. Heute ist Samstag. Somit …«

Arūnas schnappt sich das Handy vom Tresen, stöhnt genervt und schaut zu mir. »Somit solltest du die zwei Tage genießen und deinen hübschen Hintern nicht zwei Stunden in einem Hörsaal plattsitzen.«

»Das ist nicht fair.«

»Sag das nicht mir«, kontert er flachsig. »Sag das Magnus.«

Schon ist er in seinem Schlafzimmer verschwunden, während er mich in der Küche stehen lässt.

Niedergeschlagen nehme ich auf dem Hocker Platz und stütze meine Wange auf dem Handrücken auf. Gleichzeitig grummelt mein Magen. Egal …

Nach etwa zehn Minuten, in denen ich wie versteinert am Tresen hocke, erscheint Arūnas angezogen. Er trägt ein hellgraues Langarmshirt, das er an den Unterarmen hochgeschoben hat, dazu eine schwarze, schmal geschnittene Hose. Das Shirt sitzt nicht sehr locker, somit kann ich sehen, dass er gut im Training steht. Die Hantelbank, die sich in einer Nische neben dem Eingang befindet, ist mir nicht entgangen. Genauso wenig seine Fotowand, an der mehrere Bilder von ihm oder Landschaften hängen. Er muss bereits die halbe Welt bereist haben, ein Flugzeug fliegen können, mit einer Motocross-Maschine umgehen und Segelschiffe steuern können. Er scheint ein echter Adrenalinjunkie zu sein, auch wenn man es ihm nicht sofort ansieht.

»Willst du nicht doch etwas essen? Ich kann dir Toast oder Eier machen?«

Betrübt schaue ich zur Wohnungstür und schüttele den Kopf. »Hör mal.« Er beugt sich zu mir über den Tresen und schnippt gegen meine Schläfe. »Lass den Kopf nicht hängen. Wir regeln das schon.«

»Ist das ein Versuch, um mich aufzumuntern?«

»Möglicherweise. Funktioniert nicht, oder?«

Wieder schüttele ich enttäuscht den Kopf.

»Los, gehen wir an die frische Luft, wenn du schon nichts essen willst. Zydrunas wird uns jeden Moment abholen.«

»Soll ich zu dem Treffen mitkommen?«

Arūnas richtet sich wieder auf und geht auf die Garderobe zu. »Sicher. Du hast das Vergnügen, das Anwesen meines Bosses zu betreten.« Warum nur lächelt er so komisch? Was bleibt mir für eine andere Wahl? Vielleicht kann ich von dort abhauen. Aber die Prüfung kann ich vergessen. Was ein Mist.

8

MOIRA

Meine Schritte hallen an den Wänden wider, während ich mit einer Hand vorsichtig meinen Radius ertaste, um nirgendwo anzustoßen. Mich beschleicht ein mulmiges Gefühl. Als würde ich als Maus in eine Schlangengrube gestoßen werden.

»Hier geht es lang.« Eine Tür wird geöffnet, jemand flüstert ganz in meiner Nähe, etwas raschelt, mehrere Schritte sind zu hören. Wieder geht es wenige Meter vorwärts, bis

Arūnas' Hand mich an der Schulter festhält. »Bleib hier stehen.«

Damit ich nicht weiß, wo sich der Stützpunkt der Vanags befindet, musste ich die gesamte Fahrt über eine Augenbinde tragen. Ganz ehrlich, ich will weder was mit der Sache zu tun haben noch an diesem Ort sein. Ich werde niemandem von dem Aufenthalt der Vanags berichten, weil ich meine Erinnerung nach dem Verlassen des Gebäudes einfach löschen werde. Als wäre das hier nie geschehen. Aber das würden sie mir nicht glauben.

Hände knoten die Augenbinde auf und nehmen sie mir ab. Meine Augen brauchen ein paar Sekunden, um sich an das Licht, das durch hohe Sprossenfenster fällt, zu gewöhnen. Ich finde mich in einem vertäfelten alten Herrensalon wieder. Der Raum sieht aus wie in einer irischen Burg, in der die Zeit stehen geblieben ist. Bordeauxrote Tapeten, dunkle Nussholzmöbel, schwere Kristallkronleuchter, dicke Teppiche mit Ornamenten darauf. Wie im Museum. Wenn es hier drinnen aussieht wie in einem Schloss vor über hundert Jahren, wird das Gebäude von außen einen ebenso stattlichen Eindruck schinden.

Vor den Fenstern, die mit schweren dunklen Vorhängen halb zugezogen wurden, befindet sich ein gewaltiger Schreibtisch, an dem ein Mann mit dem Rücken lehnt. Ein Mann mit einer ziemlich düsteren und zugleich stilvollen Erscheinung. Er sieht genervt aus, so wie ich mich fühle.

Vor den vollgestopften Bücherregalen links von mir stehen weitere Männer. Ich zähle sechs Personen, die mich anstarren, als wäre ich eine Außerirdische, die gerade in diesen Raum gebeamt wurde.

Ihre Blicke sind kaum auszuhalten. Sie sind hart, feindselig, ungeduldig. Aus dem Grund senke ich das Gesicht, um ihnen auszuweichen. Arūnas geht an mir lässig vorüber zu dem Mann in Schwarz und verkündet: »Das ist sie.«

»Wow«, antwortet der Mann neben ihm mit nachtschwarzem, aus der Stirn gestrichenem Haar und Wochenbart. »Du bringst sie unangekündigt her und erwartest was, Arūnas?«

Gerade fühle ich mich wie ein Staubkorn, das zwar da ist, aber jeder gern loswerden will. Das unbedeutend und klein ist neben der immensen einflussreichen Präsenz dieser Männer. Soweit ich erkennen kann, stehen sie alle gut im Training, tragen Waffen an den Hüften, halten die Arme entweder verschränkt oder locker neben ihre Körper. Alle sind dunkel gekleidet. Alle bereit, mich loszuwerden, wenn es der Mann in Schwarz so will.

»Ich habe ihm ja gesagt, dass es eine dumme Idee ist«, mischt sich Zydrunas ein. Er ist der Einzige, dessen Namen ich kenne.

»Wer hat dich gefragt, Zydrunas?«, antwortet Arūnas scharf. »Es ist eine Sache zwischen deinem Boss und mir.«

»Was erwartest du, Arūnas?«, fragt sein Boss ihn erneut und starrt mich mit seinen düsteren, unheilvollen Augen an. Arūnas und er stehen für mich in einem harten Kontrast. Arūnas ist selbstsicher, locker, für keinen Witz zu schade. Der andere neben ihm ist kalt, distanziert, kaum greifbar. Auch wenn er mich unverhohlen ansieht, kann ich nicht sagen, was in ihm vorgeht. In seinem schwarzen Anzug und dunklen Hemd verschränkt er die Arme vor der Brust und dreht nur das Gesicht zu Arūnas. »Sag schon.«

»Ich erwarte, dass wir Moira unter den Schutz der Vanags stellen«, führt Arūnas an und schaut eindringlich zu seinem Boss. So wie sie sich ansehen, macht Arūnas nicht den Eindruck, als wäre er der Fußabtreter von dem Mann in Schwarz.

»Das ist ein Scherz«, sagt jemand mit aschblondem Haar, Lederjacke und schwarzer Hose. Er besitzt einen noch viel kälteren, mordbereiten Blick als der Boss der Vanags. »Wenn es stimmt, was Zydrunas sagt, steht sie auf Magnus' Opferliste.« Er zeigt auf mich, als wäre ich eine Todgeweihte. »Wir würden uns mit Magnus' Anhängern einen gewaltigen Kampf liefern, wenn wir ihm eines seiner Schäfchen wegnehmen.«

Schäfchen … Ich bin nicht eines von Magnus' Schäfchen.

»Sag nicht solch einen Scheiß, Rysand. Sie ist nicht sein Schäfchen. Sie ist diejenige, die er am Leben lässt. Das könnte von Vorteil sein. Bisher hat er nie mit einem Opfer so lange kommuniziert. Wir könnten mehr über ihn herausfinden, wenn sie mit uns kooperiert.«

»Wozu?«, hakt dieser Rysand nach und kommt auf mich mit seiner arroganten Art zu. »Sie ist so gut wie tot, Arūnas. Wenn wir uns Magnus in den Weg stellen, wird er uns ebenfalls angreifen. Bisher haben wir seine Machenschaften geduldet wie er unsere. Schick sie weg.«

Wieder keimt dasselbe hoffnungslose Gefühl in meiner Brust auf wie heute Nacht im Auto. Verärgert und eingeschüchtert balle ich die Finger zu Fäusten und öffne sie wieder.

Wenn die Vanags nicht einmal einem wie Magnus gewachsen sind, dann niemand. Selbst die Polizisten könnten mir nicht den nötigen Schutz bieten. Mal ganz abgesehen davon, dass ich nicht viel von der Polizeiarbeit halte. Nicht, seit sie nichts getan haben, als meine Mutter vor dreizehn Jahren getötet wurde. Sie wurde ermordet, erstochen in unserem Haus gefunden und die Polizei tat es nach miserabler Ermittlungsarbeit als Selbstmord ab. Meine Mutter hätte sich niemals umgebracht. Sie lebte gern. Sie hatte Träume und Wünsche und war nicht depressiv und suizidgefährdet.

»Ich schicke sie nicht weg. Du entscheidest, Tjark«, spricht Arūnas weiter. »Wenn ihr mir nicht helfen wollt, ziehe ich die Sache allein durch. Dann könnt ihr meine Leiche neben der von Moira unter einer Brücke abhängen.«

»Wie heroisch von dir. Das ist kein Spaß, Arūnas«, entgegnet ihm Rysand und fährt kurz bei mir angekommen herum. Dieser Rysand verströmt so eine blasierte Eiseskälte, dass mir übel wird. »Magnus ist kein Mensch, er ist ein krankhafter Psychopath, der mordet, weil er Aufmerksamkeit sucht. Er hat eine Gruppe von degenerierten Leuten um sich geschart, die ihn anbeten wie einen Gott und seine Taten feiern. Wir sollten uns da raushalten. Das wäre das Klügste. Denk nach, Tjark, aber das wäre *das* nicht wert.«

Sag doch gleich, dass ich es nicht wert bin, du Feigling. Feindselig begegne ich den Blicken des Fremden mit dieser tödlichen Aura. Auch wenn er noch so abgebrüht rüberkommt, scheint er Angst vor Magnus zu haben und mehr als andere über ihn zu wissen.

»Lassen wir doch sie sprechen. Wie denkst du darüber, Moira?«, will der Boss dieser Gruppe wissen.

Arūnas dreht sich zu mir mit diesem erwartungsvollen

Blick, in dem steht: Sag, dass du unseren Schutz brauchst. Zu Tjarks rechter Seite gesellt sich dieser Rysand. Alle anderen warten weiterhin stumm vor den Bücherregalen. Somit scheinen die drei vor mir die zu sein, die das Sagen haben.

»Rede schon!«, blafft mich Rysand an und zerlegt mich mit seinen Blicken in tausend Einzelteile. Ich hole tief Luft und schlucke einen Kloß hinunter, bevor ich antworte: »Ich möchte euren Schutz nicht. Ich komme klar.«

Kaum dass ich die Worte ausgesprochen habe, spiegelt sich in Arūnas' Gesicht die Enttäuschung wider, während Rysand schief grinst und sich die Hände reibt.

»Problem erledigt, würde ich sagen. Fahr sie zurück, Arūnas.«

Doch Arūnas bleibt neben Tjark stehen und tauscht länger Blicke mit ihm aus.

»Rysand hat recht, wir sollten uns da nicht einmischen. Es tut mir leid für Moira, aber wir können ihr nicht helfen.«

Sie wollen mir nicht helfen. Das ist eine vollkommen andere Sache. Auch wenn ich keine Hilfe erwartet habe, tut die Ablehnung weh. Es kommt mir vor, als hätte der Boss der Vanags soeben mein Todesurteil verkündet.

Aber er hat recht. Angeblich lässt Magnus kein Opfer am Leben, das er sich ausgesucht hat. Das wird zumindest in den Medien verbreitet. Ob Dalia noch lebt? Ob ich ihr helfen kann und Magnus sie bis Montagabend am Leben lässt?

»O nein, das könnt ihr knicken. Ich bitte dich um wirklich wenig, mache für dich oft genug die Drecksarbeit und reiße mir den Arsch für die Organisation auf«, eröffnet Arūnas eine Wuttirade. »Und wenn mir einmal, nur ein verdammtes Mal, etwas wichtig ist, lehnt ihr meinen Vorschlag ab?«

»Sie will unsere Hilfe doch nicht«, kontert der Boss und zieht die Augenbrauen zusammen. »Du hast sie gehört.«

»Beachtet einfach nicht, was sie sagt. Sie gibt nicht wirklich viel kluges Zeug von sich, weil sie immer noch von der Autobombe traumatisiert ist.«

Aha, wusste ich gar nicht. Wer studiert Psychologie? Er oder ich? Ich zeige keine Anzeichen für ein Trauma.

»Red nicht solch einen Blödsinn! Auf mich erweckt sie einen ziemlich gesunden Eindruck. Sie ist sogar auffällig gefasst. Was, wenn sie uns Magnus geschickt hat?«, hinterfragt Rysand meine Absichten. Meine Gesichtszüge geraten ins Wanken, als ich verblüfft den Mund öffne.

»Wie bitte?«, kommt es unüberlegt über meine Lippen.

»Das hast du jetzt nicht laut ausgesprochen«, fährt Arūnas ihn an, geht an Tjark vorüber und bleibt vor Rysand stehen. »Sie ist kein Spion.«

»Und das weißt du woher?«, hakt Rysand verärgert nach. »Dein Auto flog in die Luft, nicht ihre Wohnung. Es könnte alles von langer Hand inszeniert worden sein.«

»Zu welchem Zweck?«, spuckt ihm Arūnas vor die Füße. »Das ergibt doch keinen Sinn. Sag auch was, Tjark.«

Doch Tjark schaut mich unentwegt an. Er prüft mich mit seinen Blicken und will so herausfinden, wie ich auf Rysands Vermutung reagiere. Das ist wirklich albern. Ich würde mich niemals mit einem Mörder einlassen, nur um die Vanags auszuspionieren. Ich bin nicht lebensmüde und erst recht nicht manipulierbar.

»Wenn sie dir so wichtig ist, Arūnas, dann pass auf sie

auf«, bietet der Mann in Schwarz ihm an. »Aber ich werde keinen unserer Leute mit in die Sache reinziehen.«

Augenblicklich fährt Arūnas zu Tjark herum. »Wie großzügig von dir. Ich hätte auch auf der Couch sitzen bleiben können, als wir damals auf der U-Bahn-Station Dalius erwischen wollten. Da konntest du nicht genug Männer aufbringen, um Divina zu beschützen.«

»Das war eine ganz andere Angelegenheit«, knurrt Tjark. »Und das weißt du auch. Du kennst die Frau doch gar nicht. Du hast ein Mal mit ihr telefoniert und sie heute Nacht gevögelt, schon willst du ihr Retter sein. Wofür?«

Ich war wohl nicht dabei, als ich heute Nacht Sex hatte.

»Es ist okay, Arūnas«, sage ich leise unter den erdrückenden Blicken der anderen. »Ich finde einen Weg. Er hat recht. Es ist nicht dein Problem und auch nicht das der Organisation.«

Auf dem Absatz drehe ich mich um, um die Flügeltür zu öffnen. Doch zwei bewaffnete Gorillas versperren mir mit finsteren Mienen den Weg.

»Es ist nicht okay«, zischt Arūnas, tritt unvermittelt an meine Seite und öffnet die Tür. »Steht mir nicht im Weg«, geht er die Wachen an. Als er meine Hand umfasst und mich zu sich zieht, dreht er sich ein letztes Mal um. »Um es zu korrigieren: Ich habe sie nicht gevögelt. Verstanden!«

Nun steigt mir die Röte ins Gesicht. Er gibt das offen zu.

»Wir gehen, Moira.« Arūnas zieht mich, ohne mir die Augenbinde umzulegen, über einen Gang mit einem roten Teppich. Erstaunt schaue ich mich um, sehe alte Wandlampen, große Ölgemälde von Landschaften und Personen, mehrere dunkle Türen und vor uns eine pompöse Eingangshalle, in der eine schlanke Frau in hellem Rock und schwarzem Pullover eine gebogene Treppe heruntersteigt.

»Arūnas, ich dachte, du hättest Urlaub?«

»Habe ich auch. Schön, dich zu sehen, Divina, wir müssen schon wieder gehen.«

»Was ist passiert?«, fragt sie und sieht mit ihrer hellen Haut, den rabenschwarzen Haaren und wasserblauen klaren Augen auf eine Art blass aus und zugleich wunderschön.

»Dein Mann ist passiert. Er wird dir alles erzählen.«

Verwirrt schaut sie von Arūnas zu mir und hält mir ihre Hand hin. »Hallo, ich bin Divina. Wer bist du?«

»Moira«, sage ich und nehme ihre Begrüßung an. Aber im selben Moment zieht mich Arūnas weiter.

»Jetzt warte doch mal, Arūnas!«, ruft sie ihm hinterher. Wütend dreht er sich zu ihr um.

»Ich habe keinen Stress mit dir, Divina. Aber ich bin gerade ziemlich aufgebracht und möchte meine Wut nicht an dir auslassen. Daher … gehen wir jetzt.« Sie schenkt uns einen fragenden und irgendwie besorgten Blick.

»Was hat er …«

»Komm, wir gehen.« Arūnas zerrt mich weiter, reißt die Haustür auf, die drei Meter hoch ist, und zieht mich aus dem Haus in die Winterlandschaft, als ginge es um Leben und Tod.

Vor dem imposanten Eingang bleibt er mit mir auf dem Podest stehen und holt geräuschvoll Luft.

»Das sollte nicht gegen dich gehen, Moira«, entschuldigt er sich bei mir. »Sie sind …«

»Nicht schlimm. Ich wollte ohnehin nicht euren Schutz. Jetzt ist die Sache geklärt.« Und ich habe keine Ahnung, was ich machen soll. Am besten meinen Plan mit dem Hotel verfolgen.

»Du bist so dumm, so was zu sagen. Dir muss dein Leben ja erstaunlich wenig bedeuten.«

»Das tut es nicht. Aber was soll ich sonst tun? Die Wohnung nicht mehr verlassen? Für wie lange? Eine Woche? Einen Monat? Ein Jahr? Soll ich so lange warten, bis Magnus geschnappt wurde? Er treibt seit sieben Jahren sein Unwesen und keiner hat ihn aufgehalten.«

Arūnas schaut zum wolkenbedeckten Himmel auf und stöhnt tief. »Du bist so eigensinnig.«

»Ich weiß«, antworte ich lächelnd, auch wenn sich gerade eine höllische Angst vor Magnus in mir ausbreitet.

Immer noch hält er meine rechte Hand umfasst. Sein Händedruck ist nicht grob, im Gegenteil, er umschließt meine Hand, als hätte er es zuvor Hunderte Male getan. Ich räuspere mich und schaue auf unsere Hände, bevor ich meine Finger aus seinen ziehe.

»Wir gehen erst mal zurück in mein Appartement. Danach überlegen wir, wie wir vorgehen«, spricht er eindringlich zu mir und hält unerwartet mein Gesicht umfasst, sodass mir der Atem stockt.

»Warum?«, frage ich ihn, greife nach seinen Händen, aber bekomme sie nicht von meinem Gesicht gelöst. »Warum ist dir das so wichtig? Wir kennen uns kaum.«

Kleine Fältchen bilden sich um seine blauen Augen, während sich über seinem geraden Nasenrücken zwei Furchen abzeichnen. »Weil es mir das wert ist.«

Das ergibt keinen Sinn. Er führt sich auf, als würde er einen Menschen beschützen, den er Jahre kennt.

»Na, wie lief es?« Eine schlanke Frau mit rotem Mantel kommt über die gestreute Einfahrt auf uns zu und raucht eine Zigarette.

»Natalie, nicht schön, dich zu sehen.«

»Da ist aber einer sauer. Hast du deinen Willen nicht bekommen?« Diese Natalie bleibt vor uns stehen, nimmt einen tiefen Zug von ihrer Zigarette und mustert mich eingehend. Ich schaue nur flüchtig zu ihr. Sie ist schön, beinahe zu schön, trägt ihr dunkelblondes Haar zu einem Pferdeschwanz zusammengebunden. In ihrem Haar funkelt eine goldene, prunkvolle Spange. Sie ist wenige Zentimeter größer als ich, bestimmt vier oder sechs Jahre älter und lächelt mit ihren vollen knallroten Lippen.

»Ich bekomme immer, was ich will.«

»In letzter Zeit nicht mehr. Ihr drei seid euch mit jedem Tag uneiniger. Dabei bist du doch der, der Tjark immer den Rücken stärkt. Ich wette, Rysand war gegen die Kleine. Rys kann so unerbittlich sein. Nicht wahr?«

Sie pustet mir absichtlich den Rauch ins Gesicht, sodass ich die Luft anhalte und die Augen schließe. Danach wende ich mich von der Frau ab.

»Soll ich mit Oriana reden?«

»Nein«, schmettert Arūnas ihren Vorschlag ab. »Du musst nicht mit ihr reden. Ich regele das allein.«

Wer ist Oriana? Ich laufe an der Frau vorbei, was Arūnas auch tut. »Beachte sie nicht. Sie steht weit unter mir und bildet sich ein, sich überall einmischen zu dürfen.«

»Wenn du schon über mich lästerst, dann so, dass ich es verstehen kann!«, ruft sie hinter ihm her. Augenblicklich bleibt Arūnas neben mir mit den Worten: »Warte kurz«, stehen und wendet sich zu ihr um.

»Wie redest du mit mir, Natalie? Ich kann so oft und so laut über dich lästern, wie ich will. Ich habe mehr als einmal deinen Arsch gerettet.«

»Aber nur, weil ich gut bin und mich Tjark braucht.« Wofür braucht? Tjark hat eine Frau, wenn ich das verstanden habe. Divina heißt sie. Wofür braucht er Natalie also?

»Noch, ja. Noch braucht er dich.« Er greift nach ihrer Schulter, zieht sie außerhalb meines Hörbereichs und redet mit ihr. Sie lächelt bloß, legt ihre Hand auf seine Wange und neigt den Kopf. Flirtet sie etwa mit ihm?

Entweder ist mal was zwischen den beiden gelaufen oder aber sie versucht ihm gerade schöne Augen zu machen. Dabei will ich nicht zusehen. Aus dem Grund laufe ich weiter und sehe auf dem Parkplatz hinter dem Tor einen Mann laut lachend aus einem Mercedes aussteigen und um den Wagen herumgehen. Er öffnet die Beifahrertür, um einer Frau mit dunklem Haar und ebenso hübschem Gesicht wie Natalie beim Aussteigen behilflich zu sein. Sieht aus, als hätten die Vanags sehr viele Frauen hier und würden nicht bloß aus einer Männervereinigung bestehen.

»Sveiki! Hallo, wen haben wir denn hier?« Vor mir bleibt der übertrieben freundliche Mann stehen und versperrt mir den Weg. »Ein neues Gesicht.« Er schaut an mir vorbei zu Arūnas, der sich mit Natalie auseinandersetzt.

»Du darfst mich Nojus nennen, die heimliche rechte Hand von Tjark, auch wenn Arūnas das immer abstreitet. Wie heißt du? – Polina, komm schon!«

Polina heißt sie.

»Moira«, sage ich knapp. »Aber es ist besser, wenn du meinen Namen schnell vergisst.« Dieser Nojus verzieht das Gesicht.

»*Die* Moira?« Er beugt sich zu mir vor, schnappt mein Kinn und dreht mein Gesicht ungefragt von rechts nach links. »Kehle ist noch unversehrt, hübsch bist du auch. Mann, du hast solch ein Glück, bei uns gut aufgehoben zu sein. Wenn ich Magnus, diesem Penner, mal über den Weg laufen sollte, würde ich ihm selbst zeigen, was es bedeutet, Todesängste auszustehen. Dieses frauenverachtende Schwein sollte endlich von der Straße geholt werden. Du bist hier sicher.«

»Ist sie nicht«, sagt Arūnas hinter mir. »Tjark ist dagegen.«

»Nein«, antwortet Nojus perplex und gibt mein Gesicht frei.

»Doch! Wo bist du gewesen?«

»Es ist meine Schuld, es hat ein neues Geschäft im Zentrum geöffnet, das ich unbedingt mit Nojus besuchen wollte.« Polina hält entschuldigend mehrere Shoppingtüten in der Hand.

»Klasse. Hauptsache, die Ausbeute hat sich gelohnt.« Arūnas greift wieder nach meiner Hand, um zum Parkplatz zu gehen. Welchen Wagen will er nehmen? Zydrunas hat uns hierher gefahren.

»Stopp mal, Arūnas.« Nojus stellt sich uns in den Weg. »Was wollt ihr jetzt machen?«

»Wonach sieht es aus? Wir gehen. Ich regele das allein.«

Nojus sieht irgendwie überhaupt nicht überzeugt davon aus.

»Das ist die dümmste Idee, die du je hattest.«

»Was habe ich für eine andere Wahl? Soll ich sie gehen lassen?«

»Ja«, sage ich entschlossen.

»Dich hab ich nicht gefragt«, geht mich Arūnas an. Nojus schaut von ihm zu mir, während Polina dasselbe macht.

»Ich rede mit Tjark. Das klappt schon.«

Arūnas lacht. »Wer kennt ihn länger? Nichts gegen dich, Nojus, aber Tjark kenne ich, seit ich ein Kind bin und für seinen Vater gearbeitet habe. Rysand ebenfalls. Wenn beide sich zum ersten Mal gegen mich verschworen haben, in Ordnung! Soll Rysand die beschissene Ware in Klaipéda prüfen! Ich mach den Mist nicht mehr, wenn ich am Ende bloß der Fußabtreter bin.«

»Das hat niemand gesagt!«, höre ich unvermittelt hinter mir die erzürnte Stimme von diesem Rysand. Er zerrt Arūnas zur Seite, um mit ihm zu reden.

»Streng deinen Verstand an, und du weißt, dass es die beste Lösung ist, Arūnas. Wir haben uns nicht gegen dich verschworen. Wir stehen immer noch auf derselben Seite. Aber es gibt Dinge, von denen wir die Finger lassen sollten. Du verstehst das nicht. Du hast keine Familie und Kinder.«

Arūnas stößt Rysand von sich. »Dann heirate ich Moira eben, wenn das eure beschissene Bedingung ist.«

Mir verschlägt es augenblicklich die Sprache. Auch Nojus steht der Mund offen, während Natalie affektiert lacht und Polina mit fragendem Gesichtsausdruck zu Rysand schaut.

»Du läufst doch vollkommen neben der Spur.«

»Weißt du was, Rys. Wir hatten hin und wieder unsere Differenzen, aber gerade bist du echt das Letzte! Falls ihr jemals meine Hilfe braucht, werde ich es mir dreimal überlegen. Ich hab mich um Oriana gekümmert, als du sie weggeschickt hast. Ich habe Tjark sofort geholfen, um Divina vor ihrem Zuhälter zu beschützen. Und dann …«

Nojus fährt sich übers Gesicht, schnappt Polina und versperrt mir den Weg, als ich weitergehen will. Klasse, ich habe alle dazu gebracht, sich in die Haare zu kriegen.

»Ich bin dabei«, sagt Nojus. »Wenn du meine Unterstützung brauchst, bin ich da.«

»Du bist doch wahnsinnig!«, knurrt Rysand und dreht den Kopf zu Nojus. »Außerdem hast du das nicht zu entscheiden.«

»Mir egal. Du bist nicht mein Boss, Rysand. Das ist Tjark. In meiner Freizeit kann ich machen, was ich will.« Aus den Augenwinkeln schaut er zu Polina, die nickt. Sie steht wirklich hinter ihm, auch wenn ich die Sorge in ihren Augen aufblitzen sehe.

Sie müssen so viel mehr über Magnus wissen als die Allgemeinheit. Was, wenn grausame Fakten zurückgehalten wurden, damit die Menschen in der Stadt nicht verrückt gemacht werden? Damit sie sich nicht in ihre Häuser verkriechen und panisch werden?

»Ich danke dir, Nojus«, sagt Arūnas erleichtert.

»Kein Problem. Lösen wir die Sache doch allein, während Rys den Schwanz einzieht.«

Rysand hebt die Faust, macht ein wütendes Gesicht und geht auf Nojus los. Doch kurz vor ihm bleibt er stehen. »Ich ziehe nicht den Schwanz ein. Mir ist mein Leben etwas wert«, sagt er knurrend und stößt Nojus zurück, bevor er wieder über die Auffahrt zurück zum Haus geht.

Ich drehe mich um und sehe den Mann in Schwarz neben seiner Frau umringt von weiteren Männern auf dem Eingangspodest stehen. Sie haben alles gesehen und beobachtet.

»Nojus!«, ruft ihr Boss.

»Wir reden später. Zuvor muss ich Platz im Kleiderschrank schaffen. Polinchen hat für zwei eingekauft. Nimm meinen Wagen. Wie ich gehört habe, wurde deiner heute Nacht in die Luft gejagt.« Nojus klopft auf Arūnas' Schulter, gibt ihm seine Autoschlüssel und greift dann nach Polinas Tüten.

»Da sind wir schon!«, ruft er Tjark übertrieben fröhlich entgegen. »Du glaubst nicht, was in der Stadt los war. Mann, die meisten Straßen waren größtenteils gesperrt und …«

Er ist eine absolute Labertasche, aber wirklich nett.

»Wir sollten endlich weiter. Es fängt wieder an zu schneien.« Ein letztes Mal dreht sich Arūnas zu seinen Leuten um und ich kann in seinem Blick die Enttäuschung ablesen. Zwar weiß ich nicht, was er für seine Freunde in der Vergangenheit alles getan hat, aber es scheint eine Menge zu sein. Er scheint sich öfter für Menschen einzusetzen. Für Personen, die ihm viel bedeuten, um nun als Dank abgewiesen zu werden.

»Das mit der Heirat war nicht ernst gemeint, oder?«, will ich ihn auf andere Gedanken bringen. Er grinst knapp, schiebt mich mit der Hand auf meinem Rücken weiter zu Nojus' Wagen und schüttelt den Kopf.

»Nein, das wäre zu früh. Ich sollte dich zuvor vögeln. Hast du ja gehört.«

Ich bringe ein gezwungenes Lachen über die Lippen.

»Dabei habe ich wirklich Angst, als Eunuch zu enden.«

»Könnte durchaus passieren«, scherze ich. »Hey, es ist okay.«

»Ist es nicht, Moira. Gerade frage ich mich, wofür ich mein Leben lang gearbeitet habe, wer meine Freunde sind.«

Es tut weh, seine Worte zu hören. Ich will mir nicht vorstellen, wie er sich gerade fühlt.

9
ARŪNAS

Ich weiß nicht, was ich von dem Verhalten von Rysand und Tjark halten soll! Was ist aus ihnen geworden? Ein Haufen von engstirnigen, egoistischen Schlappschwänzen.

Sicher ist Magnus ein verdammt irrer unberechenbarer Gegner. Aber soll ich dabei zusehen, wie er Moira tötet? Soll ich sie einfach so gehen lassen und Tage später in der Zeitung einen Bericht über ihre Ermordung lesen?

Fuck! Nein. Das könnte ich mir nie verzeihen. Jeder hält

mich für den Sonnyboy mit dem schönen Gesicht, der sich reihenweise andere Frauen aussuchen kann. Das kann ich und das habe ich. Ich hatte den geilsten Spaß, den hammermäßigsten Sex und die schönsten Frauen kennengelernt. Doch bisher gab es nicht wirklich eine, der ich von Anfang an erzählen konnte, wie es in mir aussieht.

Escortgirls sind eine tolle Sache für eine Nacht, auch die Gespräche mit ihnen sind tiefgründiger als mit Frauen, die ich in einem Club kennengelernt habe. Dennoch ziehen sie weiter, vögeln andere Männer und hören sich deren Geschichten an. Sie sind Seelsorger und kurzzeitige Geliebte für wenige Stunden oder Tage. Aber irgendwann gehen sie, und man fragt sich als Mann, warum man ihnen etwas über sich erzählt hat, obwohl sie es wieder vergessen werden.

Sie fühlen sich von reichen Männern begehrt, doch sie sind nur scharf auf die Kohle. Und von One-Night-Stands habe ich die Schnauze voll.

Keine Ahnung, ob Moira es wert ist, aber irgendwie mag ich sie, auch wenn sie mich anscheinend nicht mag. Vielleicht deswegen. Weil sie die erste Frau ist, die nicht scharf auf meine Kohle oder meine Position bei den Vanags ist oder denkt: Hey, was ein heißer Typ, so einen würde ich nie ins Bett kriegen, also los, nutze ich meine Chance. Wenn es mir gelingt, erzähle ich meinen Freundinnen davon.

Manche Frauen fühlen sich nur auf ihr Äußeres reduziert, aber mal ehrlich, es geht auch einigen Männern so. Ich würde nicht abstreiten, dass es mir nicht gefällt, von Frauen überrannt zu werden. Doch irgendwie ist es immer die gleiche Scheiße. Tjark hat seine Divina gefunden, für sie sein Leben riskiert. Rysand habe ich dabei geholfen, mit Oriana glücklich zu werden, obwohl mir die Frau auch wichtig war. Ich habe ihm den Vorzug gegeben, weil es die erste Frau ist, die er liebt.

Moira ist Oriana in einigen Dingen sehr ähnlich, auch wenn sie anders aussehen. Genau das gefällt mir. Sie schaut hinter die Fassade eines Menschen, kann sich in andere hineinversetzen und hört einem zu.

Nun ja, das war bei unserem Telefonat zumindest so. Jetzt will sie bloß weg und sterben.

»Du kannst mich dort vorn rauslassen.« Sie deutet an einer Kreuzung auf eine Bushaltestelle. *Ich ertrag das nicht mehr. Was muss ich für ein Scheißtyp sein, dass sie ständig wegwill.*

»Deine Ordner befinden sich noch bei mir«, murmele ich undeutlich. Sie dreht ihr Gesicht zu mir.

»O Mist, stimmt. Kannst du sie mir später vorbeibringen?«

An der roten Ampel schaue ich in ihre intensivgrünen Augen. Bisher sah ich keine Frau mit so grünen Augen und diesen hübschen Sommersprossen. Am liebsten würde ich über ihre Nase streichen, um sie zu zählen, oder über ihre natürlichen schönen Lippen.

»Arūnas?«

»Ja, klar, ich lass dich hier raus.« Ich will sie nicht gefangen halten.

Nachdem wir die Kreuzung hinter uns lassen, setze ich den Blinker und fahre in die Haltebucht. Sie schnallt sich neben mir ab und beugt sich zu mir rüber. Kurz sieht es aus, als würde sie mir einen Kuss auf die Wange geben. Aber sie entscheidet sich um und umarmt mich. »Danke für alles.«

»Leb wohl. Falls du dich doch umentscheiden solltest, was ich sehr begrüßen würde, weißt du, wo du mich findest. Und … hast du einen Stift?«

»Ja, warte.« Sie holt einen aus ihrer Tasche hervor und reicht ihn mir. Ich schnappe ihre rechte Hand, drehe sie um und schreibe meine Nummer auf ihre Handfläche. »Speicher sie in dein neues Handy ein.«

Sie nickt und wirkt irgendwie sehr still. »Was ist?«, frage ich sie. Moira schüttelt den Kopf, nimmt mir den Stift ab und verstaut ihn wie das neue Smartphone, das ich ihr auf dem Weg gekauft habe, in ihrer Tasche.

»Weißt du, Arūnas …« Erwartungsvoll schaue ich in ihr Gesicht. Ihr noch mal anbieten, bei mir zu bleiben, würde sie direkt aus Nojus' Mercedes verscheuchen.

»Ja?« Mist. Hinter uns sehe ich einen Bus über die Kreuzung fahren.

»Ich würde doch gern …« Im selben Moment hupt der Bus ohrenbetäubend laut. *Verdammt, du Vollidiot! Warte mal einen Augenblick.*

»Was würdest du?«, hake ich nach und schnappe mir ihre Hand. Doch sie greift mit der anderen zum Türöffner und steigt aus.

»Bis später, Arūnas«, sagt sie und beugt sich noch mal ins Auto. Wieder hupt der beknackte Bus. »Fahr am besten. Der rastet sonst komplett aus.«

Schon wirft sie die Tür zu und tritt auf den Bussteig zurück. Ich schließe stöhnend die Augen und zähle von zehn bis null herunter. *Überlege es dir noch mal, Moira. Bitte.*

Ich sehe ihre schwarzen Hosen und coolen gefütterten Boots. Mehr nicht. Doch sie bewegt sich nicht auf mich zu.

Wieder hupt der Busfahrer in Dauerschleife wie auch andere Autofahrer, da der Bus die Fahrbahn blockiert.

Schon gut. Ich gebe Gas und verlasse die Haltebucht und ordne mich im Straßenverkehr ein. Am liebsten würde ich umdrehen. Wie kann sie so störrisch sein? Wie kann sie glauben, die Sache im Griff zu haben?

Gerade kann ich mir Magnus' breites Grinsen bildhaft vorstellen. Es wird ihn freuen, sein Lämmchen, wie es Rys gesagt hat, bald zu sich rufen zu können.

Verärgert umfasse ich das Lenkrad fester und schlage darauf ein. *Hätten sie nur zugestimmt! Hätten sie bloß Ja gesagt!*

10

MOIRA

Wieder in meiner Wohnung angekommen, finde ich alles unverändert vor. Der Gestank des Biomülls hat sich in der Küche ausgebreitet. Die Wohnung ist kalt, was sicher daran liegt, dass die Heizung im Block mal wieder Störungen hat. Das ist keine Seltenheit.

Leider habe ich keinen so noblen Kamin wie Arūnas. Dafür einen Ölradiator, den ich einschalte, nachdem ich meine dicke Jacke losgeworden bin.

Samstag. Es ist Samstag. Eigentlich der Tag, an dem ich nach der Prüfung bis Montag freihätte und mit Matas und Vilma um die Häuser ziehen wollte. Gerade halte ich das für keine gute Idee.

Ich hätte mir die Belohnung ohnehin nicht verdient, da die Prüfung für mich ausgefallen ist. Was ein Mist.

Ich gehe in meine kleine Kochnische, die ich meinem Vormieter für 500 Euro abgekauft habe und bestimmt zwanzig Jahre alt sein dürfte, und stelle den Wasserkocher an. Immer noch stehen zwei Tassen mit kaltem Tee auf dem Tresen.

Arūnas hasst Tee – geht mir der Gedanke durch den Kopf. Dennoch hat er ihn bis zur Hälfte getrunken.

Es waren keine guten Menschen, Moira. Sie haben schreckliche Dinge getan. Menschen gefoltert, Frauen vergewaltigt … – erinnere ich mich an Arūnas' Worte, als wir telefoniert haben und er mir mehr über seine Opfer erzählt hat.

Wie sollte ich das jemals einer Frau erzählen? Einer Frau, an der ich wirklich Interesse habe?

Ich muss zugeben, ich habe ihn falsch eingeschätzt. Arūnas ist kein skrupelloser Mörder wie Magnus. Seit ich ihm begegnet bin, sehe ich das etwas anders. Er war ehrlich, er hat mir gesagt, was er getan hat, und ihn beschäftigen seine Taten. Er ist sicher nicht einmal stolz darauf, Menschen getötet zu haben.

Bei Magnus ist das was vollkommen anderes. Er rühmt sich mit den Morden, zelebriert sie, genießt es, seine Opfer zu quälen. Zwei Mörder und zwei so unterschiedliche Verhaltensweisen.

Als das Wasser kocht, suche ich einen Teebeutel aus der Schublade und gieße das Wasser in die Tasse. Ich könnte das in meinem Roman verarbeiten. Es wäre ein Thema, das ich so noch nie in einem Buch gelesen habe.

Mit der Tasse gehe ich zu meinem Schreibtisch, der sich direkt vor den Fenstern befindet, und klappe meinen Laptop auf. Die Wohnungstür ist abgeschlossen, die Fenster sind verriegelt. Auf der Feuerleiter ist niemand zu sehen. Weit unten sehe ich Menschen auf den Fußgängerwegen vorübergehen, sehe aufgetürmte Berge von Weihnachtsbäumen, die aus den Wohnungen getragen wurden, und vorbeifahrende Autos. Das zu sehen, beruhigt mich irgendwie, denn es ist ein Stück heile Welt. So wie ich sie kenne, nicht wie ich sie die letzten Tage erlebt habe.

Ich schalte meinen Acer an und hole das neue Handy, das mir Arūnas gekauft hat und er unnötig verpacken ließ, aus der Tasche. Dabei sehe ich seine Handynummer auf meiner Handfläche. Ich werde die Nummer speichern, auch wenn wir uns nach heute nicht mehr wiedersehen.

Vorsichtig löse ich das schwarze Geschenkpapier um die Verpackung und entdecke darunter das neueste iPhone. Überrascht halte ich die Luft an. *Das … das ist viel zu teuer.* Meines hat nicht mal dreihundert Euro gekostet und habe ich gebraucht gekauft.

Das kann ich nicht annehmen … Aber ich brauche ein Handy. Ohne eines will ich das Haus nicht verlassen. *Verdammt … das ist so fies von dir, Arūnas!*

Ich packe das Smartphone aus, schalte es an und bin absolut begeistert. Es ist wirklich schön. Als ich es eingerichtet habe, speichere ich Arūnas' Nummer in den Kontakten.

Danach setze ich mich auf meinen bequemen Polsterstuhl und öffne mein Skript. Immer wieder schaue ich zu meinem neuen Telefon und überlege, was ich ihm schreiben könnte.

Danke, du Idiot. Das Handy ist viel zu teuer.

Oder: *Wenn du gleich die Ordner bringst, gebe ich es dir zurück.*

Oder: *Wann kommst du vorbei?*

Da ich nicht weiß, was ich schreiben soll, lese ich mich in mein Manuskript ein. Ich lösche einige Passagen und schreibe die Geschichte um. Ich bin so vertieft in die Story, dass ich mich irgendwann dabei ertappe, wie ich nahtlos an ihr weiterschreibe, bis es draußen dunkel geworden ist.

Mein Tee steht abgekühlt neben mir, dennoch kann ich nicht aufhören, einen Satz nach dem anderen zu verfassen und eine Geschichte über einen Mann zu schreiben, der trotz ansprechender Fassade und seines Wortwitzes dunkle Geheimnisse verbirgt.

Als mein Hintern vom Sitzen schmerzt und sich meine Schultern steif und verspannt anfühlen, strecke ich die Arme aus und massiere meinen Nacken. Es sind vier Stunden vergangen und ich will unbedingt weiter an dem Manuskript schreiben.

In dem Moment fällt mein Blick auf das Handy. Es ist kurz nach 19 Uhr. *Mist! Ich wollte mich bei Arūnas melden.* Wartet er auf eine Nachricht von mir? Oder hat er die Ordner bereits vor meiner Tür abgestellt und ist gegangen?

Bevor ich eine Nachricht eintippe, erhebe ich mich vom Schreibtisch und gehe auf die Haustür zu. Hinter ihr höre ich die polternden Schritte von einer oder mehreren Personen. Das Treppenhaus ist so hellhörig, dass man selbst in meinem kleinen Flur hört, wenn sich jemand hinter der Wohnungstür aufhält.

Ich drehe den Hausschlüssel im Schloss um und schaue durch meinen Spion. Da ist nichts. Vorsichtig öffne ich die Tür.

Keine Beutel. Kein Ordner. Kein Arūnas.

Möglicherweise kommt er später vorbei.

Langsam trete ich in meine Wohnung zurück, als eine Gestalt mit schwarzen polierten Stiefeln und dicken Sohlen die Stufen vom siebten Stock heruntersteigt. Ein dunkler Mantel, der einem Umhang gleicht, ist das Erste, was ich neben den schweren Schuhen sehe. Danach blicke ich auf seine Hände, die in Lederhandschuhen stecken und auf denen ein Totenkopf zu erkennen ist. Mir sackt das Herz in die Kniekehlen.

Nachdem er weitere Schritte heruntergestiegen ist, mich aber nicht gesehen haben kann, schließe ich, ohne einen Mucks von mir zu geben, die Wohnungstür und drehe den Schlüssel so lautlos wie möglich im Schloss herum. Mein Atem geht flach. Ich hoffe, ich habe mir die Gestalt nur eingebildet oder es ist irgendein verirrter Grufti. Obwohl, hier lebt kein Grufti.

Im siebten und letzten Stock wohnen eine alleinerziehende Mutter und ein Rentner, den man nur einmal im Jahr zu Gesicht bekommt. Sein Enkel wird es sicher nicht gewesen sein. Und auf einen solch schlechten Männergeschmack tippe ich bei der Frau über mir auch nicht.

Auf Zehenspitzen fahre ich zur Tür herum, um durch den Spion zu schauen.

Ich schlage die Hand vor den Mund, als ich die Gestalt direkt dahinter sehe. Sie steht da und schaut in meine Richtung, als wüsste sie, dass ich mich hinter der Tür befinde. Mein Herzschlag geht rasend schnell. Die Person hat ein bis über die Nase gezogenes schwarzes Tuch und trägt eine dunkle Kapuze. Seine Augen funkeln im Treppenhauslicht wie schmale Schlitze.

Sie hebt die Hand, aber klopft nicht an. Da ich mich im Flur befinde, in dem es kein Fenster gibt, kann man mich nicht von draußen sehen, dennoch weiche ich von der Tür zurück und schalte das Licht im Flur aus. Ich gehe in die Knie und greife um die Wand zum Wohnbereich herum. Aufgelöst taste ich nach den Lichtschaltern. Kaum habe ich das Licht in Wohnzimmer und Küche ausgeschaltet, wage ich einen Blick zur Haustür. Ich höre etwas rascheln. Etwas, was tropft. Es klingt wie Wasser. Als ich zu meinem Schreibtisch schaue, sehe ich am Fenster auf der Feuerleiter ebenfalls Stiefel.

Panisch weite ich die Augen. *Sind sie überall?!*

Auf dem Boden krieche ich im Dunkeln in die Küche und umklammere eisern das neue Handy, das ich zur Tür mitgenommen habe. *Polizei oder Arūnas anrufen?*

Da es in der Küche kein Fenster gibt, kann mich keiner der Anhänger von Magnus vor dem Kühlschrank sehen. Vielleicht steht Magnus sogar selbst vor meiner Tür?

Ich schalte mit zittrigen Fingern das Handy ein und

suche meinen einzigen Kontakt. Arūnas. Danach hebe ich das Telefon zum Ohr und versuche mich zu beruhigen.

Es klingelt. Es klingelt verdammt oft.

Bitte geh an dein Telefon. Bitte, verdammt!

Mach schon!

II
ARŪNAS

Sie meldet sich nicht. War ja irgendwie klar. Nachdem ich den halben Nachmittag damit zugebracht habe, auf das Handy zu starren, entscheide ich mich dafür, eine Runde joggen zu gehen.

Ich stopfe Kopfhörer in meine Ohren, schalte Musik mit meinem Handy an und stelle es auf *nicht stören*. Wenn jemand was von mir will, wie Tjark, der stündlich nervt, dann sollen sie mir auf die Mailbox quatschen. Da ich Moiras Nummer nicht kenne, kann ich sie nicht in die wichtigen Kontakte speichern, deren Anrufe immer durchgelassen werden.

Es ist kurz vor 19 Uhr, als ich im Dunkeln durch das Industriegelände jogge wie fast jeden zweiten Tag. Ich wische mir immer wieder den Schnee aus dem Gesicht, der in großen Flocken auf mich herabrieselt. Zum Takt von *the Underground* laufe ich in meinen Jogginghosen und enger schwarzer Outdoorjacke weiter.

Es ist verdammt ruhig in diesem Viertel, was ich liebe. Ich würde niemals zu dem Haufen ziehen, die sich ein Anwesen teilen. Hier habe ich alles, was ich seit dem Umzug aus Berlin brauche. Mein Reich. Meine Ruhe. Meinen Abstand.

Nach nur zwei Kilometern verstummt meine Musik und ein Klingeln dringt, trotz des *nicht stören* Modus, in meine Ohren. Wenn jemand innerhalb von zwei Minuten versucht, mich zu erreichen, geht der Anruf durch und wird der Stumm-Modus deaktiviert.

Was ist jetzt schon wieder? Wenn Nojus mich stört, lege ich sofort wieder auf.

Ich stoppe schwer atmend an einem Laternenpfahl, stemme mich an ihm mit einer Hand ab und hole mein Handy hervor.

Zwei verpasste Anrufe einer fremden Nummer, innerhalb von einer Minute. Das ist nicht Nojus.

Eine fremde Nummer … Das könnte Moira sein.

Sofort rufe ich sie zurück. »Hey«, spreche ich kurzatmig und schnaufend. »Du hast angerufen? Die Ordner …«

»Sie sind hier.«

»Die Ordner? Nein, sie sind bei mir.«

»Magnus' Männer«, flüstert sie vollkommen panisch. »Sie sind hier. Eine … eine schwarze Person steht vor meiner Tür mit Mantel und Totenkopfhandschuhen und schwarzem Tuch vor dem Gesicht. Eine weitere ist auf der Feuerleiter.«

Augenblicklich hebe ich den Kopf und starre ins Leere. *Wollte er nicht bis Montag warten?* Ich wusste doch, dass diesem Schwein nicht zu trauen ist.

»Bleib dort. Lass die Türen zu. Ich komme vorbei. Ich brauche nur …« Etwas überfordert schaue ich mich um. Ich muss zwei Kilometer zurückjoggen und brauche bestimmt eine halbe Stunde, bis ich bei ihr bin. Ich wäre so in einer Dreiviertelstunde frühestens bei ihr. *Solch ein Dreck!*

»Was? Bitte komm. Arūnas.«

Unerwartet höre ich ein Geräusch, das nicht in diese gottverlassene Gegend passt. Ich höre das Summen eines Motors. Ein Wagen biegt hinter mir um eine verlassene Halle.

»Okay, es gibt ein kleines Problem, Moira. Bleib cool und atme tief durch.«

»Welches? Welches Problem meinst du?«, fragt sie mit zittriger Stimme und atmet tief durch, so wie ich es ihr gesagt habe. Braves Mädchen.

»Die Antwort wird dir nicht gefallen.« Ich überquere schnell die zugeschneite Straße. »Sie sind auch hier.«

»Bei dir?« Denn der schwarze Wagen, der langsam auf mich zurollt, ist sicher nicht zufällig an diesem Ort. *Verdammtes Dreckspack! Sie haben nur darauf gewartet, um uns getrennt abzupassen.*

Kaum dass ich die Straße überquert habe und durch einen Loch im Maschendrahtzaun zu einer Fabrik jogge, höre ich Schüsse! Ohne mich umzudrehen, behalte ich das Telefon am Ohr und gebe Stoff. Ich überspringe einige Schneeberge, gerate ins Rutschen und schaue mich immer wieder um.

»O Gott! Geht es dir gut? Lebst du noch?«

»Sicher. Ich bin nicht so schnell kleinzukriegen. Ich muss kurz auflegen. Ich ruf dich …« Ich verschwinde auf einem Platz zwischen zwei Hallen, die nicht zu meinem Herrschaftsgebiet gehören, als mein rechter Fuß wegrutscht. Im Dunkeln sieht man kaum etwas. Mich legt es mit viel Schwung direkt auf den Rücken hin. *Shit!*

»Arūnas?« Auf dem Rücken liegend kneife ich die Augen zusammen und verfluche Gott. *Scheiße, verdammt.*

»Sucht schon! Er ist hier irgendwo! Teilt euch auf!«, höre ich eine tiefe Stimme sagen. Anschließend ist das Bellen von Hunden zu hören. *Nicht euer Ernst.*

»Alles gut. Ich lebe noch. Bleib dort und ruf die Polizei an! Ich melde mich«, flüstere ich ins Handy und lege auf. Danach richte ich mich mühsam auf und schaue mich um. Sie müssen sich hinter den Hallen befinden.

Mir bleibt keine Zeit, um mich zu verstecken, auch wenn ich mich vor den Kötern kaum in Luft auflösen kann. Sie werden mich aufspüren. Ich humple zur Halle, deren Fenster halb eingeschlagen sind, ziehe meine Waffe und suche unter meinen Kontakten Nojus raus, um ihm eine Nachricht zu schicken, die aus einem Code besteht.

»Beeil dich, sonst kill ich dich, Nojus«, murmele ich, verstaue mein Handy und entsichere die Waffe. An der Fassade richte ich mich auf, atme ruhig durch und schaue mich um. Weiterhin höre ich das aggressive Kläffen der

Hunde. Sie haben sie nicht freigelassen. Was gut ist. Dann kann ich weiterrennen.

Nachdem ich meinen Rücken wieder spüre, jogge ich weiter zwischen den Hallen entlang auf eine Mauer zu.

Schnell verstaue ich meine Waffe, steige auf zwei Müllcontainer und ziehe mich über die Mauer. Als ich auf ihr hocke, kann ich die Verfolger immer noch nicht sehen, dafür drei Lichtkegel zwei Hallen weiter.

Locker lasse ich mich vor der Mauer in den Schnee fallen und laufe weiter. Genau für solche Momente halte ich mich fit. Allerdings war mein heutiges Lauftraining etwas entspannter geplant.

Wieder höre ich einen Wagen an den Hallen vorbeifahren. Sie suchen mich weiterhin. Solange ich nicht auf meinem Gelände angekommen bin, habe ich kein Auto. Einerseits will ich zu meiner Sektion, andererseits würde ich sie mit den verdammten Tölen direkt zu meinem zu Hause führen.

Mein Handy vibriert. Als ich neben einem Baum stehen bleibe, lese ich eine Nachricht von Nojus.

10 Minuten

Er muss also ganz in ihrer Nähe gewesen sein. Gut so. Hauptsache, er trifft bei Moira ein, bevor Magnus sie in die Finger bekommt.

Mein Atem steigt in silbernen Wölkchen auf, als ich das Smartphone in meiner Jackentasche verstaue und mich dann entscheide, weiterzulaufen.

Irgendwann müssen sie die Suche aufgeben oder mir geht die Puste aus.

Nach weiteren Minuten, die ich in Richtung Wohnviertel von Vilnius jogge, höre und sehe ich nichts mehr von ihnen. Doch dann erahne ich das Hecheln eines Hundes, der aus irgendeiner Richtung, ich weiß nicht aus welcher, auf mich zurast. *Scheiße!*

Ich bleibe unter einer überdachten Halle stehen, blicke in alle Richtungen und halte meine Waffe mit beiden Händen umfasst. Ganz in der Nähe höre ich ein Auto.

Plötzlich beginnt der Rottweiler aggressiv zu kläffen, als er auf mich zujagt. Mit gefletschten Zähnen und einem aufgeregten Bellen bleibt er einen Meter vor mir stehen. Ich mache es wirklich nicht gern. Aber als das Vieh Anlauf nimmt und auf mich zuspringt, schieße ich. Das Letzte, was ich von ihm höre, ist sein hohes Jaulen, danach verschwinde ich von dem Ort.

Mehrere Reifen von Autos sind zu hören. Scheiße, wie viele treiben sich hier herum? Als ich um eine Halle jogge, lande ich direkt vor der Schnauze eines Pitbulls, der neben einem Van steht und fies knurrt. Sie sind ohne Lichter gefahren. Fuck!

»Ihr wisst schon, was ihr vorhabt, könnte für euch übel enden!«, bedrohe ich sie und richte meine Waffen auf zwei dieser Umhänge tragenden Heinis.

Nun stoppt ein Wagen direkt hinter mir. Sie haben mich umzingelt. Der Hund zerrt wie blöde an der Kette, will auf mich zustürmen, aber wird von einem der Kuttenträger zurückgerissen.

Gemächlich steigt ein Mann mit einer schwarzen Kapuze ins Gesicht gezogen aus dem Van.

»Das hättest du dir vorher überlegen sollen, Arūnas. Ich wollte nie Streit und Zwietracht zwischen euch und uns säen.«

Vorsichtig weiche ich zwischen den Wagen zur Seite, doch der Blödmann hinter mir fährt ein Stück voran, sodass ich zwischen zwei Motorhauben eingeklemmt bin.

Was soll das hier werden?

Ich hebe meine Waffe und halte sie auf den, der mit mir gesprochen hat und meinen Namen kennt.

»Das habe ich nicht. Wir haben uns nie in euer albernes Gemetzel oder in Rituale eingemischt.«

»Dieses Mal schon. Du willst mir Moira wegnehmen.« *Mir wegnehmen? Das bedeutet, er ist höchstpersönlich hier aufgetaucht.*

Drei Schritte von mir entfernt bleibt er stehen und wirkt wenig von meiner Waffe beeindruckt. Keiner seiner vier Anhänger zieht eine Pistole, dafür halten sie Messer in den Händen. Lange Klingen, mit denen sie mir sicher das Fleisch von den Knochen schneiden wollen. Gerne, sie machen mir damit keine Angst. Unter seinem Umhang sehe ich einen Anzug, entdecke unter der Kapuze eine weiße Maske. Was ist das für ein Hokuspokus?

»Du willst sie doch bis Montag leben lassen, Magnus«, antworte ich gelassen. »Ich nehme sie dir nicht weg. Sie wird deine nette Konferenz übermorgen mit dir abhalten, keine Sorge.«

Er stöhnt gequält und senkt den Kopf. »Du verstehst es nicht oder willst es nicht verstehen, Habicht. Ich habe dir bereits eine Botschaft geschickt, damit du kapierst, dass du dich von ihr fernhalten sollst. Niemand hat sich in meine Spiele einzumischen. Niemand, den ich nicht zuvor eingeladen habe. Du bist nicht Teil des Spiels. Du störst. Du machst Moira ganz nervös und lässt sie sich nicht mehr frei entscheiden, weil du sie beeinflusst.«

What? Kurz überlege ich, ob ich laut lachen soll. Allerdings sähe ich mich dann mit vier Klingen in meinem Brustkorb wieder.

»Tja, da haben wir wohl ein Problem. Moira steht unter dem Schutz der Vanags, such dir andere Opfer zum Spielen, denn du störst unsere Kreise, Magnus!«

Ein kehliges Knurren verlässt seine Lippen. Er hebt das Gesicht, sodass mir seine Augen durch die weiße Maske entgegenfunkeln. Seine Anhänger werden plötzlich unruhig. Scheint so, als würde ihnen meine Antwort nicht passen.

»Das habe ich vermutet. Dann beenden wir unsere freundschaftliche Koexistenz ab heute. Liefern wir Tjark doch deinen Kopf. Wir werden sehen, ob ich ihn nicht zum Umdenken bringe.«

Er kennt Tjarks richtigen Namen. Okay, das ist wirklich unheimlich. Ich lecke über die Lippen und kneife die Augen zusammen. Ehe er mir den Kopf abschneidet, jage ich ihm eine Kugel durch sein verdorbenes Herz.

Gerade als ich abdrücken will, reißt hinter mir jemand meinen Arm hoch, hockt auf der Motorhaube und verpasst mir so einen üblen Schlag, dass ich einen Moment lang Sterne aufblitzen sehe. Ich hole mit dem Ellenbogen aus und ramme ihn zwischen die Rippen des Angreifers, der darauf von der Motorhaube fliegt. Mit Mühe ziehe ich mich an den

Motorhauben hoch, da einer der Fahrer den Motor wieder anstellt.

»Was soll das? Du wirst kein Glück haben. Dich wird von nun an nur das Pech verfolgen, Arūnas.«

»Sag das deiner Oma.« Mit dem Fuß hole ich Schwung und trete gegen sein Gesicht. Kaum kann ich meinen Triumph feiern, versammeln sich seine Anhänger um mich und holen mit ihren Klingen Schwung.

Ich schieße auf den direkt vor mir, der umfällt, und springe von der Motorhaube. Anschließend renne ich weiter. In Abständen über meine Schulter blickend, sehe ich, wie sie in die Wagen steigen und mich einholen wollen. Der Van gibt Vollgas. Verdammt! Ich renne weiter, sprinte an der Mauer entlang, die jedoch in einer Sackgasse endet. *Verflucht!* Einen Ausweg suchend, drehe ich mich um, werde von den grellen Scheinwerfern geblendet und bete innerlich zu meiner toten Mutter, nicht geschnappt zu werden.

Ich habe keinen Ausweg mehr, ich kann weder irgendwo hochklettern noch in einem Gebäude verschwinden.

Noch bevor der Van in die Sackgasse der zwei Gebäude rast, wird er von einem Geländewagen aus der Spur gebracht und kracht gegen die Fassadenecke.

Das Fenster des Mercedes-G-Klasse wird heruntergefahren und ich sehe Rysand mich schief angrinsen. »Wartest du auf eine Einladung?«

Wieso … warum ist er hier?

»Sicher, auf deine ganz besonders. Aber erst möchte ich einen Kniefall von dir sehen.«

»Ich trete dir gleich in deinen Arsch. Mach schon.«

Im Wagen, den Rys gerammt hat, sehe ich, wie sich zwei

Gestalten nach dem Aufprall schwerfällig bewegen. Bevor sie aussteigen, jogge ich zu Rys, reiße die hintere Tür auf und springe in den Wagen. Mein Oberschenkel brennt höllisch. Erst jetzt bemerke ich, dass sie mich doch mit einer Klinge erwischt haben. Wäre auch zu schön gewesen, wenn ich Magnus unbeschadet einen Tritt in die Visage verpasst hätte. Aber das war es mir wert. Unter seiner Maske wird er sicher flennen wie ein Kind.

Rysand setzt mit dem Wagen zurück, bevor er mit quietschenden Reifen Gas gibt und wie ein Verrückter durch den Schnee rast.

»Bist du okay?«, erkundigt er sich und starrt in den Rückspiegel. Ich halte meine Schnittverletzung, die ich dank der eisigen Kälte kaum spüre.

»Nur ein Kratzer. Was machst du hier?«

»Was wohl? So egal, wie du denkst, bist du mir nicht, Arūnas. Wir haben uns, nachdem du mit deiner Angebeteten davongezogen bist, noch mal beratschlagt.«

»Ach wirklich? Schön, dass du nicht dabei zusiehst, wie ich zu Gulasch verarbeitet werde.«

»Nach heute wäre mir Hackfleisch sogar lieber«, kontert er spöttisch lachend. Er verlässt das Industriegebiet, ohne dass wir verfolgt werden.

»Woher wusstest du, dass ich hier bin?«

»Nojus hat mir Bescheid gegeben. Dafür darfst du nächste Woche zwei Stunden Babysitten, weil du mir den Abend mit Oriana versaut hast.«

Ich schnaube und schaue aus dem verdunkelten Fenster. »Ging es gerade nach dem Candle-Light-Dinner zur Sache, und als du den Flogger geschwungen hast, kam Nojus' Anruf?«

Er gibt einen genervten Laut von sich. »So in der Art. Wäre Oriana nicht so verständnisvoll und um dein Leben besorgt, glaub mir, würde ich jemand anderen den Flogger spüren lassen.«

Ah! Bei der Vorstellung bekomme ich Potenzstörungen. »Hab ich ein Glück, dass du so eine verständnisvolle Freundin hast.«

Rysand fährt weiter Richtung Zentrum. Wenn ich raten dürfte, fährt er direkt zu Moiras Wohnung.

»Hast du was von Nojus gehört? Sind die Anhänger noch bei ihr?«

»Nein, sind sie nicht. Sie haben euch dafür eine Nachricht dagelassen.«

Nachricht?

12
MOIRA

»Ich glaube, ich sehe sie.« Nojus steht am Fenster, während ich mir aufgewühlt durchs Haar fahre und zusammengekauert auf der Couch hocke.

»Geht es dir schon besser?« Er dreht sich zu mir um. Ich bin heilfroh, dass er gekommen ist. Keiner von Magnus' Anhängern hat die Wohnung betreten, aber allein, dass sie sie umzingelt haben, hat mir einen Riesenschrecken eingejagt. Wenn Nojus nicht gekommen wäre, weiß ich nicht, ob sie wirklich verschwunden wären. Dafür haben sie meine

Wohnungstür verunstaltet, an der ein mit Blut gemaltes Auge zu sehen ist.

»Ja, mir geht es gut.«

»Weiteratmen, klar?«

Ich nicke. »Danke, dass du vorbeigekommen bist.«

»Ich war zufälligerweise ganz in der Nähe unterwegs. Danke nicht nur mir, sondern auch Arūnas und …« Nojus nickt, als ich Schritte in meinem Flur höre. »Rysand.«

Was? Der, der dagegen war, Arūnas zu helfen?

»Ich nehme gern ein Danke entgegen oder – wie Arūnas es ebenfalls vorgeschlagen hat – einen Kniefall.« Rysand betritt meine kleine Wohnung und lacht dunkel.

»Missbrauch nicht meine Worte, Rys. Du hast vor mir zu knien nach heute. Genau das habe ich gesagt.« Hinter Rysand betritt Arūnas leicht humpelnd die Wohnung. Wurde er verletzt?

Sofort springe ich auf, um zu sehen, was ihm fehlt.

»Sie darf dir gern beim Babysitten helfen«, raunt mir Rysand im Vorbeigehen zu.

»Hey«, sage ich vor Arūnas stehend und schaue zu ihm auf. Seine Hände sind blutverschmiert. Um sein Bein befindet sich eine Mullbinde, ansonsten sieht er unversehrt aus.

»Geht es dir gut?«, erkundige ich mich.

Er winkt lässig ab. »Nur ein Kratzer. Wie geht es dir?« Ich kneife die Augen zusammen und schaue zur Seite, um nicht vor ihm zu weinen. Danach umarme ich ihn ungefragt. »Alles bestens. Aber es war so unheimlich. Danke, dass du gekommen bist.«

Hinter mir höre ich ein Räuspern, woraufhin Arūnas

eine Hand von meinem Rücken löst und mit dem Arm herumfuchtelt.

»Ach so, okay, ihr braucht noch einen Moment«, sagt Nojus, woraufhin Rysand lacht.

»Schicke Bude. Sehr kuschelig.« Mir gefällt es nicht, dass so jemand, der sicher in einer Villa wohnt, hier umherstiefelt.

»Wir sollten uns nicht zu lange an diesem Ort aufhalten«, flüstert Nojus zu Arūnas. »Ich weiß nicht, ob sie wirklich gegangen sind. Sie haben nicht auf der Straße vor dem Block geparkt.«

Arūnas nickt, als ich ihn freigebe. »Ich gehe fest davon aus, dass Magnus meinen Tritt in sein Maskengesicht, sicher nicht lange unbestraft lässt. Wir gehen besser, Moira. Wenn was ist, ruf wieder an. Und die Ordner …«

Rysand geht, die Hände auf dem Rücken haltend, an uns vorbei und sieht sich in der Küche um.

»Kann ich …« Ich will nicht wie heute Nachmittag in seinem Wagen noch mal zögern. Entschlossen schaue ich zu ihm auf. »Kann ich vorerst bei dir bleiben?« Hinter Arūnas sehe ich Nojus, der sich zu Rys umdreht und aus meiner Küche winkt. Doch Rys ignoriert ihn und öffnet meine Teedose, an der er riecht. »Übler Earl Grey.«

Arūnas forscht in meinem Gesicht, bevor er lächelt und seine Hände auf meine Schulter legt. »Sehr gerne. Aber nur, wenn du den Schlummermodus nicht mehr aktivierst.«

Während Rys meinen Tee in den Mülleimer befördert hat und aus der Wohnung läuft, nicke ich. »Okay. Kriege ich hin.«

Bevor ich mir noch albern vorkomme, mich so nah vor

ihm zu befinden, weiche ich zurück. »Ich pack nur das Nötigste ein.«

»Wir warten unten und halten Wache«, ruft Nojus. »Aber beeilt euch. Vögeln könnt ihr, wenn ihr an einem sicheren Ort seid.«

Arūnas verdreht die Augen, während ich Rysand schallend lachen höre. »Nojus, du trittst mal wieder voll ins Fettnäpfchen. Hat dir keiner gesagt, dass sie noch nicht miteinander gevögelt haben?«

Beide unterhalten sich weiter im Treppenhaus, während Arūnas auf meiner Couch Platz nimmt und entschuldigend zu mir aufsieht. »Beachte sie einfach nicht.«

»Sie müssen dich ja für den Aufreißer Nummer eins halten, wenn jeder deiner Freunde dasselbe über dich denkt.«

Ich schaue auf ihn hinab und sehe zum ersten Mal, dass er meinen Blicken ausweicht.

»Richtig, du schädigst meinen Ruf. Ich ruh mich mal kurz hier aus, Moira. Pack deine Sachen, aber lass dir nicht zu viel Zeit.«

Er sieht wirklich erledigt aus. Mit einer Hand schnappt er sich ein Kissen, legt sich der Länge nach auf meiner Zweisitzer-Couch, die viel zu klein für ihn ist, hin und atmet schnaufend durch. Dabei hält er die Augen geschlossen.

Um keine Zeit zu vergeuden, hole ich meinen Koffer aus dem Kleiderschrank und packe im Schlafzimmer das Nötigste an Klamotten ein, anschließend meinen Computer, Hygieneartikel, Handtücher und Portemonnaie.

Nach nur fünfzehn Minuten stehe ich mit gepacktem Koffer vor meiner Couch, auf der Arūnas döst. *Schläft er wirklich?*

Ich lasse den Griff des Trolleys los und gehe vor dem Sofa in die Hocke. Seine geschwungenen Lippen sind leicht geöffnet. Sein Haar ist noch etwas feucht vom Schnee. Ich hebe die rechte Hand zu seiner Stirn, um ihm zwei Strähnen aus dem Gesicht zu streichen.

»Der Trick funktioniert immer wieder«, murmelt er träge lächelnd.

»Welcher Trick?« Sofort nehme ich Abstand und ziehe meine Hand zurück. »Ich wollte dich bloß wecken. Ich bin fertig.«

»Ja, sicher. Du hast doch die gesamte Zeit über darauf gewartet, mich anfassen zu können.«

Was? Solch ein Unsinn!

»Nein, stimmt gar nicht. Bilde dir nicht zu viel ein.«

»Doch, das tue ich. Jedes Mal, wenn einer meiner Freunde erwähnt, dass wir miteinander geschlafen haben, wirst du rot. Du stellst es dir vor, oder nicht?«

Vollkommen überrumpelt, schlucke ich hart und schüttele den Kopf. »Mit dir? Im Leben nicht. Ich habe einen Halbfreund.«

»Wirklich? Warum ist er nicht hier? Zum ganzen Freund hat es wohl nicht gereicht, oder?«

Meine Mundwinkel zucken, bevor ich mich von ihm wegdrehe. »Das geht dich nichts an.«

»Eigentlich nicht, nein. Aber wenn ich andere Absichten habe, als dich nur zu beschützen, sollte dir klar sein, ob du einen Halbfreund oder jemanden, der dir was bedeutet, betrügst.«

Mit einem tiefen Seufzen setzt er sich auf.

Durcheinander von seiner direkten Andeutung, mich

vögeln zu wollen, starre ich auf meinen Koffer. Ich würde Arven nicht betrügen. Wir sind nicht zusammen, was Arūnas nicht wissen muss. Oder er sich selbst zusammenreimen kann.

»Wir sollten gehen. Darf ich?« Er tritt an meine Seite, um seine Hand auf meine zu legen, die den Koffergriff umfasst.

Ich schaue zu ihm auf und lächele. »Ich schaffe das allein. Er ist nicht schwer.«

»Weiß ich doch. Trotzdem will ich ihn dir abnehmen.«

»Wir wissen beide, warum du das willst.« Sein Körper steht sehr nah an meinem, während er das Gesicht zu meinem Kopf herabsenkt und sich seine Nasenflügel etwas aufblähen. Er atmet meinen Duft ein. »Du riechst genauso gut wie gestern Nacht im Schnee. Warum sollte ich leugnen, dich vögeln zu wollen? Aus dem Grund bin ich sehr gerne hilfsbereit.«

Er schämt sich nicht einmal für seine ehrliche direkte Antwort. Aber wenn ich ehrlich bin, fühlt sich ein Teil in mir auch zu ihm hingezogen.

»Wirklich?«, kontere ich selbstsicher und lege meine Hand auf seine Brust. »Dann sollte ich zuvor die Ohrfeige wiedergutmachen.«

Seine blauen Augen forschen neugierig in meinem Gesicht, während ich die Finger über seine Trainingsjacke schiebe und unter ihr seinen warmen Oberkörper spüre. Vor ihm stelle ich mich auf die Zehenspitzen und schiebe eine Hand in seinen Nacken. Die gesamte Zeit ruhen seine Augen auf meinem Gesicht und wandern flüchtig zu meinen Lippen.

»Wo bleibt ihr denn?«, höre ich Nojus in meinem Flur rufen.

»Eines Morgens wacht er in einem Sarg auf!«, flucht Arūnas vor meinen Lippen, als ich meine halb geschlossenen Augen geöffnet habe. Langsam sinke ich schmunzelnd auf die Fußballen zurück.

»Sorry. Ich wollte nicht stören.«

»Die nächste Shoppingtour mit deinem Polinchen wird wohl etwas bescheidener ausfallen, mein lieber Nojus«, will ihn Arūnas bestrafen, woraufhin ich in mich hineinlache und danach meinen Koffer schnappe.

~

IN ARŪNAS' Appartement angekommen, fühle ich mich viel sicherer. »Wie geht es deinem Bein?«, erkundige ich mich, als ich meinen Koffer neben der Couch abstelle und ihn zum Badezimmer hinken sehe.

»Geht schon. Ich nehm erst mal eine Dusche. Richte dich in Ruhe ein.«

Nach »Es geht schon« sieht es nicht aus. Aus dem Grund werde ich meinen Mantel los, lege ihn über die Couchlehne und folge Arūnas ins Badezimmer. Ich will wissen, wie schlimm er erwischt wurde.

Gerade als ich das Bad betrete, finde ich ihn, seine Jacke ausziehend, vor der Samtbank vor. Mit einem fragenden Blick schaut er zu mir. »Hast du was vergessen?«

»Nein, lass mich deine Verletzung ansehen. Ich will wissen, wie schlimm es ist.«

Sein ansteckendes Lächeln, das er meistens trägt, verblasst für den Bruchteil einer Sekunde.

»Es ist nicht schlimm. Bloß ein Kratzer. Magnus' Anhänger scheinen Messerspiele zu mögen.« Arūnas' Pistole liegt auf der Bank, auf die ich starre. Bisher habe ich noch nie eine Waffe live gesehen. Er verfolgt meine Blicke, greift zu der Pistole und nimmt das Magazin heraus.

»Bevor du auf dumme Gedanken kommst und meine Wohnung übernehmen willst.«

»Wieso sollte ich?«, hake ich verwirrt nach und lehne mich gegen den Türbogen.

»Weil es die sicherste Unterkunft für dich ist. Und wenn du dich brav verhältst, darfst du sogar eine Weile bleiben, ohne dich an den Mietkosten zu beteiligen.«

Die Augen verdrehend senke ich das Gesicht. »Ich kann mich an den Mietkosten beteiligen.« Auch wenn ich knapp bei Kasse bin. Irgendeine Lösung wird mir einfallen. Nachdenklich schaue ich auf den matten Fliesenboden.

»Wenn das so ist, dann zieh dich aus.«

Sofort hebe ich den Blick und schaue ihn fragend an.

»Was? Geld möchte ich nicht und habe ich genug. Also lass sehen, was du mir noch als Anreiz bieten kannst.«

Ich beiße auf die Wangeninnenseite und schüttele den Kopf, während er die Waffe zurücklegt, danach sein T-Shirt über den Kopf zieht. *Verdammt …*

Schnell blicke ich in eine andere Ecke. »Dann soll ich mich prostituieren, um mich an der Miete zu beteiligen?«

Er lacht amüsiert. »Das hast du jetzt gesagt. Ich habe dich nur darum gebeten, dich auszuziehen.«

Ah, klar. Und dann? Er hebt sein rechtes Bein auf den

Hocker, nachdem er seine Jogginghose ausgezogen hat und null Komplexe hat, sich vor mir zu entkleiden.

Immer wieder schiele ich aus den Augenwinkeln zu ihm. Er muss auch keine Komplexe haben. Er weiß, wie er aussieht, und steht wirklich verdammt gut im Training, hat einen muskulösen definierten Oberkörper ohne Tätowierungen. Ein ausgeprägtes V aus Muskelsträngen zieht sich unter seinen Boxershortsbund. Kurz vor dem Bund sehe ich ein paar dunklere, dafür gekürzte Härchen.

Ohne zu mir zu blicken, betrachtet er den Schnitt, greift zum Handtuch und hält es unter den Wasserhahn.

»Starr mich nicht so an, Moira, sonst werde ich ganz verlegen«, scherzt er und beginnt damit, die Blutspuren von seinem Bein zu wischen.

Dabei geht er so was von unfachmännisch vor, dass es mir bei dem Anblick in den Fingern juckt.

»Du schämst dich für nichts. Wieso darf ich deinen Adoniskörper nicht bewundern? Du provozierst es doch.«

Seine Mundwinkel zucken. »Sicher tue ich das. Ein verletzter Mann zieht genauso gut bei Frauen wie einer, der auf ihrer Couch eingepennt ist.«

Das stimmt leider. Vielleicht sollte ich gehen. Er wird das schon selbst hinkriegen. Allerdings sehe ich von der Tür aus immer noch nicht richtig, wie tief der Schnitt geht. Daher stoße ich mich vom Türrahmen ab und umrunde ihn.

Er zieht die Stirn in Falten, als er sieht, dass ich um ihn herumgehe.

»Du darfst mich anschauen, wenn du dich auch entkleidest. Was hältst du davon? Dann komme ich mir nicht so blöd vor«, versucht er es weiterhin. Ich reiße ihm das Handtuch aus der Hand und verpasse ihm damit einen lockeren Schlag ins Gesicht.

»Lass diese Anspielungen und hör auf, so in der Wunde herumzurubbeln.« Als ich sehe, wie lang der Schnitt ist, hebe ich die Brauen und beuge mich über sein Bein. Müsste das nicht genäht werden?

In dem Moment greift er in meinen Nacken. »Ich weiß, dass du im Rubbeln besser bist, mein Liebling.«

»Jetzt mal ohne Witz …«

»Ich mache keinen Witz. Ich bin davon überzeugt«, kontert er, ohne abzuwarten, was ich sagen will. Neben ihm gehe ich in die Hocke, greife nach seiner Hand, die in meinem Nacken liegt, und verdrehe sie ihm, sodass er aufkeucht.

»Überzeug dich später, Arūnas. Aber das hier sieht wirklich übel aus. Du solltest das einen Arzt ansehen lassen.« Mit dem Zeigefinger deute ich auf den ungefähr handgroßen Schnitt und gebe seine Hand frei.

»Mann, hast du einen festen Griff.«

»Den habe ich. Der würde dir sicher beim Rubbeln gefallen«, necke ich ihn und schaue mit einem provokanten Augenaufschlag zu ihm auf.

Augenblicklich hebt er sein Bein vom Hocker und dreht sich zu mir. Ich will mich erheben, da ich sehe, wie ihn diese Anspielung erregt. Doch er umfasst meine Schulter, um mich nicht aufstehen zu lassen.

»Sorry, Moira, aber allmählich bringst du mich an meine Grenzen.«

»Die wohl schnell erreicht sind. Erwähne ich die Worte Sex, Blowjob und Rubbeln, bist du sofort geil.«

Er schließt die Augen, als er zur Seite blickt. »Für gewöhnlich habe ich mich sehr gut im Griff.«

»Sehe ich«, reize ich ihn weiter, da mir seine Beule in seinen dunkelblauen Shorts nicht entgangen ist.

»Okay«, stößt er hervor. »Wenn du dich nicht ausziehen willst, geh aus dem Bad, sonst tue ich gleich was, was dir nicht gefallen wird.«

Er gibt meine Schulter frei, woraufhin ich mich langsam erhebe und meine Hand über seinen Schwanz, langsam höher zu seinem Bauch gleiten lasse. Er fühlt sich erstaunlich gut an.

»Du hast wirklich recht … Ich sollte …«

Als ich meinen Blick von meiner Hand, die über seine Bauchmuskeln wandert, zu seinem Gesicht hebe, umfasst er mit beiden Händen meine Wangen und stößt mich neben der Bank gegen die Wand. Ehe ich ein Keuchen ausstoßen kann, legt er seine Lippen auf meine und hält meinen Kopf.

Sein Mund bewegt sich auf meinem, während ich kurz zögere, aber dann die Lippen öffne und wissen will, wie er küsst. Ich greife in seinen Nacken und umfasse seinen Rücken, als ich den Kuss erwidere. Und Gott, wie sich unsere Zungen miteinander verschmelzen und umkreisen, ist bereits Sex pur.

Ich verliere mich komplett in dem wilden, zügellosen Kuss, halte seiner immer stärkeren Präsenz kaum stand. Er stiehlt mir förmlich den Atem und wird den Kuss erst beenden, wenn er es will.

»Okay, jetzt kann die Ohrfeige kommen«, keucht er vor meinem Mund, beißt sinnlich in meine Unterlippe und schaut mir tief in die Augen. Schnell atmend spüre ich meinen rasenden Puls und wie mein Körper nach diesem Kuss auf ihn reagiert.

»Keine Ohrfeige heute«, sage ich und will mehr. Ich hebe das Gesicht und ziehe mich an ihm hoch, um ihn zu küssen. Er lächelt an meinem Mund, bevor der Kuss an Intensität zunimmt, dass mir schwindelig wird. In meinem Becken breitet sich ein verlangendes Pochen aus, und obwohl ich nach seinem Bein sehen will, wird der Gedanken von nur einem Wunsch fortgespült. Ich will ihn spüren.

Dieses heutige Umeinanderschleichen und diese Anspielungen haben mein Kopfkino so oft angeknipst, dass ich einfach wissen will, wie es sich mit ihm anfühlt. Nur ein Mal.

Ich halte mich an seinem Haar fest, während er meine Hose öffnet und meinen Hals entlangleckt und küsst. Unter meiner Haut kitzeln die Stellen, die er berührt. Es fühlt sich irrsinnig gut und elektrisierend an, sodass meine Brustwarzen kribbeln und ich meine linke Hand aus seinem Nacken löse. Langsam fahre ich mit den Fingern über seinen glatten Rücken, ertaste seine Rippen und gleite unter den Shortsbund. Er keucht herrlich, als ich seinen Arsch berühre, und drängt mich, nachdem er meine Hose heruntergezogen hat, weiter gegen die Wand.

Ich spüre seine Härte gegen meinen Bauch drücken und seine unendliche Gier nach mir.

Um Halt zu finden, umfasse ich sein volles Haar und stöhne beinahe lautlos, als seine Finger unter meinen Slip wandern. Sie berühren genau die Stelle, die mich zusammenzucken lässt. Er dürfte spüren, wie feucht ich von dem Kuss geworden bin.

Fest kralle ich mich in seine Pobacke und keuche in seinen Mund, als er meine Klit massiert, seine Finger in Abständen durch meine Pussy streicht, um sie zu befeuchten. Verdammt, er weiß genau, was er tut, während Arven immer Ewigkeiten braucht, um meinen Kitzler zu finden.

»Gott, Moira, du fühlst dich verdammt gut an«, raunt er vor meinen Lippen, woraufhin ich ihn mit halb offenem Blick anschaue.

»Sag etwas anderes. Nicht …« Ein Wimmern verlässt meine Lippen. »… was du hundert Frauen vor … mir …«

Sinnlich leckt er über meine Lippen, massiert meine Perle weiter und schaut mir unentwegt in die Augen. »Okay, ich bin ehrlich.« Er knabbert an meiner Unterlippe und studiert jeden Gesichtsmuskel von mir. »Ich will dich am liebsten hier und jetzt vögeln, was ich den gesamten Tag tun wollte, und ich liebe es, wie du gerade vor Verlangen zitterst, aber …«

Kurz bevor ich die Augen schließe, mich komplett fallen lasse und meine Instinkte meinen Verstand besiegen, dringt er mit zwei Fingern in mich. Ich höre sein genüssliches Keuchen, lausche meinem Stöhnen und danach meinem Seufzen, weil er seine Finger wieder aus mir nimmt. »… ich sollte mich um mein Bein kümmern.«

Um sein … Perplex blinzele ich, während er über meine Wange streicht und von mir ablässt. *Was … was ist jetzt passiert?* »Hab ich etwas …«

Mir ist die Frage wirklich unangenehm, als ich meine Hände von ihm nehme. Warum will er nicht weitermachen?

»Falsch gemacht? Nein. Im Gegenteil. Aber da ich mit dir

nicht sofort alle ersten Male an einem Abend erleben will, beende ich es.«

Schelmisch grinst er mir entgegen, holt tief Luft und nimmt auf der Bank in Shorts Platz. Er streckt sein verletztes Bein aus, während ich mit geöffneter Hose und hochgeschobenem Pulli neben ihm an der Wand stehe und so, so verdammt kurz davor war, zu kommen. Und das weiß er.

Prüfend, ob alles okay ist, schaut er zu mir. Da ich leider schlecht darin bin, Ablehnungen zu verkraften, schließe ich meine Hose und verlasse das Badezimmer. Ich bin ehrlich, ich verstehe ihn nicht.

13

MOIRA

An der Couch angekommen lasse ich mich rücklings auf sie fallen und lege meine Hand auf meine Brust. Immer noch spüre ich den Nervenkitzel, das Pulsieren in meiner Klit und seinen Schwanz auf meinem Bauch.

Er spielt mit mir. Wieso? Warum nimmt er sich nicht sofort, was er will? Denn genau das wollte ich vor Minuten auch. Jetzt fühlt es sich an, als hätte ich etwas gemacht, was ihn abgeturnt hat. Es ist ein grausames Gefühl.

Nach einer Weile höre ich Wasser rauschen, danach glaube ich, ein kaum hörbares Stöhnen wahrzunehmen. Kann sein, dass ich es mir bloß einbilde.

Falls nicht: Danke schön, du Arsch. Du machst es dir lieber selbst, als mit mir Sex zu haben.

Gekränkt richte ich mich auf der Couch auf, auf der ich mein nächtliches Lager einrichte. Ich werde meinen dicken Strickpullover los, nachdem ich den Kamin angezündet habe. Ich könnte stundenlang durch die Scheibe dem Feuer dabei zusehen, wie es über die Holzscheite leckt.

Neben der Couch klappe ich meinen Koffer auf, gehe auf die Knie und lege meine Kleidung in Stapeln auf das Polster.

Ohne ihn gehört zu haben, legen sich Hände um meine Schultern. »Ich geb dir zwei Schubfächer, in denen du deine Klamotten unterbringen kannst.«

Er duftet herrlich nach Amber und Orange. »Danke«, antworte ich knapp und ignoriere seine Hände auf meinen Schultern. Eine Hand wandert zu meinem Hals unter mein Kinn. Langsam zieht er meinen Kopf in den Nacken, was ich widerwillig dulde. Beleidigt und verärgert schaue ich zu ihm auf.

»Sei nicht eingeschnappt.«

»Wieso sollte ich es nicht sein? Mit wie vielen Frauen hast du bisher geschlafen?«

Sein Blick verdüstert sich, während meine Augen über seinen nackten Oberkörper wandern.

»Mit einer …« Er forscht in meinem Blick und sieht aus, als würde er die Antwort selbst nicht gern hören.

»Mit nur einer Frau?«, stoße ich verblüfft hervor.

Jetzt weicht er meinem Blick aus, während ich an

meinem Verstand zweifele. Ein Typ wie er hatte sicher nicht mit bloß einer Frau Sex.

»Mit einer Menge, Moira. Keine Ahnung, über hundertfünfzig.«

Das gibt mir jetzt den Rest. Ich hatte exakt mit sechs Männern Sex. Zwei waren meine Freunde, einer mein bester Freund, was nur eine lockere Sache war, und dann gab es zwei grottenschlechte One-Night-Stands und mein Halbfreund Arven, während Arūnas die Frauen seines halben Stadtviertels unter sich liegen hatte.

Ich greife nach seiner Hand um meinen Hals, um sie von mir zu lösen. »Beeindruckend. Jetzt weiß ich, warum du genau weißt, was du bei einer Frau machen musst, um sie sofort kommen zu lassen. Übung macht den Meister, richtig?«

»Wenn sich die Übung für die Richtige gelohnt hat, dann ja«, antwortet er distanziert und nimmt Abstand zu mir. »Mit wie vielen hast du geschlafen?«

»Frauen? Mit keiner«, antworte ich scherzhaft und beobachte, wie er zwei Schubläden seines Sideboards für mich ausräumt. Es sind hauptsächlich Kabel und Blu-Rays, die er auf den Boden legt.

»Mann, du kannst ja richtig angefressen sein.« Als er sich zu mir in seinem Handtuch, das nur um seine Hüfte geschlungen ist, umdreht, weiche ich seinem Blick aus. »Bin ich nicht. Nur nach unserem ersten Gespräch ging ich davon aus, dass du keine Frau findest. Das war glatt gelogen.«

Andererseits muss mir selbst klar sein, dass so ein Mann mit solch einer Ausstrahlung und diesem Körper Frauen reihenweise anlockt.

»Es war nicht gelogen. Ich habe dir bei unserem Gespräch unter anderem gesagt, dass ich eine Frau suche, an der ich interessiert bin. Keine für eine Nacht, kein Escortgirl oder eine für eine Freundschaft plus.«

Nachdenklich zucke ich die Augenbrauen, hebe einen Stapel Shirts und Slips hoch und trage sie zu seinem Sideboard.

»Bist du so blöd oder tust du nur so, Moira? Du weißt, was ich gemeint habe. Ich will zuerst, dass sie von mir begeistert ist, nicht von meiner Leistung im Bett. Denn keine Sorge, ich weiß, wie gut ich bin.« Er schnappt sich ein Sockenpaar und wirft es mir neckend an den Kopf, was ich wohl komisch finden soll.

Ich greife ebenfalls nach Socken und bombardiere ihn damit. »Du musst ja wissen, was du tust. Wenn du auch auf Coitus interruptus stehst … Heute Morgen hast du etwas ganz anderes erzählt.«

»Ich stehe nicht darauf.«

»Und was hast du bei mir gemacht?« Das war ja wohl genauso etwas in der Art. Er hört auf, kurz bevor ich komme. Etwas Frustrierenderes gibt es kaum.

Nun bewerfe ich ihn mit drei weiteren Paaren, die er versucht abzuwehren.

»Tut mir leid, ich hätte erst gar nicht so weit gehen sollen.« *Wow!*

»Scheißantwort!« Nun greife ich nach zwei Blu-Rays, die ich in seine Richtung werfe.

»Hör auf damit!«

»Hör du auf, mich zu verarschen!«

»Versteh einer die Frauen«, knurrt er angefressen. »Die

einen regen sich auf, weil man bloß Sex will. Du regst dich auf, weil wir nicht weitergegangen sind«, stößt er verärgert hervor und sammelt seine Blu-Rays vom Boden auf. »Beruhig dich wieder.«

»Beruhig du dich!«, rufe ich ihm hinterher, als er in seinem Schlafzimmer verschwindet. Kaum dass er hinter der Schiebetür verschwunden ist, stößt er sie wieder auf und kommt auf mich zu. Sein Blick ist erzürnt, seine Mundwinkel verhärtet und seine Augen wirken zum ersten Mal richtig böse.

»Okay, zieh dich aus. Ich will dich vögeln. Bringen wir es hinter uns.«

»Bringen wir es hinter uns?« Er hat echt bei der Hirnvergabe auf dem Klo gesessen. Seelenruhig sortiere ich meine Klamotten. Plötzlich schnappt er meine zwei sortierten Berge und wirft meine Kleidung durch den Raum.

»Worauf wartest du? Wo willst du es? Auf der Couch? An der Wand? In meinem Bett?«

»Fick dich, Arūnas.«

»Nein, ich fick jetzt dich.« Am Handgelenk zerrt er mich vor der Couch hoch, dreht mich um und stößt mich mit dem Rücken auf die Liegefläche. Ehe ich ihn schlagen kann, schnappt er meine Handgelenke und drückt sie über meinen Kopf ins Polster.

»Ich wollte es die gesamte Zeit und habe mich beherrscht. Doch wenn du weiter mein Verlangen nach dir infrage stellst, beweise ich dir, wie sehr ich dich will.«

In der nächsten Sekunde liegen seine Lippen besitzergreifend und fordernd auf meinen. Der Kuss steht im kompletten Gegensatz zu dem im Badezimmer. Er ist roh. Er ist hart. Und er ist ohne jedes Gefühl.

Es geht einfach darum, seine Lust zu stillen. War er so mit den Frauen vor mir?

Schwer keuchend drehe ich das Gesicht zur Seite. »Lass den Blödsinn. Ich habe es kapiert.«

»Nein, das denke ich nicht. Du denkst gerade, dass mir die hundertfünfzig Frauen so wichtig waren, dass ich mit ihnen geschlafen habe«, raunt er an meiner Wange und leckt über meinen Kiefer. »Das Gegenteil war der Fall. Ich habe die meisten für Sex bezahlt, um nicht allein in meinem Appartement zu hocken. Der Sex war geil, aber genauso bedeutungslos. Verstehst du das?«

Zum Fernseher blickend blinzele ich und nicke. »Ich verstehe es. Es gab sicher eine Frau, die nicht bedeutungslos war, oder nicht?«

Nun drehe ich das Gesicht zu ihm. Er hält weiterhin meine Handgelenke eisern umfasst und stemmt sich über mir ab. Sein Becken ist zwischen meine Beine gerutscht. Und, Gott, ich spüre, wie hart er wieder ist.

»Doch, die gab es. Die letzte Frau ist jetzt Rysands Ehefrau und Mutter seiner Kinder.«

»Hat er …«

»Nein, er hat sie mir nicht ausgespannt.« Langsam gibt er meine Handgelenke frei. »Wir sind vor Jahren einen Deal mit Oriana – so heißt sie – eingegangen. Wir haben uns zu dritt mit ihr amüsiert und am Ende hat sie sich für Rysand entschieden. Dann lernte Tjark eine Frau kennen, die er zuerst gehasst hat und eigentlich gefangen halten wollte, und hat sich in sie verliebt. Dann Nojus, dann Jones …«

Ein schwaches Lächeln bildet sich auf meinen Lippen, als ich seinen Gedanken fortführe. »Und du bist das Schlusslicht.«

Verärgert kneift er die Augen zusammen. »Ich hatte mit vielen Frauen Sex, ja, und bisher wenig vermisst. Allerdings will ich das nicht mehr. Da meine Strategie, Frauen am ersten Abend vögeln, keine Basis für etwas Festes ist, dann vögele ich sie eben nicht.«

Er hat sich jetzt nicht in den Kopf gesetzt, dass ich seine Auserkorene bin?

»Du hast am Telefon damals gesagt, es gibt eine, an der du interessiert bist?«

»Ich habe gesagt, möglicherweise.« Sinnlich küsst er meine Halsseite, knabbert an meinem Ohr, und das so gut, dass ich die Augen flatternd schließe.

»Wie war es bei dir? Mit wie vielen hast du geschlafen?« Mein Blick verschwimmt, als ich ihm antworte: »Bloß sechs. Dabei waren vier bedeutungslos wie für dich über hundertfünfzig.«

Als er meine Zahl hört, keucht er in mein Ohr. »Wow, du warst wirklich anständig.«

»Nein, ich studiere und arbeite, da bleibt wenig Zeit, um sich abends neue Sexpartner …« Ein Stöhnen verlässt meine Lippen. Gott, er riecht so unwiderstehlich. Würde er meine Handgelenke nicht festhalten, würde ich mit den Fingern über seinen Rücken streichen, seinen Körper erkunden, ihn an mich ziehen. »… anzulachen. Was du machst, ist verdammt unfair.«

Mit seinem Schwanz reibt er über meine Pussy. Und obwohl ich eine Hose trage, ich seine Härte nicht auf meinem Körper spüre, erregt es mich so sehr, dass ich fast auslaufe.

»Kannst du nicht eine Ausnahme machen?«, bettele ich und suche seinen Blick.

»Nein. Ich vögele dich nicht. Aber ich freu mich, dass du bereit wärst.« Spielerisch reibt er mit seinen Lippen über meine, keucht in meinen Mund und löst seine Hände von mir.

Ich greife in seinen Nacken, um mir zu holen, was ich will, und gleite mit der anderen Hand über seine Wange.

Seine Hand rutscht unter meinen Pullover, ertastet meinen BH und umfasst meine rechte Brust.

Nun ist der Kuss eine reine Provokation. Jedes Mal, wenn ich ihn küssen will, zieht er sich wenige Zentimeter zurück. Zuvor reizt er mich, leckt über mein Kinn, beißt zart in meine Unterlippe.

Wenn er so weitermacht, komme ich, ohne dass wir Sex haben. Seine Hand schiebt meinen Pullover so hoch, bis ich ihn ausziehe.

Er knöpft wieder meine Hose auf, gleitet mit den Fingern zu meiner Pussy und beißt in mein Kinn, als er spürt, wie feucht ich bin. Danach erhebt er sich und schaut auf mich mit diesem lüsternen Blick herab. *Komm schon, nimm mich.*

Er wartet darauf, dass ich es ausspreche. Langsam schüttelt er den Kopf und grinst weich.

»Ich habe eine andere Idee.«

»Andere Idee? Welche?«, hake ich nach.

»Ich schau dir zu, wie du es dir selbst machst, aber gehe nicht über einen Kuss hinaus.«

Meine Gesichtszüge geraten ins Wanken. Ich mache es mir nicht vor ihm selbst. Das wäre irgendwie komisch.

»Nein.«

»Wieso nicht?«

»Das ist irgendwie … vollkommen blödsinnig und viel zu intim. Wir kennen uns kaum.« Ich habe es mir nicht einmal vor meinen Exfreunden selbst gemacht.

»Ach und Sex ist nicht intim?« Nun streicht er über meine Wange und küsst meine Nase. »Versuch es.«

Es würde sich merkwürdig anfühlen, wenn er mir dabei zusieht. Erneut schüttele ich den Kopf. »Dann warte ich, bis du dich irgendwann durchgerungen hast, mit mir zu schlafen. Vielleicht bist du ja gar nicht so gut im Bett, wie du behauptest.«

Und warum bin ich die Ausnahme? Ich möchte keine Ausnahme sein.

Tief durchatmend, sodass sein warmer Atem mein Gesicht beschlägt, senkt er den Kopf und schaut irgendwo unterhalb meines Halses hin. Er ringt mit sich.

Und gerade als ich glaube, er würde sich umentscheiden, steigt er von mir.

Klasse, er will also wirklich nicht mehr weitergehen.

Als ich mich seufzend ebenfalls erheben will, drückt er mich an der Brust zurück, beugt sich über mich und küsst mich. Dabei gleitet eine Hand von ihm zu meinem rechten Handgelenk. Er hebt meine Hand zu meiner Hose, öffnet sie und küsst mich hungrig weiter.

»Denk einfach nicht daran, dass ich hier bin«, raunt er vor meinen Lippen. »Ich will sehen, wie du beim Höhepunkt aussiehst, hören, wie du stöhnst, ohne dich anzustarren.«

Irritiert ziehe ich die Brauen zusammen, bevor er mich auffordert, meine Hose auszuziehen. Als ich es nicht mache, übernimmt er es.

»Arūnas, das ist eine blöde Idee … Ich war –«.

Schon kniet er wieder neben mir auf der Couch, lässt meine Hose auf den Boden sinken und ich liege bloß in schwarzer Unterwäsche vor ihm. Seine Augen wandern über meinen Körper und entdecken das zarte Blättertattoo oberhalb meiner Hüfte mit den Zeilen:

DIENOS, KAI YRA VILTIS, YRA DIENOS, KAI ESU SU JUMIS.

TAGE, AN DENEN HOFFNUNG IST, SIND TAGE, AN DENEN ICH BEI DIR BIN.

MIT DEM DAUMEN fährt er mit einem nachdenklichen Blick darüber und kneift die Augen zusammen. »Hört sich …«

Ich halte ihm sofort den Mund zu. »Nicht kommentieren. Alles, was du sagen würdest, wären nicht die richtigen Worte.«

Fragend schaut er zu mir, bevor er meine Hand von seinem Gesicht nimmt und mit den Fingern über meinen Bauch streicht.

»Wirst du es mir irgendwann erzählen?«

»Irgendwann …« Oder nie. Bevor er weitere Fragen stellen kann, winkele ich die Beine an, ziehe ihn im Nacken zu mir und küsse ihn. Er schmeckt verdammt gut.

Die Finger seiner rechten Hand schieben sich über meine und führen sie unter meinen Slip.

»Was ich sehe, gefällt mir unglaublich gut«, raunt er vor meinen Lippen und umfasst mein Kinn besitzergreifend mit der linken Hand. Zugleich dirigiert er meine Finger zu meiner Pussy. Und obwohl es meine Hand ist, die zwischen meine Spalte gleitet, die Feuchtigkeit verteilt, ist er es, der sie führt. Ihm gelingt es mit dieser Hilfestellung, dass ich meine Klit umkreise, zuerst langsam und mit leichtem Druck, dann schneller werdend. Mein Slip ist verdammt feucht, seine Zunge verschmilzt mit meiner, als ich mich selbst befriedige und mein Becken etwas anhebe.

»Es ist gar nicht so unangenehm, oder?«, hakt er nach und küsst meinen rechten Mundwinkel.

»Nein«, keuche ich und beiße in seine Unterlippe, die ich zu mir ziehe. Mir wird mit jeder Sekunde heißer. Allein, dass er meine Hand führt und meine Lust spürt, lässt jede Hemmung von mir abfallen. Es wird von Minute zu Minute leichter. Seine Lippen suchen die Stelle zwischen Hals und Ohr. Dabei kitzelt sein noch feuchtes Haar auf meinem Gesicht.

Ich lasse zwei Finger in mich gleiten, was er spürt. Mit seinen stoppt er kurz vor meiner Pussyöffnung, aber wird immer ungehaltener. Sein Kopfkino dürfte bereits auf Hochtouren laufen. Es ist ein Wunder, wie sehr er sich beherrscht und nicht doch das Ruder herumreißt und mich vögelt. Gerade jetzt weiß ich, was er mir damit schenkt. Etwas Besonderes. Etwas wie Achtung. Etwas wie Wertschätzung.

Mich immer mehr in meinem Verlangen verlierend schließe ich die Augen, massiere meine Perle schneller und öffne keuchend den Mund. Er atmet zwischen meine Lippen, genießt meine Laute und knurrt in mein Ohr, als ich ein Hohlkreuz mache und das heftige Pochen in meinem Becken und Zittern in meinen Beinen stetig zunimmt. Ich stehe so kurz davor, so verdammt nah vor dem Orgasmus. Mit ihm und doch ohne ihn.

»Du bist so wunderschön«, flüstert er in mein Ohr und beißt sanft in meinen Hals. »Stöhn für mich, Moira.«

Wieder dringe ich mit meinen Fingern in mich, befeuchte sie und mache weiter. Meine Pussy kontrahiert, meine Perle zuckt und meine Brustwarzen ziehen sich unter dem BH prickelnd zusammen. Ich lege den Kopf in den Nacken, als ich zum Höhepunkt komme. Arūnas' Hand liegt immer noch über meiner, berührt nur meine Hand und führt sie, sodass ich nicht aufhöre.

»Gott, du bist so …« Während die heißen Lustwellen durch meinen Körper wandern und ich am liebsten »Fick mich« ausrufen würde, küsst er mich und lässt mein Stöhnen verstummen.

Es ist merkwürdig. Aber dieser Moment ist für mich der intimste, den ich je hatte. Intimer als Sex. Intimer als ein Geheimnis. Intimer als eigene Fantasien laut auszusprechen.

14
ARŪNAS

Ihren zitternden schlanken Körper vor mir liegen zu sehen und ihre Hand zu führen, macht mich unglaublich an. So sehr, dass in mir ein Monster brüllt, dass ich endlich auf sie steigen und sie hart vögeln soll. Ich stelle sie mir in dem Moment, als ihr Stöhnen ihre Lippen verlassen hat, unter mir vor. Sehe sie in Gedanken über der Couchlehne liegen oder auf dem Tisch mit gespreizten Beinen, während ich es ihr besorge. Mein Hirn treibt mich fast in den Wahnsinn. Dennoch ziehe ich es durch und bleibe bei meinem Entschluss.

Ich will wissen, ob es etwas ändert, ob ich dadurch den Reiz nicht sofort verliere. Außerdem will ich sie testen. Obwohl sie anfangs sehr mit sich gehadert hat, konnte sie sich komplett unter mir fallen lassen. Es ist mein erstes Mal.

Denn das habe ich bisher noch nie gemacht. Vielleicht fünf bis zehn Frauen aufgefordert, es sich vor mir selbst zu machen, um den Anblick zu genießen. Aber nicht sie geführt.

Und was soll ich sagen, ich will mehr davon.

Ihr Stöhnen ist wie Applaus.

Ihr Zittern wie ein Kompliment.

Ihr durchgedrücktes Rückrad wie eine Einladung.

Langsam ziehe ich meine Hand von ihrer zurück, als sie erhitzt nach Atem ringt und die Augen blinzelnd öffnet.

Auch wenn ich sie noch nicht komplett nackt gesehen habe, weiß ich, wird mich ihr Anblick umhauen. Aber ich will sie erst komplett nackt sehen, wenn ich mit ihr schlafe. So lange behalte ich den Rest meiner Fantasie vor. Es war gut, dass sie sich vorhin geweigert hat, sich auszuziehen.

Ein letztes Mal beuge ich mich zu ihrem Gesicht. Sie riecht verdammt gut, nach etwas wie Mandelblüten und Nektarine. Das Erste, was ich an ihr mochte, war neben ihren grünen unergründlichen Augen ihr Duft.

Allmählich beruhigt sich ihr Atem. Als ich mich auf die Fersen setze, höre ich mein Handy vibrieren, das ich vom Couchtisch nehme.

Stehe vor dem Tor. Keiner ist mir gefolgt.
Kannst du aufmachen?
Vilius

Über eine Steuerungsapp öffne ich das Tor und stehe anschließend von der Couch auf.

»Ruh dich noch etwas aus«, richte ich die Worte an Moira, bevor ich in mein Schlafzimmer gehe und mir etwas anziehe. Ich will Vilius nicht schocken. Dafür schockt etwas Moira, als sie einen Ausruf ausstößt: »Arūnas, komm!«

In T-Shirt und Shorts verlasse ich mit großen Schritten das Schlafzimmer. Moira hat sich in der Zwischenzeit eine schwarze Trainingsjacke angezogen und deutet zur Tür. Es klopft, was sie von der Couch aufspringen und in meine Richtung laufen lässt.

Mir gefällt es, wenn sie meinen Schutz sucht.

»Keine Sorge, ich habe ihn eingeladen«, bringe ich schmunzelnd hervor.

Als ich an ihr vorbeigehe, streiche ich über ihren Oberarm. Ihr Haar ist herrlich zerwühlt und ihr Gesicht immer noch etwas erhitzt. In der Jacke und nur in ihrem Spitzenslip, der ihre runden Pobacken herrlich betont, sieht sie unwiderstehlich aus.

Reiß dich zusammen!

Mit schmerzendem Bein gehe ich auf die Tür zu, schließe auf und öffne sie. Dahinter steht ein Mann mittleren Alters in moccabraunem Mohairmantel, mit hochgezogenem Schal und beschlagener Gleitsichtbrille.

»Da bist du ja. Hereinspaziert. Ich hoffe, ich halte dich nicht von etwas Wichtigem ab.«

»Keine Sorge, ich verpasse nur den gemeinsamen Fernsehabend mit meiner Familie«, murmelt er in seinen Schal und betritt mein Reich. »Du hast wieder Besuch?«

Er nimmt seine Brille ab, als er Moira entdeckt.

»Ja, sie heißt Moira.«

»Ah, muss ich mir den Namen merken? Letztens hießen die anderen doch July und Lyria.«

Danke, Vilius. Das dürfte jetzt auch Moira gehört haben.

»Könntest du so was bitte nur denken und nicht laut aussprechen«, flüstere ich ihm zu und nehme seinen Koffer ab.

»Wieso? Ich werde sie heute das erste und das letzte Mal sehen, oder nicht?«

»Nein, sie bleibt länger. Auf sie hat Magnus ein Auge geworfen.« Vilius wird seinen Mantel los, den er an meiner Garderobe aufhängt, und zieht die Schuhe aus. Dabei schaut er mit einem ermahnenden Blick zu mir auf.

»Wir reden nicht von Magnus dem Frauenmörder?«

»Doch«, antworte ich lächelnd.

»Dann ist sie diejenige, weswegen sich die Vanags spalten?«

»Sie spalten sich nicht. Tjark ist nur nicht derselben Meinung wie ich und will Magnus nicht in die Parade fahren.«

Vilius schaut auf mein Bein und findet die Verletzung. »Besser wäre es. Ich bin seiner Meinung. Los, schauen wir uns dein Bein an.«

Vilius greift nach seinem Koffer, bevor ich ihn in mein Schlafzimmer führe. Moira steht mit leicht geöffneten Lippen da und schaut uns bloß an.

»Er ist der Arzt der Vanags«, stelle ich ihr Vilius vor. Sie begrüßt ihn zurückhaltend, danach schaut sie uns hinterher.

»Was machen deine Schlafstörungen?«, erkundigt sich Vilius, bevor ich hinter ihm die Tür zuschiebe.

»Es gibt keine Störungen mehr.«

»Weil du nicht schläfst?«, hakt er nach, stellt den Koffer auf dem Bett ab, und deute mir an, mich hinzusetzen. Ertappt reibe ich über meinen Nacken, dann nehme ich auf dem Bett Platz, ohne ihm zu antworten.

»Arūnas?«

»Ja, was?«, antworte ich harsch. »Ich will nicht eines Morgens im Schnee aufwachen.«

Vilius klappt seinen Koffer auf, bevor er aus dem Sortiment, das er mitgebracht hat, ein Fläschchen herausnimmt, eine Spritze bereitlegt und eine Nadel holt.

Muss das wirklich genäht werden?

»Ich habe dir etwas gegeben«, antwortet er ruhig und setzt seine Brille, nachdem er sie abgewischt hat, wieder auf.

»Das Zeug macht mich unkonzentriert. Außerdem muss ich die ganze Zeit wach bleiben.«

Mit einem strafenden Blick schaut er zu mir hoch. »Du meinst, du bist konzentrierter mit Schlafmangel? Was ist, wenn du doch einschläfst und sie in deiner Nähe ist?«

Ich stütze mich mit einer Hand auf der Decke ab und deute auf den Bettpfosten. »Ich habe vorgesorgt.«

Seine grauen Augen wandern hinter der Brille zu dem Pfosten, an dem massive Handschellen hängen. Er reibt unter seiner Nase entlang, richtet sich auf und atmet durch. Jeden Moment kommt eine Strafpredigt.

»Das ist keine Dauerlösung, das weißt du. Du solltest

deinen Körper durchchecken und von einem Psychiater kontrollieren lassen, ob sich deine Lage mit Medikamentenvergabe nicht bessert. Je länger du das Problem verdrängst, desto schlimmer wird es.«

»Du kannst mir helfen. Ich gehe zu keinem Seelendoktor. Was würden die anderen sagen? Ich hoffe für dich, du hast Tjark davon nichts erzählt. Es ist bloß eine vorübergehende Phase. Halb so wild.«

Vilius kneift die Augen zusammen. »Ich habe Tjark nichts gesagt. Das solltest du selbst übernehmen. Ich bin nicht der Meinung, dass wir hier von einer kurz anhaltenden Phase sprechen. Es ist keine Schande, einen Psychiater oder Therapeuten aufzusuchen.«

Er begreift es nicht. Sofort erhebe ich mich und schaue auf ihn herab, da er einen halben Kopf kleiner als ich ist.

»Dir ist klar, was ich dem Therapeuten erzählen müsste, oder? Damit würde ich ein immenses Risiko eingehen. Ich vermeide eine Therapie im Sinne der Vanags. Ich traue keinem Psychotherapeuten. Ich vertraue nur dir.«

Vilius schaut gedankenverloren zur Seite, bevor er nicht überzeugt nickt. »Ich habe nicht Psychologie studiert, sondern Humanmedizin. Setz dich wieder hin.«

Ich mache, was er sagt, damit er die Verletzung behandeln kann. Da ich ungern dabei zusehe, wie er mit einer Nadel meine Haut zusammennäht, lege ich mich auf den Rücken und starre zur Decke.

»Zydrunas hat mir erzählt, du hast bei der Seelsorge angerufen.«

»Genau das …!«, fahre ich ihn an und will mich aufrichten, was er nicht zulässt. Unangekündigt drückt er mich an der Schulter zurück.

»Bleib liegen!«

Ich knurre, kralle die Hände in die Decke und schaue wieder zu den Deckenstrahlern. »Genau das ist es, was ich vermeiden will. Es macht sofort die Runde. Er hat sich sicher das Maul zerrissen. Dabei hatte ich erklärt, dass ich mich verwählt habe.«

»Hast du dich wirklich verwählt?«

Innerlich brodelnd presse ich die Lippen zusammen und senke das Kinn, um zu sehen, was er macht. In der nächsten Sekunde spüre ich den Einstich einer Spritze. Wie ich Spritzen hasse …

»Wenn ich es sage.«

»Du erzählst sehr viel, Arūnas. Teilweise das, was die Leute hören wollen und von dir ablenken soll.« Gut durchschaut.

»Kannst du einfach deinen Job machen und diese verdammte Wunde nähen, statt alles infrage zu stellen?«

»Ich mache meinen Job, indem ich diese Fragen stelle, Arūnas. Sie sind dir unangenehm. Aus dem Grund gehe ich davon aus, dass du alle in deinem Umfeld anlügst.«

Es reicht! Sofort richte ich mich auf den Ellenbogen auf und sehe an Vilius vorbei zur Schiebetür, die einen Spalt offen steht. Durch den Spalt schaut Moira. Vilius dreht den Kopf über die Schulter, als er meinem Blick folgt.

Sie sollte das nicht hören.

»Moira, kannst du mir bitte helfen und ihn dazu bewegen, ruhig zu halten, wenn ich eine saubere Naht nähen soll?«

Warum fragt er sie?

»Klar.«

Ich schenke ihr einen finsteren Blick mit der Warnung, zurückzugehen. Doch sie umrundet mein Bett, schaut sich in meinem Schlafzimmer um. Fasziniert blickt sie zur Galerie hoch. Kurzzeitig bewundert sie die hohen Fenster und halb zugezogenen Vorhänge, sieht mein an der Decke aufgehängtes Fahrrad und meinen Fernseher unter der Galerie. Dann tritt sie hinter mich ans Bett und steigt auf die Matratze.

Als wäre es mit Vilius abgesprochen, lächelt er dankbar, während Moira meine Schultern umfasst und mich zurückzieht. »Leg dich wieder hin.«

»Und schau mir in die Augen, Kleines?«, necke ich sie. Ich hebe die Hand zu ihrem Gesicht. Ihr offenes Haar fällt wie ein glänzender Vorhang um ihre Wangen. In derselben Sekunde spüre ich, wie Vilius den ersten Stich setzt. Moira schaut von meinem Gesicht zu meinem Bein. Für den Bruchteil einer Sekunde entdecke ich Traurigkeit und Bedauern. *Macht sie sich Sorgen?*

Nach gefühlt einer Ewigkeit ist Vilius endlich fertig und Moira gibt meine Schultern frei. Dennoch bleibe ich liegen und verfolge, wie sie Vilius mit einem seltsamen Gesichtsausdruck mustert.

»Was fehlt ihm?«

»Was meinst du?«, frage ich sie, woraufhin sie mir einen knappen Blick schenkt, dennoch wieder zu Vilius schaut.

»Ich habe das Gespräch gehört. Sie meinten, er hätte Schlafstörungen? Leidet er unter Dissoziationen, Burn-out oder posttraumatischen Belastungsstörungen?«

Disso…, was?

»Ich weiß es nicht, Moira. Alles, was ich weiß, ist, dass er schlafwandelt und in den letzten Wochen abwesend wirkte. Mit mir spricht er ja nicht.«

»Er befindet sich genau zwischen euch und ihm geht es blendend.«

Ehe das Gespräch in eine peinliche Richtung verläuft, richte ich mich auf und betrachte die genähte und betäubte Wunde.

»Ich habe ihm vor einer Woche Urlaub empfohlen, um das abzuklären, was er wohl versäumt hat.« Vilius packt seinen Koffer, und ich schwöre, wenn er nicht in fünf Minuten sein Besteck zusammengesammelt hat, setze ich ihn vor die Tür.

»Ich habe es nicht versäumt, ich habe es nicht für wichtig erachtet. Das ist ein Unterschied. Ich schlafe hervorragend und bin seit anderthalb Wochen nirgendwo anders aufgewacht als in diesem Bett. Glaub nicht, was er sagt, Moira.«

Betrübt blickt sie zu mir und steigt vom Bett, bis ihr Blick zu dem schwarzen Schrank mit den Glasscheiben wandert, hinter der sich meine Waffen befinden.

»Du bist bloß aus dem Grund im Bett geblieben, weil du dich festgekettet hast. Bravo. Wenn du das so bis an dein Lebensende weitermachen möchtest, ist das deine Sache.«

Vilius schließt seinen Koffer, hebt ihn vom Bett und geht durch die aufgeschobene Tür, gefolgt von einer ziemlich neugierigen Moira, die ihm hinterherdackelt und ihn weiter löchert. Sie redet mit gedämpfter Stimme mit Vilius, damit ich das Gespräch nicht belauschen kann. Warum nur ist sie so interessiert daran?

Fein, ich bin zweimal nachts in einem anderen Raum, beziehungsweise draußen im Schnee stehend, auf dem Industriegelände aufgewacht. Und ja, ich weiß nicht, wie ich dort hingekommen bin. Allerdings kann es auch an einem kurzzeitigen Blackout liegen oder dem Alkohol, den ich zuvor getrunken habe. Egal, mir geht es gut, auch wenn ich morgens wie gerädert aufwache.

Vilius sollte mir Schlaftabletten geben, die er mir allerdings verweigert.

An der Appartementtür angekommen, schiebt Vilius die Hände durch seinen Mantel, schlägt den Kragen hoch und wickelt sich den Schal um. »Also dann, wir sehen uns, Arūnas. Wenn was ist, melde dich bei mir.« Zum Abschied hebt er die Hand in meine Richtung. Am liebsten würde ich mit einem Mittelfinger antworten, aber grinse knapp.

»Danke für die Hilfe«, rufe ich ihm stattdessen mit einem sarkastischen Unterton zu. Er redet noch mit Moira, als befänden sich beide in einer Visite, und zieht endlich ab. Nichts gegen Vilius, ich mag ihn. Er ist zuverlässig, korrekt und hält meistens den Mund. Aber was er heute abgezogen hat, war einfach nur daneben. Über mich mit Moira zu reden, ist unterste Schublade.

In der Küche hole ich mir den Gin aus dem Regal. Es ist mittlerweile kurz vor 22.30 Uhr. Wird Zeit, runterzukommen.

Moira tritt an mich heran und zieht sich locker auf den Küchentresen. Mit abschätzenden Blicken schaut sie mir dabei zu, wie ich mir einen Gin Tonic zubereite.

»Möchtst du auch einen?«, frage ich sie.

»Nein, ich verzichte auf Alkohol. Mein Vater ist trockener Alkoholiker, aus dem Grund trinke ich selten.«

Neckisch lässt sie die nackten Beine baumeln, scheint sich pudelwohl zu fühlen und knabbert auf ihrer Unterlippe. »Kann ich dich etwas fragen, Arūnas?«

»Nein.«

»Warum hast du mir am Telefon gesagt, du hättest dich verwählt? Warum hast du nicht gleich gesagt, mit jemandem über deine Probleme reden zu wollen, und stattdessen alles mit der Sexhotline ins Lächerliche gezogen?«

»Warum … warum ist die Menschheit so dumm?«, murre ich, schneide die Limette und gebe zwei Eiswürfel in mein Glas.

Als ich mit meinem Drink fertig bin, verlasse ich die Küche.

»Erzähl es mir.«

»Nein, die Therapiestunde ist beendet, Moira. Bloß weil sich Vilius anmaßt, sich vor dir über meine angeblichen Symptome auszulassen, bedeutet das nicht, dass ich mich vor dir rechtfertige.«

Mir stinkt das Thema gewaltig. Sie sollte es eigentlich nicht wissen. Nicht erfahren, dass ich wirklich die Seelsorge angerufen habe, um mit jemand Erfahrenem zu reden. Als ich ihre junge Stimme gehört habe, hat mein Gehirn sofort eine Kehrtwende eingelegt. Ich dachte, ich würde mit einem Mann oder einer älteren Frau sprechen, keinem so jungen Huhn, das noch nicht so viel Lebenserfahrung hat.

In T-Shirt und Boxershorts lasse ich mich auf der Couch nieder, nehme drei große Schlucke von meinem Gin Tonic und atme erleichtert aus. Danach lege ich den Kopf auf der Rückenlehne ab und schließe die Augen. Als ich sie wieder öffne, blickt mir ein Paar grün schimmernder Iriden entgegen. Sie funkeln im Schein des Kamins wie polierte Jadesteine.

Gott, was denke ich für einen Blödsinn.

Erwartungsvoll mustert sie mich. »Was ist, meine liebe Moira? Warum siehst du mich so an? Sex gibt es keinen.«

»Weich mir nicht aus. Ich denke, du schuldest mir eine Antwort. Ich verurteile dich sicher nicht, sonst hätte ich die falsche Fachrichtung studiert.«

Sie klettert über meine Couchlehne und kniet sich neben mich. Als ich wieder einen Schluck trinken will, hält sie meine Hand fest. »Lass das besser«, warne ich sie mit einem Seitenblick.

»Nein. Ich will wissen, was los ist. Denn mir ist die Sache nicht geheuer und es macht mir Sorgen. Sag mir, was du hast, dann kann ich es besser einordnen. Liegt es daran, dass du …« Sie senkt den Blick auf das Glas in meiner Hand. »Du schlimme Taten begangen hast? Menschen getötet hast? Oder dich unter Druck gesetzt fühlst?«

Müde schließe ich die Augen und lächele in mich hinein. »Wir sind noch nicht an dem Punkt angelangt, unsere komplette Lebensgeschichte voreinander auszubreiten, Moiralein. Du solltest an dich denken. Mach dir um mich keine Gedanken. Angst solltest du erst bekommen, wenn du meine Hand nicht loslässt.«

Abwartend, was sie vorhat, öffne ich die Augen. Kurz spiegelt sich Enttäuschung in ihrem hübschen Gesicht wider. Sie holt tief Luft und lässt ihre Finger weiterhin um mein Handgelenk ruhen. »Du redest schon noch mit mir, da bin ich mir sicher«, spricht sie von sich selbst überzeugt, zieht meine Hand mit dem Glas zu ihrem Mund und trinkt einen kleinen Schluck.

Kaum hat sie von dem Drink probiert, verzieht sie das Gesicht. »Wo ist das Tonic?«

»Würdest du gern wissen, was? Ist ein Geheimrezept«, veräppele ich sie, greife in ihren Nacken, ziehe sie vor mein Gesicht. »Küss mich, Babe.«

Gerade will ich auf andere Gedanken kommen, etwas anderes spüren, etwas anderes sehen.

Ohne zu zögern, beugt sie sich zu mir vor, legt den Kopf leicht schief und küsst mich zärtlich.

Das könnte mir für die nächsten Tage gefallen. Zumindest wäre ich nicht allein. Weder tagsüber noch nachts. Vielleicht hat sie mir doch der Himmel geschickt.

15

MOIRA

Es ist keine gute Idee, aber ich brauche das Geld. Zudem braucht mich Dalia, daher bin ich wie an jedem Montag im Callcenter. Vilma ist krank, während Matas sich anders verhält als sonst. Ich kann spüren, wie er sich von mir distanziert, als hätte ich eine ansteckende Krankheit.

Arūnas bestand darauf, mich ins Callcenter zu begleiten. Mehrere Polizisten und ein Ermittler sind ebenfalls vor Ort, die nur darauf warten, bis Magnus anruft.

Anscheinend wissen die Beamten nicht, wer direkt neben mir sitzt und einen Antistressball in die Luft wirft. Arūnas hat die Beine locker verschränkt auf der Tischplatte abgelegt, den Bürostuhl nach hinten eingestellt und wirft ständig meinen Knetball zur Decke.

»Du machst mich ganz nervös mit dem Ball«, murmele ich und halte das Mikrofon zu, da ich ein Gespräch mit einer älteren Dame mit Verlustängsten führe. Bevor Arūnas den Ball auffangen kann, stoße ich ihn in der Luft in den Raum. Unaufhaltsam fliegt er auf einen Beamten an der Tür zu und trifft seine Brust.

Arūnas lacht, woraufhin ich ihm einen lockeren Schlag auf den Kopf gebe.

»… und dabei wollte ich an ihrem Geburtstag teilnehmen. Ich bin 78, wie viele werde ich schon noch erleben? Sie nehmen mir meine Enkel weg«, erzählt die ältere Dame.

»Verstehe«, sage ich, damit sie weiß, dass ich noch zuhöre, obwohl mich Arūnas nur ablenkt.

»Ich würde unbedingt empfehlen, mit ihnen zu sprechen. In vielen Fällen hilft ein Gespräch an einem neutralen Ort. Wichtig ist, keine Vorwürfe zu machen, sondern zu sagen, was Sie sich wünschen.« Arūnas nickt bestätigend. *Wenn er nicht bald aufhört, fliegt er raus.* Denn ich nehme meinen Job ernst.

»Das werde ich versuchen. Mehr kann ich nicht machen.« Sie klingt sehr traurig und deprimiert.

Als sie aufgelegt hat, habe ich ein mulmiges Gefühl, weil ich nicht vollkommen bei der Sache war.

»Das ist nicht komisch.« Wieder will ich Arūnas einen

Klaps geben, als er meine Hand in der Luft schnappt und mich zu sich zieht.

»So aufgebracht siehst du wirklich süß aus, Moiraschatz.«

Gespielt verärgert funkele ich ihm entgegen, aber schmunzele.

»Frau Kudirka«, der Ermittler räuspert sich, »wir haben uns überlegt, die Leitung für Sie freizuhalten. Es ist kurz vor fünf. Ich gehe zwar nicht davon aus, dass Magnus noch anrufen wird, trotzdem sollten wir versuchen, dass Sie erreichbar sind.«

Augenblicklich lasse ich meinen Arm in Arūnas' Griff sinken. »Er hat meistens kurz nach Mitternacht angerufen. Er wird sicher nicht mehr telefonieren wollen.«

Besonders nicht, wenn er weiß, wer hier alles versammelt ist. Jedoch lechzt er nach Aufmerksamkeit. Ihn haben die Polizisten das letzte Mal schon nicht abgeschreckt.

»Können wir jetzt nicht gehen?«, erkundigt sich Arūnas, hebt die Füße von meiner Tischplatte, richtet sich im Stuhl auf und streckt seine Gliedmaßen. »Langsam werde ich müde.«

»Wenn man nicht schläft, ist das auch kein Wunder«, nuschele ich in mich hinein, da er jedes Mal, wenn ich nachts flüchtig wach wurde, in allen beiden Nächten entweder zum Bad unterwegs war, Licht in seinem Schlafzimmer brannte oder er dort drin herumgewirtschaftet hat. So lief das beide Nächte ab.

»Werd nicht frech. Zu deinen Anrufern bist du wesentlich freundlicher als zu mir«, beschwert er sich mit diesem anzüglichen Grinsen.

Liegt vermutlich daran, dass ich dich mittlerweile zu gut kenne.

»Nein, Frau Kudirka bleibt bis zum Schichtende.«

»Und was, wenn er nicht anruft?«, frage ich den Ermittler mit dem kahl rasierten Gesicht, buschigen Brauen und tief sitzenden Augen. Bin ich dann eine Todgeweihte? Wurde Dalia bereits getötet? Oder hat Magnus das Interesse an mir verloren? Ich glaube kaum. Sonst hätte er nicht das Auge von seinen Anhängern an meine Tür malen lassen.

»Wenn er nicht anruft, erhalten Sie weiterhin Polizeischutz, wenn Sie möchten, und gehen weiter Ihrem Alltag nach.«

Arūnas dreht sich zu mir um und schüttelt unmerklich den Kopf. *Keinen Polizeischutz? Okay, den würde ich eh nicht anfordern.*

»Okay.« Mehr sage ich nicht. Im Hintergrund sehe ich Matas immer wieder zu mir blicken. Er telefoniert und scheint die Versammlung in dem Callcenter mehr als störend zu finden.

Seufzend lehne ich mich in meinem Stuhl zurück und schaue aus dem Fenster zum Parkplatz, neben den der dunkle Park angrenzt. Niemand ist zu sehen. Es ist so diesig draußen, dass die Laternen nicht einmal die Parkeingänge richtig beleuchten wie sonst. Um ehrlich zu sein, bin ich heilfroh, dass Arūnas bei mir ist und ich nicht allein nach Hause gehen muss. Mich schüttelt es innerlich bei der Vorstellung, heute Nacht von Magnus abgepasst zu werden.

»Moira!«, ruft mich Matas und erhebt sich mit einem Gesichtsausdruck, der mir Angst macht, vom Stuhl und deutet auf sein Mikro.

Ich weiß, wen er am Telefon hat. Der Ermittler erhebt sich und kommt zu mir. Die Polizisten nehmen sofort eine gerade Haltung ein und Arūnas ist plötzlich hellwach und sitzt wieder neben mir.

»Gut, stell ihn durch.« Matas nimmt wieder Platz, bevor ich die Augen schließe und mich sammele. Das Erste, was ich höre, ist ein abgehacktes raues Röcheln. Es hört sich an, als bekäme die Person kaum Luft und würde etwas gurgeln.

»Hallo, Moira, mein Geschenk an dich. Hör genau hin. Hör, wie sie leidet. Ihre Atemzüge sind gezählt. Eins.« Ein gequältes verzerrtes Einatmen ist zu hören. »Zwei.« Wieder ein fiepender Atemzug, als würde auf der Person ein Betonklotz lasten, der ihr das Atmen erschwert. »Drei.« Alle im Raum hören angestrengt auf die beinahe tierischen schmerzhaften Laute. Es tut weh, das mit anzuhören. Denn auch ohne die Person, die von ihm gequält wird, zu sehen, weiß ich, wie sehr sie leidet. So sehr, dass es mir Tränen in die Augen treibt.

»Bitte …«, beginne ich und werde direkt unterbrochen.

»Du hast mich enttäuscht, Moira. Sehr, sehr, sehr enttäuscht. Dafür erhältst du deine Strafe! Ach ja, solltest du von nun an auf die dumme Idee kommen, nicht mehr im Callcenter zu arbeiten, wird die Person zu deiner Rechten als Nächstes büßen.« Mein Blick wandert nach rechts. Neben mir steht der Ermittler. Hinter ihm Arūnas, weiter hinten sitzt Matas. *Wen meint er?*

»Ich …«, antworte ich ihm, doch schon hat er aufgelegt. »Hallo? Hallo, Magnus?« *Wie? Das war alles?*

»Er tötet sie. Es sollen sich Einsatzkräfte zu sämtlichen Brücken auf den Weg machen!«, informiert der Ermittler die

Polizisten. Ehe ich verarbeiten kann, was gerade passiert ist, sitze ich reglos in meinem Stuhl und starre ins Leere.

Arūnas beugt sich zu mir. »Es ist nicht deine Schuld.«

Wirklich nicht? »Warum fühlt es sich dann so an?«, frage ich ihn, woraufhin er den Blick hebt und aus dem Fenster schaut.

»Er will, dass du glaubst, du hättest Einfluss auf sein Spiel. Den wirst du nie haben, selbst wenn du seine Regeln befolgst.«

Mir wird schwindelig und schlecht zugleich, da die Schuldgefühle und die Hilflosigkeit unerträglich sind. Es gibt so viele Brücken in Vilnius. Wenn Magnus Dalia aufhängt, ist sie bereits tot. Tot … Dabei hat sie mich angefleht, ihr zu helfen.

Vor meinem Sichtfeld schnippt es, dann erscheint ein Wasserglas.

»Trink das, das hilft.« Ich greife gedankenversunken nach dem Glas, als ich aus den Augenwinkeln sehe, wie mich ein Polizist an der Tür länger anstarrt. Er befolgt nicht die Anweisung des Ermittlers, gibt keinen Funkspruch raus und verlässt auch nicht wie sein Kollege das Callcenter. Er beobachtet mich. In seinem Gesicht steht der blanke boshafte Zorn. Diese Augen wirken so unbeschreiblich mordlustig wie die eines Raubtieres, das seine Beute taxiert. Wieso?

Als ich Arūnas anstoße und ihn darauf aufmerksam machen will, ist der Polizist durch die Tür des Centers verschwunden. Entweder habe ich es mir nur eingebildet oder aber der Typ ist kein Polizist, sondern ein Anhänger von Magnus' Clan.

»Was? Was ist los?«

»Der Polizist«, flüstere ich. »Er hat mich merkwürdig angesehen … mit einem Blick … vielleicht ist er kein Polizist.«

Arūnas dreht sich in seinem olivfarbenen Mantel mit der Fellkapuze um. »Bleib hier. Ich gehe der Sache nach.«

»Nein, warte …« Doch schon ist Arūnas verschwunden und ich befinde mich mit Matas allein im Raum.

Er starrt mich an, dann richtet er den Blick auf den Bildschirm vor sich. Nachdem er nervös auf den Tisch getrommelt hat, erhebt er sich von seinem Stuhl, kommt zu mir und überreicht mir nervös ein Kuvert.

»Was ist das?«

»Soll ich dir geben. Es lag vor meiner Tür. Ich sollte es dir erst geben, wenn er angerufen hat und keiner bei dir ist.«

Auf dem gewöhnlich aussehenden Polsterumschlag befindet sich ein rotes Auge. Ich sollte den Umschlag nicht öffnen. Allerdings will ich wissen, was drin ist, um die nächste Tat zu verhindern, falls ich es wirklich kann. Mit zittrigen Fingern öffne ich den Umschlag unter Matas' Blicken.

»Hast du reingesehen?«, frage ich ihn.

»Nein. Es stand an meiner Tür, dass ich unter keinen Umständen reinsehen soll, ansonsten würde ich der Nächste sein.«

Sie gehen so weit und drohen ihm mit dem Tod …

Aus dem Umschlag ziehe ich etwas, das in Zeitungspapier eingewickelt ist. Es ist nicht viel größer als eine kleine Möhre. Ich wickele das Zeitungspapier ab. Mit jeder Schicht färbt es sich immer röter. Es ist eindeutig Blut, und bevor ich verstehe, dass Magnus seine Worte in die Tat umgesetzt hat, liegt ein abgetrennter Finger mit blauem Nagellack vor mir.

Mir wird kotzübel. Sofort weiche ich zurück und schaue weg.

Ich konnte sogar den Knochen sehen.

Gott, dieser Geruch. Schnell erhebe ich mich und verlasse den Raum. Es ist nicht so, dass ich Blut nicht sehen kann, aber ein abgetrennter Finger ist so ziemlich das Abartigste, was ich je gesehen habe.

Ich verlasse das Callcenter, da ich sicher nicht mehr bis sechs Uhr durchhalten werde. Meinetwegen erhalte ich keinen Lohn für die angebrochene letzte Arbeitsstunde. Ist mir egal, denn ich brauche eine Auszeit.

Im langen Gang der halb verlassenen Etage höre ich, wie sich im Treppenhaus Personen prügeln. Wortfetzen dringen an mein Ohr, ehe ich sie richtig zuordnen kann.

Als ich am Treppenhaus angekommen bin und mich über das Geländer beuge, entdecke ich weit unter mir Arūnas, der sich mit dem Polizisten anlegt.

»… führ mich zu ihm!«, befiehlt er ihm.

»Dann bin ich so gut wie tot.«

»Bist du ohnehin schon. Du hättest der Welt wenigstens einen Gefallen getan.« Mit geweiteten Augen, ohne einen Ton von mir zu geben, verfolge ich, wie Arūnas ihm eine Pistole an den Kopf hält und ihn grob gegen die Wand schleudert. Der Kopf des Polizisten kracht hart gegen die Mauer.

»Bitte … ich habe nur seine Anweisungen befolgt, sie im Auge behalten, ihr nichts … nichts getan.«

»Du hast nichts getan, ganz genau. Sondern dich noch daran erfreut, wie Magnus ihr Angst einjagt.«

Schützend hebt der Polizist, dem ich sein unschuldiges Geflehe nicht abkaufe, die Hände vors Gesicht.

Arūnas raunt ihm etwas sehr leise zu, bevor er sich aufrichtet und abdrücken will. Bevor ein Schuss fällt, rufe ich: »Nein.«

Wie erstarrt bleibt er stehen. Hört meinen Ruf, aber schaut nicht hoch. Im selben Moment duckt sich der Polizist, rennt los und stürzt in einem Eiltempo die Stufen neben sich herunter.

»Du Loser, Arūnas!« Der Polizist lacht irre.

Mit einem durch und durch tödlichen Blick, den ich kein einziges Mal zuvor in Arūnas' Gesicht gesehen habe, blickt er zu mir hoch und senkt langsam die Pistole.

»Bravo. Lassen wir ihn entkommen.«

»Du kannst ihn nicht erschießen. Nicht, wenn der Ermittler hier ist.«

»Und wenn er nicht im Umkreis von fünfzig Metern wäre, dann schon?«, fragt er zynisch.

Blödmann. Ich stemme mich vom Geländer ab. Er hat auf mich gehört, ihn nicht erschossen und sicher nicht wegen des Ermittlers, sondern damit ich es nicht sehe.

»Pack deine Sachen, Moira. Wir sollten zusehen, dass wir von hier verschwinden, bevor der Bastard seine Leute ruft.«

Wie erstarrt bleibe ich weiterhin stehen. »Worauf wartest du? Mach schon!«

Arūnas kann ja wirklich verärgert sein.

Ich wanke vom Geländer zurück, renne über den Gang, um danach meinen Mantel und meine Tasche zu schnappen.

»Ich glaube, ich kündige …«, höre ich Matas im Callcenter zu sich selbst sprechen. Er wirkt sehr aufgewühlt und durcheinander. Es ist auch kein Wunder, weil er wie ich in eine Sache hineingezogen wurde, mit der wir nichts zu tun haben wollten.

»Es tut mir leid, Matas«, sage ich vor ihm stehend, hänge meine Tasche um und umarme ihn. Er klammert sich an mir fest, als würde er mich nicht mehr gehen lassen wollen. Ihm muss das alles enorm zusetzen.

»Muss es nicht. Pass auf dich auf, Moira, falls wir uns nicht mehr sehen.« Traurig über seine Entscheidung, die ich jedoch gut verstehen kann, nicke ich an seinem blau gestreiften Pullover.

Danach lasse ich ihn ungern allein zurück.

16

ARŪNAS

Hätte sie mich bloß nicht aufgehalten! Ohne ein Wort während der Fahrt mit ihr zu wechseln, fahre ich auf das Industriegelände. Das Tor schließt sich hinter uns, nichts Auffälliges ist zu sehen. Die Sirenen von Einsatzkräften sind überall in der Stadt zu hören. Sie suchen sämtliche Brücken in Vilius ab, um Magnus möglicherweise abzupassen.

Ich spreche es ungern aus, aber die Mühe können sie sich sparen. Er ist cleverer als sie. Er wird seit über sieben

Jahren gesucht, ihm konnte keine Tat nachgewiesen werden. Keiner hat ein Gesicht zu diesem Mann, bloß einen Namen, den er sich selbst gegeben hat. Er hat reihenweise Anhänger, die für ihn die Drecksarbeit erledigen, die für ihn ins Gefängnis gehen und ihn niemals verraten würden.

Er kennt mich … Das ist das einzige Übel an der Sache.

Mit großen Schritten betrete ich mein Appartement, dicht gefolgt von Moira, die seltsam in sich gekehrt wirkt.

»Ich geh pennen. Gute Nacht!«, rufe ich ihr zu, worauf sie nicht reagiert. Sie hängt ihren Mantel auf, zieht die Schuhe aus und geht in die Küche, um die Gin-Flasche zu schnappen.

»Das ist mein Gin.«

Schulterzuckend gießt sie sich ein Glas ein, bevor sie etwas aus ihrer Manteltasche holt und auf den Küchentresen legt.

Was ist das? Ich lege eine Kehrtwende ein, um mir das in Papier eingewickelte Etwas anzusehen, während sie den Gin mit zugehaltener Nase ext wie Tequila und noch ein halbes Glas trinkt. Kaum hat sie es geleert, hustet und schüttelt sie sich.

»Ich wusste, warum ich auf den Scheiß verzichte«, krächzt sie und trinkt einen Schluck Cola hinterher.

»Für mich musst du dich nicht so abschießen. Es sei denn, du willst es mir leichter machen, dir die Kehle durchzuschneiden.«

Böse funkelt sie mir entgegen und nickt zum Tresen. »Pack es aus.«

Ich wickele das Papier ab und entdecke den kleinen

Finger eines Menschen. Sieht übel aus. Wann hat sie den bekommen?

»Was soll das?«, fragt sie mich.

»Was soll was?«

»Du siehst den abgetrennten Finger an, als läge eine Banane vor dir.«

»Uh, eklig, ist das widerlich. Ich kotze gleich, willst du das hören?« *Glaub mir, Mädel, ich habe weitaus schlimmere Dinge gesehen.*

»Du Arschloch! Das ist der Finger eines Menschen.« Aufgebracht beugt sie sich über den Tresen, um den Finger wieder einzuwickeln. Danach geht sie zur Appartementtür.

»Was soll das werden?«

»Ich vergrabe ihn.« Bei minus zehn Grad im Schnee, sodass ich ihn aufgetaut im Frühling finde, wie eine Katze damit spielt?

»Nein, wirst du nicht.«

»Was dann?«

»Du hättest ihn der Polizei geben sollen. Hast du ihn angefasst?«

Sie weitet die Augen, als wäre ich geistesgestört. »Wenn nicht, dann gib ihn her. Der sollte in ein Labor geschickt und nicht auf meinem Gelände verscharrt werden, damit mir noch etwas mit der Sache angehangen wird.«

Bevor sie auf weitere dumme Ideen kommt, hole ich sie ein, schnappe mir den Finger und gehe damit in die Küche zurück. Ich verpacke ihn mit dem Zeitungspapier in einen Kunststoffbeutel und lege ihn in die unterste freie Schublade im Kühlschrank.

»Du bist ja wirklich abgebrüht. Legst einfach einen

Finger in deinen Kühlschrank und dir macht es nicht mal etwas aus.«

»Was glaubst du, was ich beruflich mache?«, richte ich meine Frage rhetorisch an sie und stütze mich mit einer Hand am Kühlschrank ab, damit sie nicht auf die dumme Idee kommt und ihn öffnet.

»Ist der Finger morgen nicht mehr dort, werde ich richtig sauer und es gibt Ärger, verstanden?«

»Du bist doch jetzt schon sauer.« Richtig, weil ich den Anhänger von Magnus in die Mangel nehmen wollte. Aber nicht vor ihren Augen.

Schief grinsend gehe ich auf sie zu, umfasse ihre Mitte und ziehe sie an mich. »Du kannst es gern wiedergutmachen, mein Liebling«, biete ich ihr an. Sie will sich aus meinem Griff winden, was ich nicht zulasse. Ein feiner Geruch von Gin dringt in meine Nase, als ich sie zum Tresen drehe, sie darauf ablege, mich über sie beuge und küsse. Unter mir gefangen, will sie mich wegschieben, aber stellt ihre niedlichen Abwehrversuche ein, als ich mit meiner Zunge weiter in ihren Mund vordringe. Sie erwidert nach einer kurzen Gegenwehr den Kuss, krallt sich an meinen Nacken und schlingt die Beine um mein Becken.

Sie immer bedrängender und haltloser küssend schwillt mein Schwanz weiter an. Ich würde sie am liebsten hier auf dem Tresen nehmen. Aber das werde ich nicht, auch wenn es mir verdammt schwerfällt.

Mein Schwanz ist so hart, dass ich kaum klar denken kann. Sie schmeckt nach meinem Gin, seufzt unter mir und beißt in meine Unterlippe. Ich schiebe ihren Pullover hoch, ziehe ihn über ihren Kopf und knöpfe ihre Hose auf.

Ich will ihre weiche Haut spüren, sie schmecken und riechen.

Sie lässt sich sogar den BH ausziehen, sodass ich ihre runden Brüste massiere, meine Härte weiter zwischen ihren gespreizten Beinen reibe. Mit einem Griff fixiere ich sie an der Kehle auf dem Steintresen, der sich für sie sicher eiskalt anfühlen dürfte, und lecke über ihre Brustwarzen. Sie ziehen sich herrlich zusammen. Sie keucht, als ich zärtlich in sie beiße und an ihnen sauge.

Sie sieht so wunderschön aus, wenn sie ein Hohlkreuz macht, ihr Körper leicht bebt. Mit einer Hand umfasst sie die Tresenkante hinter sich und genießt meine Lippen auf ihrer Haut. Ich knöpfe ihre Hose auf und lecke über ihren Bauch zu ihrer Hüfte.

Witzig, dass sie keinen Ton von sich gibt. Ganz so, als hätte sie Angst, dass ich sofort aufhöre.

Sie schluckt unter meinem Griff um ihren Hals und stöhnt anschließend, als ich meine Finger in meinem Mund befeuchte und mit ihnen, ohne sie vorzuwarnen, in ihre Pussy eindringe.

Die Augen halb geschlossen öffnet sie mit diesem lustvollen Laut, der mir unter die Haut geht, ihre vollen Lippen. Ständig stelle ich mir vor, wie sie vor mir kniet und diese Lippen meinen Schwanz umschließen, ihn tief blasen und sie mir gehört.

Ich schiebe ihre Hose weiter herunter, löse meine Hand um ihre Kehle, damit sie wieder frei atmen kann, und beuge mich zu ihrer Pussy hinab. Mit einem Satz schiebe ich sie weiter über den Tresen, sodass ihr Kopf über der Kante hängt. Ohne meine Hilfe bräuchte sie wesentlich länger, um sich aufzurichten.

»So still heute?«, necke ich sie, schiebe mit den Fingern ihre geschwollenen Schamlippen auseinander und lecke durch ihre Spalte. *Gott, sie schmeckt unglaublich gut.*

Ihre Beine zittern, ehe ich sie wirklich richtig geleckt habe.

»Alles, was ich heute sage … würde dich sicher noch zorniger machen«, antwortet sie.

»Da könntest du recht haben. Eigentlich hast du das hier nicht verdient.« Mit der Zunge umkreise ich ihre Klit, dringe mit zwei Fingern in sie ein und genieße ihr natürliches Stöhnen.

»Gott, das ist so …«, haucht sie zur Decke.

An ihrer Perle schmunzelnd mache ich weiter, fingere sie und spüre ihre warme Pussy. Ich stoße tiefer in sie und halte sie an der Hüfte wie mein Eigentum fest. Danach befeuchte ich den Daumen meiner anderen Hand und umkreise ihren Anus. Kurz wirkt sie verunsichert, was ich liebe. *Du weißt nie, worauf du dich bei mir einlässt, Moira. Wobei ich nicht zu weit gehen will.*

Ich lecke sie weiter, spüre, wie ihre Perle anschwillt, wie ihre Pussy sich um meine Finger zusammenzieht, und lausche ihren immer schnelleren Atemzügen. Sie ist kurz davor, zu kommen. Gerade als sie so heftig und lange kommt, dringe ich mit dem Daumen in ihren Anus. Ich verfolge ganz genau, was ich mit meinen Fingern bei ihr ausrichte, und explodiere jeden Moment.

»Fuck, ist das geil!«, stöhnt sie und beißt in ihren Unterarm, bevor sie wimmernd und mir komplett verfallen erneut tief kommt. Ich nehme nun zwei Finger, mit denen ich ihren Anus dehne und sie ficke. Sie merkt es entweder nicht oder genießt es in vollen Zügen. Wie gern würde ich sie anal befriedigen, sie mir hier nehmen und ihre Hände zusammengelegt festhalten und hemmungslos vögeln.

Zitternd, komplett der Ekstase verfallen, drückt sie ihr Rückgrat durch. Sie hat einen so perfekten Körper, der mich so viele Dinge mit ihr tun lassen würde. Mein Blick wandert über den schwarzen Schriftzug auf ihrer Haut. Ich weiß, wofür er steht. Für ihre ermordete Mutter.

Ich bete jeden Tag dafür, dass sie niemals herausfindet, was wirklich geschehen ist. Sie würde mir nicht mehr vertrauen. Mich abgrundtief hassen und mit teuflischen Todesflüchen belegen.

17

MOIRA

Angestrengt keuchend brauche ich ein paar Sekunden, um mich zu beruhigen. Seine Finger sind in mir, und obwohl ich Analsex bisher nie mit mir machen ließ, fühlt es sich gar nicht so schlecht an.

Was er macht, ist einfach unglaublich. Er nimmt sich alles von mir und gibt mir so unendlich viel. Bisher hat kein Mann zuvor meinen Körper so berührt, mein Herz so zum Rasen gebracht, meinen Verstand komplett ausgeschaltet.

Auch wenn ich es mir nicht eingestehen will, möchte ich

davon mehr. In meinem Kopf male ich mir pausenlos aus, wie Sex mit ihm wäre. Wenn er bereits das Vorspiel zu einem Festmahl werden lässt, wie wird dann Sex mit ihm aussehen?

Das Blut rauscht in meinen Ohren, der Gin wärmt mich von innen, während ich auf der Tresenplatte liege und seine Lippen auf meinen Beininnenseiten genieße. Zärtlich beißt er in meine Haut, sodass ich leicht zusammenzucke.

Gerade noch haben wir uns über einen abgetrennten Finger gestritten, jetzt liege ich vollkommen benebelt und schwer atmend vor ihm.

Langsam zieht er sich aus mir zurück, und mich überkommt das Verlangen, mich zu revanchieren. Ich will es. Und ich will wissen, wie er schmeckt, hören, wie er stöhnt, sehen, wie er es genießt, wenn ich ihm etwas zurückgebe.

Ein letztes Mal küsst er meinen Venushügel, bevor er sich aufrichtet, durch sein dichtes dunkelblondes Haar fährt und nicht lächelt. Er schenkt mir sonst immer dieses smarte ansteckende Lächeln, das mich jedes Mal spüren lässt, gut genug für ihn zu sein. Denn ich kann mir vorstellen, wie viele Frauen vor mir seine Zunge und Finger spüren durften. Wie viele er vor mir an den Rand des explosiven Abgrundes getrieben hat.

Er muss mir nichts vormachen, er weiß, wie gut er ist. Höllisch gut! So gut, dass ich mich die gesamte Nacht, wenn er es zuließe, von ihm vögeln lassen würde. Diese Gedanken hatte ich bisher nie. Kein einziges Mal bei einem anderen Mann. Meistens war ich froh, wenn er gekommen ist und es vorbei war. Oder enttäuscht, weil er anfänglich meine Pussy geleckt hat, aber aufgehört hat, nur um anschließend an sich zu denken.

Arūnas streichelt über meine Oberschenkel, starrt auf meine Tätowierung und wendet sich dann von mir ab.

Kommentarlos greift er zur Ginflasche und bereitet sich einen Drink zu. »Möchtest du auch einen, nachdem du dich selbst bedient hast?«

Auf den Ellenbogen stütze ich mich auf. Mir ist so schwindelig, dass ich noch nicht vom Tisch rutschen will. Daher beobachte ich ihn, sehe seine große Statur, seine breiten Schultern, hochgeschobenen Shirtärmel, unter denen ich seine Armsehnen entdecke. Er hat ein schmales Becken und diese überirdisch langen Beine und einen perfekten Arsch.

Ich räuspere mich, als er das Gesicht zu mir dreht und die Brauen hebt.

»Sind deine Stimmbänder heiser vom Stöhnen geworden oder hast du dir die Zunge abgebissen?«

Ich würde ihn treten, wenn ich könnte. Stattdessen verdrehe ich die Augen.

»Gerne. Ich würde noch einen halben Drink nehmen.«

»Halben Fickfreund, halben Drink. Machst du immer halbe Sachen?«

Kann es sein, dass ihn irgendwas beschäftigt und er noch sauer ist? Traurig schaue ich zur Seite.

»Lass mal, ich nehme keinen Drink.«

Kontrollierend, ob alles okay ist, schaut er flüchtig über die Schulter. »Sorry, das ist mir … Vergiss es wieder.«

»Nein, ist okay. Du hast ja recht. Ich hätte das mit meinem Fastfreund nicht anfangen sollen. Eigentlich verarsche ich ihn ja, weil ich nichts für ihn empfinde und er mehr will und auf mich wartet.«

Mit seinem vollen und einem halbvollen Drink dreht er sich zu mir. »So eine bist du? Nutzt seine Gefühle aus und lässt dich von jemand anderem lecken? Böse Moira.«

Warum nur sieht es aus, als würde er es witzig und zugleich ernst finden? »Liebt er dich?«, fragt er geradeheraus, umrundet den Tresen und nimmt hinter mir auf dem Hocker Platz. Ich lege mich wieder auf die Tischplatte und lasse mir den Drink reichen.

»Ich denke schon«, antworte ich. »Danke.«

»Du denkst schon?«

»Er hat mir gesagt, dass er mich liebt, also wird Arven wohl wissen, das es so ist? Hast du jemanden, den du liebst oder der dich liebt?«

Arūnas nimmt einen Schluck, wendet den Blick von mir ab und schließt die Augen. »Wie heißt dein Halbfreund?«

Wieso weicht er meiner Frage aus? »Arven. Er ist Sportstudent und eigentlich sehr nett.«

»Eigentlich sehr nett.« Arūnas schaut mit diesem neckischen Funkeln zu mir. »*Eigentlich* ist ein sinnloses Wort. Entweder er ist nett oder nicht. Und nett scheint dir nicht zu genügen, oder?«

Mit seinen blaugrauen Augen forscht er in meinen, umfährt mit der Hand meine Wange und hebt mein Kinn an. Kopfüber schaue ich zu ihm hoch.

»Wer analysiert hier wen?«, frage ich und stelle das Glas neben mir ab. Ich greife mit den Händen hinter mich, um sie unter sein Shirt gleiten zu lassen. Er lässt es zu, schaut mir ununterbrochen in die Augen. Hin und wieder wandern seine Augen zu meinen Brüsten, weiter zu meiner Pussy, dann zurück zu meinem Gesicht.

»Ich möchte nur nicht seinen Zorn abkriegen, wenn er hiervon erfährt.«

»Wirklich? Als ob du Angst hättest.«

»Habe ich nicht.« Seine Hand wandert über meine Brüste und streift spielerisch an den Seiten entlang. »Ich würde nur ungern jemandem seine Chance wegnehmen.«

Seine Chance wegnehmen? Fragend runzele ich die Stirn. »Du lässt jemandem den Vortritt? Ich liebe ihn nicht. Ich mag ihn und …« Unvermittelt legt er seine Lippen auf meine. Er stellt sein Glas ab und erhebt sich. Er lässt zu, dass ich ihn an seinem Gürtel zu mir ziehe. Gott, er schmeckt und küsst so unglaublich gut.

Hungrig umkreisen sich unsere Zungen, als ich die Schlaufe aus der Schnalle ziehe und seine Hose öffne.

Er lacht vor meinen Lippen. »Glaub mir, du weißt nicht, was du da tust.«

»Ich denke schon, dass ich das weiß«, hauche ich und beiße in sein Kinn. Ein Knurren verlässt seine Lippen, bevor ich sein Shirt höher ziehe und er es sich auszieht. Wird er weitergehen? Ich will es wissen.

Langsam schiebe ich den Kopf über die Tresenkante, ziehe seine Shorts ein Stück herunter und spüre seinen schweren großen Schwanz, ohne ihn zu sehen. Gott, er hat wirklich nicht mit seiner Größe übertrieben.

Ich schaue zu ihm hoch, sehe seine lüsternen Blicke und die Geilheit in seinen Augen. Er streichelt über meinen Körper, nimmt sich alles und greift zu seinem Glas. Als er einen Schluck trinkt, lasse ich den Kopf weiter über die

Tischkante hängen, massiere seine Härte und nehme sie in den Mund.

Sofort hält er ruhig und zischt irgendeinen Fluch.

Er ist sicher nur schwer in der Lage, mich jetzt zurückzudrängen. Und ich will ihm etwas zurückgeben. Ich befeuchte seinen prallen Schwanz, massiere seine Hoden und warte, ob er weitergeht. Neben mir höre ich das Klirren des Glases, dann spüre ich seine Hände um meine Wangen und wie er sich in meinem Mund bewegt.

»Fuck, das ist … verdammt gut«, keucht er und zieht seinen Phallus aus mir, um wieder langsam in meinen Mund zu stoßen. Ich lasse ihn so tief, wie er es braucht, in meinen Rachen eindringen und das Tempo bestimmen.

Er schmeckt wirklich gut, nicht aufdringlich, sondern wie er duftet. Damit mir das Blut nicht komplett in den Kopf läuft, löse ich mich von seinem Schwanz, richte mich auf der Tresenplatte auf und werde meine Hose vollständig los. Danach rutsche ich vom Tresen und gehe nackt auf ihn zu. Ohne etwas zu sagen, öffnet er die Lippen, beobachtet, wie ich mich vor ihn knie und den Blowjob fortführe.

Er atmet tief durch, greift in mein Haar und zieht meinen Kopf zurück, um mir etwas von seinem Drink zu geben. Ich lächele, lasse mir von ihm etwas zwischen die Lippen kippen, um anschließend den Blowjob fortzuführen.

Fest umfasse ich seinen prallen männlichen Arsch und blase seinen Schwanz weiter. Immer intensiver, härter und hemmungsloser. Ich lecke über seine Schwanzspitze, bevor ich ihn wieder aufnehme und mir vorstelle, ihn irgendwann tief in mir zu spüren.

»So war das eigentlich nicht ausgemacht«, stöhnt er herrlich und umfasst meinen Kopf, um mich zu führen.

Ich löse mich kurz von seinem Schwanz und fahre mit den Fingern über meine Lippen. Unschuldig blicke ich zu ihm auf.

»Das Wort eigentlich gibt es doch angeblich nicht in deinem Wortschatz.«

»Kleines Miststück«, knurrt er und kippt seinen Drink langsam über meine Brüste. Es ist so kalt, dass ich kurz die Luft anhalte. Meine Brustwarzen ziehen sich prickelnd zusammen, während der Gin über meinen Bauch zwischen meine Beine fließt.

Diabolisch grinst er zu mir herab. »Du darfst mir später einen neuen machen, wenn du fertig bist.«

Dominant schiebt er seine Finger zwischen meine Lippen, hält weiterhin mein Haar fest und lässt mich an seinen Fingern lutschen. Danach führt er seine Härte wieder in meinen Mund. Gott, so verwerflichen Oralsex hatte ich nie. Ich blase ihn weiter, lasse mich von ihm führen und halte den Blickkontakt. Er liebt es, zu sehen, wie seine Härte in meinen Mund stößt.

Nach einigen Minuten wird er schneller und legt den Kopf in den Nacken. Ich halte mich an ihm fest, keuche und spüre im Anschluss, wie er kurz davor ist, zukommen.

»Scheiße. Eigentlich …«

Ich erhöhe den Druck, was er merkt und ihn in weniger als fünf Sekunden zum Höhepunkt bringt. Er ergießt sich in meinem Mund, stöhnt herrlich animalisch und greift fester in mein Haar. Eine kurze Weile bewege ich mich mit seinem

Schwanz zwischen meinen Lippen vor und zurück und warte, bis er mich zurückschiebt.

Mit einem lächelnden Blick schaue ich zu ihm auf und schlucke sein Sperma.

»Ich kann verstehen, warum Arven dich liebt«, sagt er schmeichelnd, fährt über meine Schultern und Brüste, um mir danach aufzuhelfen. »Du bläst unglaublich.«

»Danke, beruht auf Gegenseitigkeit.«

Er lacht. »Ich blase keine Schwänze.« Kurz zwinkert er mir zu, dann schnappt er mein Kinn und fährt mit dem Daumen über meine Unterlippe, um die Speichel- und Spermareste wegzuwischen.

»Ich nehme mal eine Dusche«, sage ich, nachdem ich merke, dass er mich nicht küssen will.

»Zuvor mein Drink, Madame.«

»Du kannst ihn von meinem Körper ablecken«, scherze ich, setze einen Schritt zurück und lache amüsiert.

»Kleines Biest!«, ruft er mir hinterher, als ich im Badezimmer verschwinde, um das alles zu verarbeiten.

Einerseits war der Oralsex verdammt gut, andererseits ist er irgendwie verändert. Teilweise nachdenklich.

Merkwürdig …

~

Es ist früher Nachmittag, als ich die Augen öffne und mir blaue entgegenschauen. Wie … Mehrmals blinzelnd vertreibe ich den Schlaf und sehe Arūnas neben mir liegen und mich anstarren.

Soweit ich mich erinnern kann, ist er gegen acht Uhr in

sein Schlafzimmer gegangen. Als ich mittags kurz wach geworden bin, obwohl alle Rollos heruntergelassen waren, hörte ich Musik aus seinem Zimmer. Er hat wieder nicht geschlafen.

Neben mir hebt er die Hand und wischt einen Speichelfaden von meinem linken Mundwinkel.

»Ah, wie peinlich.«

»Fand ich vor wenigen Stunden nicht. Ich mag es feucht«, verarscht er mich und küsst meine Stirn.

»Hast du geschlafen?«

Auf meiner Stirn erstarrt er kurz. »Ja, etwas.« Das ist doch glatt gelogen. Denn seine Augenringe sagen was anderes.

»Ich muss heute ein paar Angelegenheiten nachgehen. Mein Boss braucht mich. Mach es dir bequem, du fühlst dich hier ja wie zu Hause. Mach niemandem die Tür auf und bedien dich am Kühlschrank. Ich kaufe später ein. Schreib mir, was du brauchst.«

Neben mir erhebt er sich von der Couch. Keine Ahnung, wie lange er neben mir gelegen hat.

»Oh, okay.«

»Du wirst dich sicher ohne mich langweilen«, neckt er mich, schnippt gegen meine Schläfe und schließt seine Lederjacke. Komplett schwarz gekleidet, mit seiner Waffe, die ich gerade so unter seiner Jacke sehen konnte, wendet er sich von mir ab.

»Kann ich nicht mitkommen?«, erkundige ich mich.

»Auf gar keinen Fall«, antwortet er schneidig, was mir nicht gefällt. Auf der Couch drehe ich mich auf den Bauch und richte mich im Pyjama auf den Ellenbogen auf, um ihn zu beobachten. Er geht in die Küche, nimmt ein Wasser aus dem Seitenfach und trinkt mehrere Schlucke. Sein Haar liegt locker aus der Stirn gestrichen. Er schiebt seinen schwarzen Schal über seinen Mund und zerrt die Kapuze seines Hoodies über das Haar. Anschließend streift er sich Handschuhe über und schaut zu mir. Er sieht so gekleidet wirklich tödlich aus. Aber auch unheimlich anziehend.

Zum Abschied hebt er die Hand und zieht danach seine schwarzen Boots an. Sieht aus, als hätte er einen Auftrag, in den er mich nicht einweihen will.

Als er die Tür öffnet, blendet mich kurz die Sonne. Es schneit nicht mehr, sondern es ist ein strahlend heller sonniger Tag. Die frostige Kälte, die durch die Appartementtür strömt, erreicht sogar die Couch. Ein letztes Mal steht er mit seiner dunklen Präsenz in der Tür, schaut über die Schulter zurück und schließt sie hinter sich.

Das Letzte, was ich höre, ist das Zufallen der schweren Metalltür und seine Schritte auf der Außentreppe. Ich bilde mir ein, in weiter Entfernung das Summen eines Autos zu hören. Danach ist alles still und ich bin allein in Arūnas' gigantischem Appartement.

Schnaufend lasse ich das Gesicht in das Couchkissen sinken. Und was jetzt? Warum ist er aufgebrochen? Wofür braucht ihn sein Boss?

Da ich nicht länger auf der Couch versauern will, stehe ich auf und gehe ins Badezimmer. Rausgehen werde ich nicht, auch wenn das Gelände sicher ist. Aber was gäbe es schon, leer stehende Hallen, Müllcontainer, die keiner geleert hat, und alte Maschinen. Und sobald ich das Gelände verlassen könnte, was nicht geht, wäre ich sofort Magnus' Anhängern ausgeliefert.

Ob ich will oder nicht, bin ich hier sicher. Dafür habe ich mich entschieden, selbst wenn es ziemlich langweilig werden kann.

Da keine Prüfungen mehr zu schreiben sind und ich keine Seminare oder Vorlesungen mehr besuchen muss, könnte ich an meinem Roman weiterschreiben. Besser als mir stundenlang Serien reinziehen.

Nach über vier Stunden, in denen ich mich am Esstisch eingerichtet habe, wird es draußen dunkel. Hinter den halb hochgezogenen Stoffrollos funkeln gelbgoldene Laternen aus weiter Entfernung durchs Fenster.

Ich habe mehr als drei Kapitel geschrieben und höre nebenbei meine selbst erstellte Playlist. Während ich die Kapitel noch einmal lese, es kurz vor 17 Uhr ist, höre ich Schritte auf der Außentreppe. Das bedeutet, Arūnas ist wieder da. Mit einem freudigen Strahlen im Gesicht, das ich sofort ablege, damit ich nicht wie sein wartendes Hündchen wirke, schaue ich zur Appartementtür.

Die Musik läuft weiterhin, sodass ich nichts mehr hören kann. Doch statt dass die Tür geöffnet wird, passiert nichts.

Wieder höre ich Schritte und stelle augenblicklich die Musik leiser. Im selben Moment ist nichts mehr zu hören.

In mir breitet sich ein mulmiges Gefühl aus.

Trägt Arūnas die Einkäufe zur Appartementtür und geht dabei mehrmals die Treppe hoch und runter? Oder ist noch eine Person bei ihm?

Leise schleiche ich zur Küche, um mir ein Messer aus dem Küchenblock zu ziehen und abzuwarten, wer das

Apartment betritt. Falls es Arūnas ist, lege ich das Messer weg, bevor er mich auslachen kann. Wenn er es jedoch nicht ist, habe ich eine Waffe.

Etwas geschieht vor der Tür. Ich höre, wie das Schloss leise klackt, und ehe ich sehen kann, wer das Appartement betritt, wird es stockdunkel und sämtliche Lichter gehen aus.

18

ARŪNAS

Ich würde dir raten, es ihr nicht zu erzählen«, raunt mir Nojus zu.

»Richtig kranker Scheiß«, stößt Rysand hervor, als er zur Brücke aufblickt. »Kommt es mir nur so vor oder wird er mit den Jahren immer brutaler?«

Blaulicht ziept immer wieder in meinen Augenwinkeln. Die komplette Brücke am Stadtrand von Vilnius ist von Beamten der Spurensicherung und Schaulustigen umgeben, die an Absperrbändern zurückgehalten werden. Etwa zwanzig Meter vor uns hängt ein nackter Körper mit einer Schlinge um den Hals. Die Person ist auf den ersten Blick nicht einmal mehr erkennbar, ganz zu schweigen, ob es sich um eine Frau oder einen Mann handelt. Die kurzen strähnigen Haare geben als einziger Anhaltspunkt Aufschluss darüber, dass es eine Frau sein könnte. Eine Frau, der möglicherweise ein Finger fehlt, der in meinem Kühlschrank liegt?

Ich blicke mich überall um, schaue zu den Beamten, weiter zu den Zuschauern. Manchmal halten sich die Täter oder in diesem Fall Anhänger direkt unter ihnen auf, um live dabei zu sein, was die ermittelnden Beamten vor Ort herausfinden. Was sie sehen und was übersehen.

»Fahren wir zurück. Wir können nichts mehr ausrichten. Tjark hat noch ein Wörtchen mit dir zu sprechen«, schlägt Rys vor, schiebt die Hände in die Jackentaschen und dreht sich vom Fundort weg.

Ich hoffe, Vilius hat seinen Mund gehalten und Tjark will nicht über meine lächerlichen Schlafstörungen diskutieren und mich ins Schlaflabor schicken.

»Ich kann es kaum erwarten«, bringe ich über die Lippen und kann nur mit Mühe meinen Blick von der geschändeten Leiche losreißen. Wenn ich mir vorstelle, Moira würde irgendwann dort hängen, wird mir kotzübel. Man sagt Magnus nach, dass er viele Schändungen post mortem durchführt, einige jedoch, während seine Opfer leben.

Was muss man innerlich verdorben sein, um seine Gelüste in dieser Form ausleben zu müssen. Menschen töten, ist eine Sache, sie tagelang foltern und leiden lassen, eine ganz andere.

Nachdem wir mehr als eine Stunde abseits der Brücke verbracht haben, steige ich mit Nojus in seinen Wagen, Rysand in seinen Mercedes G-Klasse.

Nach über einer Dreiviertelstunde Fahrt, in der ich beinahe pausenlos an Moira denke, erreichen wir Tjarks Anwesen.

Es ist verrückt, wie die Kleine mir den Kopf verdreht hat, und das nach nur wenigen Tagen. Wie sie gestern vor mir gekniet hat und meinen Schwanz mit solch einer Demut und Hingabe geblasen hat, könnte mich erneut hart werden lassen.

Auch wenn ich mir nicht zu viel erhoffen will und sie weiterhin auf einen gesunden Abstand halte, weiß ich bereits jetzt, dass der Sex mit ihr phänomenal werden wird. Je länger ich ihn hinauszögere, desto mehr will ich sie.

»Bewegst du dich auch noch?«, fragt Nojus, als er aus dem Wagen gestiegen ist und zu mir schaut. Aus den Gedanken gerissen, hole ich tief Luft, danach folge ich ihm in Tjarks Anwesen. Natalie steht vor der Tür und raucht eine Zigarette. Sie frisst mich schon wieder mit ihren Blicken auf, was mir zwar schmeichelt, worauf ich jedoch nicht eingehe.

Rysand und Nojus treten vor mir durch die hohe Eichenholztür, während mir ein ausgestreckter Arm den Weg versperrt.

»Hast du einen Augenblick, Arūnas?«, fragt mich Natalie, pustet mir den Zigarettenqualm ins Gesicht und schiebt sich zwischen mich und die Tür.

Ich lächele knapp. »Nein, habe ich nicht.« Ohne ihr

wehzutun, schiebe ich sie zur Seite, doch sie hält mich am Arm fest. Genervt verdrehe ich die Augen.

»Was willst du?«

Neben mir hebt sie sich auf ihren ohnehin schon mörderischen Stiefelettenabsätzen mit den silbernen Knöpfen auf die Zehenspitzen und säuselt mir ins Ohr: »Wann treffen wir uns wieder? Ich warte immer noch auf einen Anruf von dir.«

Mit ihrer freien Hand fährt sie unter meine Lederjacke und streicht mit ihren Nägeln über meinen Bauch.

Niemand steht vor dem Eingang, alle Vorhänge der beleuchteten Fenster sind zugezogen.

»Einmal angeleckt, bedeutet noch lange nicht …« Ich umfasse ihr Handgelenk, ziehe es unter meiner Jacke hervor und drücke sie gegen die Flügeltür. Sie keucht erschrocken und angetörnt zugleich. Ich senke mein Gesicht zu ihrem blassen hinab. »… deins. Ich ruf dich an, wenn mir danach ist. Aktuell habe ich andere Dinge zu tun.«

»Die Callcentertussi knallen?«, hakt sie nach und hebt ihre dunkle Augenbraue. Um mich anzufixen, leckt sie über ihre rot bemalten Lippen, auf die ich unweigerlich blicke. »Ich hab sie mir angesehen. Seit wann stehst du auf junge Hühner, die aussehen wie eine graue Maus?«

Moira sieht ganz sicher nicht aus wie eine graue Maus, bloß weil sie keine drei Schichten Make-up und Fakewimpern trägt. Außerdem hat sie ein loses Mundwerk und wirkt verdammt selbstsicher.

Freudlos lächele ich ihr entgegen. »Du willst also eine zweite Runde, Natalie?«

Sie schnippt die Kippe in die Rosenbeete, was Tjarks Gärtnern sicher nicht gefallen wird, und greift nach meinem

Kragen. »Wieso nicht? Dir hat es genauso sehr gefallen wie mir.«

Klar war der Sex nicht übel, verdammt versaut und abwechslungsreich, dennoch … »Ich rufe dich an, wenn ich dich anrufen möchte.« Aus dem Grund habe ich ihr meine Nummer nicht gegeben, damit sie mich nicht nervt. Das mache ich immer so. Nur Moira habe ich meine Nummer gegeben, aber bloß, um ihr zu helfen, wenn sie verfolgt wird, nicht, um mich mit ihr für ein Bumsdate zu verabreden.

Sie zieht ihre kleine Nase kraus. »Was hat dir nicht gefallen? Sag schon, Arūnas. An etwas muss es doch gelegen haben.«

Weil sie sonst keiner abweist?

»Wie ich schon sagte, ich habe viel um die Ohren. Ich muss jetzt auch rein.« Wieder umfasse ich ihre Hand und schiebe sie von mir, damit ich endlich zum Treffen komme.

»Sie fickst du und sie darf bei dir wohnen und ich bin dir scheißegal?«

In der Tür bleibe ich stehen. »Vielleicht liegt es daran, dass sich die graue Maus geiler fickt als du«, kontere ich, was eine glatte Lüge ist. »Du solltest sie im Bett erleben.«

Ihre Blicke verwandeln sich augenblicklich zu tödlichen Pfeilen.

»Fick dich, Arūnas!«

Wie oft habe ich mir den Spruch die letzten Tage anhören dürfen …

»Lieber als dich«, antworte ich lachend, bevor ich durch die Tür verschwinde und sie mit ihrer Pistole auf mich feuern kann. Denn das würde sie am liebsten tun.

Es kracht gegen die zugefallene Tür. Sie muss wohl dagegen getreten haben. *Was ein launisches Miststück.* Als ob sie mich herumkommandieren könnte … *Träum weiter, Natalie.*

In Tjarks Arbeitszimmer angekommen, erwarten mich bereits die anderen.

»Auch endlich eingetroffen?«, erkundigt sich Rysand, der genau weiß, was los ist.

»Besser spät als nie. Was gibt es?« Vor Tjarks Schreibtisch bleibe ich stehen. Er erhebt sich und schaut uns drei an.

»Wo ist Zydrunas?«

»Steht vor meinem Appartement Wache«, antworte ich sofort. Ich kann Moira, egal wie sicher das Gelände ist, nicht ohne Wache allein lassen.

Tjarks Gesichtszüge verdunkeln sich. »Wann wolltest du mich darüber in Kenntnis setzen?«

»Wenn du fragst. Vielleicht hättest du es nicht mal mitbekommen, dann nie«, bringe ich amüsiert hervor.

»Findest du das komisch?«, schnauzt er mich an.

Nojus räuspert sich und senkt den Blick, um nicht loszuprusten.

»Sollte ich?«

Tjark reibt sich über die Finger, bevor er sich Rysand zuwendet. »Lass ihn, ich denke, er ist verknallt und hat andere Dinge im Kopf, als deine Anweisungen auszuführen.«

»Ist sie dir wirklich wichtig?«, fragt mich Tjark, als er um den Schreibtisch herumgeht.

Nun starren mich alle an. Wieso will jeder sofort über alles, was zwischen Moira und mir passiert, informiert sein?

Ist ja nicht so, als hätten sie zuvor immer auf dem Laufenden gehalten werden wollen, mit welcher Frau ich gerade penne.

»Falls ja, dann habe ich meine Meinung geändert. Du steckst ohnehin viel zu tief in der Misere. Du musstest dich ja mit Magnus anlegen.«

»Er hat sich mit mir angelegt, wenn man es genau nimmt. Dann lässt du mich nicht hängen und von seinen Anhängern vierteilen? Wie gütig«, sage ich. »Ich will dich zu nichts zwingen, Tjark. Ganz ehrlich nicht. Ich bekomme das allein geregelt.«

»Sicher«, hustet Rysand. »Wer hat dir deinen Arsch gerettet?«

Tjark grinst schief, bevor er neben mir stehen bleibt. »Nimm weitere Leute, die du brauchst. Auch wenn ihr dein Gelände verlasst.«

Wirklich? »Warum hast du dich umentschieden?«

»Warum wohl? Weil du mein Freund bist und Divina mir in den Ohren gelegen hat, dir zu helfen.« Die kleine Divina ist wirklich ein Engel. Sie hat ihn bestens im Griff.

»In Ordnung, ich danke dir«, antworte ich ehrlich und umarme ihn kurz. »Du wirst es nicht bereuen.«

»Doch, werde ich. Denn ab jetzt wird es Krieg zwischen uns und Magnus geben. Stell dir das nicht so einfach vor. Er ist hartnäckig und brutal.«

Und unantastbar, anonym, gerissen und bestialisch. Nein, einfach stelle ich es mir nicht vor. Überhaupt nicht. Ich hätte mit seiner Truppe an gehirngewaschenen Mitläufern auch nichts zu schaffen, wenn ich Moira nicht kennengelernt hätte. Jeden Morgen der letzten Tage habe ich mich gefragt, ob sie es wert ist. Und jedes Mal lautete meine Antwort: ja. Sie wäre Magnus ohne unsere Hilfe schutzlos ausgeliefert.

Als ich meine Arme von Tjark löse, atme ich geräuschvoll durch. »Dann sollten wir uns auf einen unerbittlichen Krieg vorbereiten«, entgegne ich ihm, woraufhin er nachdenklich an mir vorbeiblickt.

»Mit allen Mitteln, die uns zur Verfügung stehen«, antwortet er nach einer kurzen Pause, hebt den Blick und lächelt mir entgegen. Auch Nojus und Rys nicken, was so viel bedeutet, dass wir alle an einem Strang ziehen und Magnus mit einem gewaltigen Rückschlag von uns rechnen kann. Legen wir das Monster, das das Grauen ausgespuckt hat, in Ketten und schleifen es dorthin zurück, wohin es hingehört. In die Hölle!

~

Mit einem erleichterten Gefühl fahre ich gegen 18 Uhr vom Anwesen zurück in mein Apartment. Unterwegs schreibe ich Moira eine Nachricht. Schade, dass sie sich nicht von allein gemeldet hat. In dieser Beziehung fühle ich mich gerade wie Natalie. Etwas vernachlässigt.

Ich mache einen kurzen Abstecher zum Supermarkt, um die wichtigsten Lebensmittel zu besorgen. Auch in dieser Zeit meldet sie sich nicht auf meine Nachricht, ob alles in Ordnung ist. *Pennt sie?*

Als ich alle Einkäufe im Wagen verstaut habe, schließe ich den Kofferraum und wähle Zydrunas' Nummer. Ich hebe das Handy ans Ohr und fahre den lästigen Einkaufswagen zurück. Zydrunas geht nicht an sein verdammtes

Handy. Ich wette, beide hocken in meiner Wohnung und vertreiben sich die Zeit mit meinen Videogames oder einem netten Gespräch. Und was, wenn sie etwas ganz anderes machen?

Bei der Vorstellung nistet sich ein seltsam beklemmendes Brennen zwischen meinen Rippen ein. Er würde sie niemals flachlegen. *Nein, vollkommener Schwachsinn.* Dennoch ist die Vorstellung, dass sie es tun könnten, beinahe unerträglich.

Ich setze mich in mein neues Auto, lasse den Motor an und kann nicht schnell genug nach Hause fahren. Mit einer rasanten Bremsung halte ich vor meiner Außentreppe, steige aus und eile die Stufen ohne die Einkäufe zur Tür hoch.

Bevor ich den Schlüssel ins Schloss schieben kann, fällt mir auf, dass die Tür bloß angelehnt ist.

Aber …

Ich ziehe meine Waffe, da etwas nicht stimmt. Wachsam stoße ich die Tür auf. In meinem Appartement herrscht eine eisige Kälte. Zudem ist es stockdunkel und still. Auf meinem Esstisch steht Moiras aufgeklappter Laptop, ich sehe eine Tasse Tee. Als ich mich näher an den Tisch schiebe, kann ich spüren, dass der Tee lauwarm ist. Ich suche die Küche ab, danach das Badezimmer und im Anschluss mein Schlafzimmer. Nichts. Von Moira fehlt jede Spur. Wo zur Hölle ist sie? Wo steckt Zydrunas?

Es war mein eindeutiger Befehl, das Grundstück nicht zu verlassen, auch wenn sie Erledigungen nachgehen will oder ihn auf Knien anbettelt.

Wieder vor meiner Wohnungstür schaue ich den dunklen Platz zwischen den beiden Hallen entlang und entdecke in einem Schneeberg eine halb zugeschüttete dunkle Person.

Ich verstaue meine Pistole unter der Jacke im Holster und stürze die Stufen hinunter, um herauszufinden, wer im Schnee liegt. Dicht vor der Person gehe ich in die Knie und wische den Schnee aus dessen Gesicht. Es ist Zydrunas, der furchtbar am Kopf blutet. Sofort sind all meine Sinne geschärft.

Lass sie nicht hier gewesen sein. Lass sie Moira nicht mitgenommen und Zydrunas bewusstlos geschlagen haben. Ich rufe den Rettungswagen, öffne mein Tor und beuge mich anschließend über Zydrunas' Gesicht. »Los, Junge, mach die Augen auf.«

Ich kann seinen Atem schwach spüren. Wie lange liegt er in der Kälte? *Wann sind sie hier eingetroffen?* Als ich noch an der Brücke stand und Magnus' Gräueltat gesehen habe oder erst als ich in Tjarks Anwesen war?

»Mist! Verdammt«, fluche ich und werde meine Jacke los, um sie über Zydrunas zu legen. Ich kontaktiere die anderen, danach knie ich mich neben Zydrunas und verfluche die Minuten, in denen ich nicht hier gewesen bin.

Zur Hölle! Sie können sie unmöglich mitgenommen haben. Dann wäre alles vorbei! Alles! Und Magnus hätte den Krieg gewonnen, noch bevor wir die erste Schlacht ausgefochten hätten.

19

MOIRA

WENIGE STUNDEN ZUVOR

Das Letzte, was ich hören konnte, waren schwere langsame Schritte, die sich mir immer weiter genähert haben. Es ist eine Sache, ein Messer in der Hand zu halten, eine ganz andere, sich damit wirklich zur Wehr zu setzen.

Zwischen dem Tresen und der Kochzeile habe ich mich

zusammengekauert. Ich hätte ein besseres Versteck suchen sollen, als ich begriff, wer das Apartment betritt.

Nur wenige Sekunden später, in denen mein Herz unaufhaltsam raste, starrte ich auf dunkle polierte Stiefelspitzen, um die ein Umhang schwang.

Einen Moment stand die Person vor mir, ohne etwas zu sagen, ohne etwas zu machen. Es fühlte sich wie eine nie endende Ewigkeit an, in denen ich Todesängste ausstand.

Erst als ich angestrengt keuchend den Kopf hob, begrüßte mich die durch und durch unheimliche Gestalt, die eine weiße Maske trug. Eine so helle Maske, dass man unter ihr nicht einmal die Augen sehen konnte. Es war stockdunkel. Die Eindringlinge mussten den Stromkasten entdeckt und die Sicherungen herausgenommen haben.

Ich starrte auf das weiße Plastik der Maske, die keinen Mundschlitz besaß, stattdessen heruntergezogene Mundwinkel und ein seltsam kryptisches Zeichen zwischen beiden Augenöffnungen.

In dem Moment umfasste ich das Messer mit der rechten Hand fester, verbarg es hinter meinem Rücken und wusste, dass es jeden Moment um Leben oder Tod ging. Weitere Personen befanden sich in Arūnas' Appartement. Wie konnten sie sein Reich einfach so betreten? Sie hatten kein Recht, hier herumzulaufen und alles anzufassen.

»So schnell begegnen wir uns wieder, kleine Moira«, drang die tiefe Stimme unter seiner Maske hervor. Meine Finger fühlten sich schwitzig an. Die Angst war sicher kaum in meinem Gesicht zu übersehen. Dennoch wollte ich mich verteidigen, solange ich konnte.

Vor mir ging Magnus in die Knie, während sich sein Clan

um den Tresen versammelte. Er hob seine behandschuhte Hand, verströmte diese tödliche Kälte und strich über meine Wange.

»Du bist mir die Kostbarste von allen. Keine Sorge, ich werde gut mit dir umgehen.«

Auch wenn ich die Reflexe meines Körpers am liebsten unterdrücken wollte, konnte ich das Zittern kaum stoppen. Ich wünschte, ich wäre auf solche Momente vorbereitet gewesen.

Bevor seine Finger über meinen Kiefer meinen Hals entlang strichen, hob ich das Messer und zog es, ohne zu wissen, wohin ich schneide, über seinen Arm.

Schnell rutschte ich von ihm weg, stand auf und beobachtete ihn. Er änderte seine Haltung nicht, als hätte ich nichts gemacht.

»Alles in Ordnung, Magnus?«, vergewisserte sich einer seiner Mitläufer bei ihm.

Hatte ich ihn sehr verletzt? Kippte er gleich um? Und selbst wenn, konnte ich mich nicht gegen vier seiner Anhänger verteidigen, die mir den Weg zwischen dem Tresen und der Kochzeile versperrten.

Einer schlang seinen Arm um meinen Hals, ein weiterer umfasste mein Handgelenk. Langsam erhob sich Magnus.

»Blut und Schmerz sind nichts, was mich aufhalten können. Sie ist zäh, das mag ich.«

Beeindruckt von meinem Angriff trat er näher an mich heran, während ich in dem Würgegriff zappelte und das Messer nicht loslassen wollte. Ich holte stattdessen mit ihm aus und rammte die Klinge einem Anhänger rechts von mir in die Seite. Ein schmerzverzerrtes Stöhnen war zu hören. Ich hatte ihn getroffen. Wo genau, wusste ich nicht.

Als Magnus vor mir stand, trat ich nach ihm, doch er wich meinen ungeschickten Tritten mit Leichtigkeit aus.

»Nehmt sie mit. Schadet ihr nicht. Macht schon!«

Magnus starrte mich aus den rabenschwarzen Schlitzen seiner Maske, ohne, dass ich seine Iriden erkennen konnte, von einer gesunden Distanz aus an. Verzweifelt rang ich mit dem Mann hinter mir, der seinen Arm verdammt hart um meine Kehle zog. Ein weiterer verdrehte mir so schmerzhaft das Handgelenk, dass ich es nicht mehr aushielt und das lange Messer fallen ließ. Kurz glaubte ich, Blut auf der Klinge gesehen zu haben.

Als ich endlich wieder Luft bekam, nachdem der Typ hinter mir meine Kehle freigab, wollte ich mich umdrehen, ihn schlagen und treten, doch mir wurde gleich darauf ein Sack über den Kopf gezogen.

»Nein, bitte, hört auf. Ich habe … habe mich an deine Abmachung gehalten und mit dir telefoniert!«, rief ich blind in Magnus' Richtung.

»Habe ich etwas anderes behauptet? Nein. Ich bin aus einem ganz anderen Grund eher gekommen als geplant. Es haben sich zu viele Parteien eingemischt. Bevor sie Besitzansprüche geltend machen«, hörte ich seine kehlige raue Stimme. »Werde ich es tun. Tragt sie raus!«

Den Kopf unter dem schwarzen Sack schüttelnd stieß ich seine Anhänger zurück, trat auf etwas wie Stoff und kippte nach hinten. Ehe ich umstürzen konnte, hielt jemand meinen Sturz auf und lachte dunkel.

»Von Selbstverletzung war nie die Rede.« Ich atmete

schwach seinen Geruch von Amber und Moschus ein, etwas Erdigem, das mir sicher wochenlang unter der Nase hängen bleiben würde. Wenn ich denn Wochen leben würde.

Ich zerrte an dem Griff, wollte mich losreißen und den Sack vom Kopf ziehen, als Hände unter meine Arme griffen, andere meine Füße hochhoben.

»Bitte nicht … Ich habe auf die Polizei verzichtet. Sie wollte nur im Callcenter dabei sein. Hier und auch in meiner Wohnung … habe ich sie nicht angefordert und ihren Schutz abgelehnt.«

»Um es mir leichter zu machen?«, hakte Magnus böse lachend nach.

»Nein! Um dir … zu beweisen, dass ich dich ernst nehme und auf dich höre.« Was zwar gelogen war, aber das musste er nicht wissen. Wenn ich ihn vielleicht dazu bekäme, zu merken, einen gewaltigen Fehler zu begehen, könnte er mich freilassen.

»Ich werde dir dafür später danken, kleine Moira. Die Polizei ist mein geringstes Problem. Du hast dich mit einer viel gefährlicheren, aufdringlicheren Gruppierung eingelassen.«

»Den Vanags?«, stieß ich unter dem Sack hervor und zappelte wie wild in den Griffen der Männer, die mich aus dem Appartement trugen.

»Ich wollte ihren Schutz nicht! Das ist die Wahrheit!«

»Soll ich dich als töricht oder selbstlos einschätzen?«, fragte er mich spöttisch. *Wieso?*

Seine Männer fielen in Magnus' Lachen ein, was mich wütend machte. Sie sollten mich nicht verspotten.

»Warum so still auf einmal?« Etwas berührte mein

Gesicht, als sich die Kälte um meinen Körper legte, die mich wie ein tödlicher Schleier umgab. Sie trugen mich die Stufen hinunter, während ich hoffte – so sehr hoffte –, dass Arūnas kommen würde.

»Was habt ihr vor?«, wollte ich wissen. Denn wenn er mich hätte töten wollen, hätte er es sicher getan. Mir schnürte es bei der eisigen Kälte den Brustkorb zu, da ich nicht viel mehr als eine Skinnyjeans, Socken und ein dünnes Langarmshirt trug.

Ich zitterte am gesamten Körper, als sie mich weiter über den Platz trugen. Danach hörte ich eine Tür, die geöffnet wurde. Ich wurde in einen Kofferraum oder auf eine Ladefläche gelegt. Sofort erhob ich mich und wollte den lästigen Sack vom Kopf reißen, als mir etwas auf den Mund gedrückt wurde. Etwas, was nach Chemie und etwas stechend Bitterem stank.

Danach wurde alles still. Die Welt um mich herum erstarrte und ich wurde in eine gnadenlose Dunkelheit geschickt.

~

Als ich die Augen öffne, finde ich mich auf einer Decke liegend wieder. Um mich herum sind schwere Eisenstäbe. Eine alte, verbogene Pendellampe mit Blechschirm hängt von der Decke, die den Raum bloß spärlich beleuchtet.

Es ist nicht kalt, aber auch nicht warm. Etwas brennt höllisch auf meinem rechten Schulterblatt. Da ich nicht gefesselt bin, richte ich mich halb benommen auf und taste mit zittrigen Fingern nach der heftig brennenden Stelle auf meiner Schulter. Ich kann nicht sehen, was es ist, dafür ein breites Pflaster spüren. *Was zur Hölle ist das? Was … was haben sie gemacht?*

Gefangen im Eisenkäfig wie ein bissiges Tier ziehe ich mich an den Stangen hoch und blicke mich in dem Kellergewölbe um. Der alte Keller besteht aus Backsteinen des letzten Jahrhunderts. Es liegt ein schwerer, muffiger Geruch in der Luft, riecht nach Salpeter, Schimmel und abgestandenem Wasser. Direkt vor mir befindet sich eine Tür. Eine Tür, die ich niemals erreichen werde, weil ich im Käfig gefangen bin.

Das war es dann. Das wird das Letzte sein, was du sehen wirst, Moira.

Ich umklammere mit pochender Schulter die Stäbe und will mir nicht ausmalen, was als Nächstes geschieht. *Ich will hier raus! Ich muss hier raus.*

Soweit ich in mich hineinhorche, fehlt mir nichts. Ich trage immer noch meine Kleidung. Meine Finger und Zehen sind vollzählig. Bis auf das Brennen auf meiner Schulter habe ich keine weiteren Schmerzen.

Als ich nach links schaue und eine Werkbank mit unheimlich aussehenden Werkzeugen entdecke, verschlägt es mir die Sprache. Es hängen Sägen, Hämmer, Ketten, Sicheln, Messer, Gartenscheren akkurat aufgehängt über der Werkbank. Jede Art von Folterwerkzeug ist dabei.

Ist Dalia hier unten gewesen? Ist sie wie die anderen über zehn Opfer hier gewesen und gequält worden? Vielleicht lebt sie noch und befindet sich in einem Nachbarraum.

Sehr weit oben und halb versteckt, entdecke ich eine Kamera. Meine Schritte werden beobachtet. Ich gehe zur

Tür, um mir das Schloss genauer anzusehen. Es ist ein Vorhängeschloss, das … *Wie seltsam.*

Es ist offen.

Auch wenn es eine Falle sein könnte, hoffe ich auf einen Zufall und einen Anhänger, der zu dämlich war, es richtig abzuschließen, und ziehe das Schloss aus der Öse.

Danach öffne ich die Tür und halte immer wieder in Abständen meine verletzte Schulter. Vorsichtig blicke ich mich links und rechts um, bevor ich den Käfig auf Socken verlasse und zur massiven Stahltür gehe. Die Tür passt nicht in diesen gottverlassenen Ort, sie ist viel zu neu und modern. Neben ihr befindet sich ein Bedienfeld, über das man einen Code eingeben kann.

Dennoch versuche ich mein Glück und ziehe an dem Knauf.

Hinter mir höre ich jemanden oder etwas atmen. *Warum erst jetzt?* Derjenige will, dass ich ihn jetzt bemerke.

Ich drehe mich um und entdecke hinter dem Käfig eine dunkle Gestalt auf einem alten Ledersessel. Der Mann hat die Beine übereinandergeschlagen, trägt ein schwarzes Hemd, ebenso eine dunkle Hose und diese markante weiße Maske. Zum ersten Mal kann ich sein Haar sehen. Es ist rabenschwarz und von feinen silbernen Strähnen an den Schläfen durchzogen. Über seinem leicht geöffneten Hemd entdecke ich einen Bartschatten und kann anhand von nur wenigen Blicken abschätzen, dass er kein heruntergekommener Landstreicher ist, der Menschen aus Habgier umbringt. Er wirkt sehr gepflegt, stilvoll und ist athletisch gebaut.

Eine Weile starre ich ihn an und er mich. Seine Augen blitzen gefährlich hinter der Maske.

»Wirst du …« Ich schlucke hart. »Wirst du mich töten?«

»Sollte ich?«

Sofort schüttele ich den Kopf. Er belügt mich doch. Gelassen sitzt er etwa zehn Meter von mir entfernt und lässt die Finger auf den Armlehnen immer wieder tanzen. Er misst mich mit seinen Blicken.

»Lässt du mich gehen?«

Nun schnaubt er leise und dreht seinen Kopf in eine ungewöhnliche Haltung. »Du stellst die falschen Fragen.«

»Okay, lebt Dalia noch?«

»Nein.«

Mit dem Rücken an die Tür gepresst, keuche ich und senke den Blick. »Macht dir ihr Tod etwas aus? Du hast sie doch für ein eigennütziges Ding gehalten. Sie hat dir das Leben erschwert, dich ständig aufgezogen, sich für was Besseres gehalten.«

Woher weiß er das?

»Trotzdem musste sie nicht ermordet werden.« Das ist kein Grund, um jemanden zu töten.

»Weißt du, kleine Moira. Ich habe es dir schon einmal gesagt und sage es wieder: Ich mag dich. Ich werde dich nicht für deine Vergehen bestrafen.«

»Welche Vergehen?«, bringe ich verärgert über die Lippen. »Wenn jemand sich nicht an die Abmachung gehalten hat, dann du.«

Feindselig schaue ich in seine Richtung. Er sieht mich eindringlich an, aber antwortet nicht, stattdessen wischt er irgendwelche Fusseln von seinem Hemdärmel und lehnt den Kopf an die Lehne zurück.

Er hat keine Angst, dass ich mir eine der Waffen rechts von mir schnappen und ihm die Kehle aufschlitzen könnte. Er sitzt gerade so einladend da, dass es ein Kinderspiel wäre, wenn ich mich dazu durchringen könnte.

Allerdings wäre ich schneller tot, als ich meinen Angriff ausgeführt hätte. Er besitzt keine Reue und würde keine Sekunde so wie ich zögern.

»Du lebst, das ist Beweis genug meiner Güte. Andere vor dir hatten das Privileg nicht. Du solltest dich freuen, statt dich zu beschweren.«

Verunsichert über seine Worte runzele ich die Stirn und schaue zu den Mordwerkzeugen. Er folgt meinem Blick, und auch wenn ich sein Gesicht nicht unter der Maske sehen kann, weiß ich, lächelt er. Denn es legen sich kaum erkennbare Fältchen um seine Augen.

»Versuch es.« Galant deutet er auf die Gartengeräte. »Such dir eine Waffe aus. Ich bin gespannt, für welche du dich entscheidest.«

Ist das sein beschissener Ernst?

Wäre ich dumm, das Angebot abzulehnen? Oder dümmer, wenn ich es annehme?

Ohne ihn aus den Augen zu lassen, bewege ich mich langsam auf die Werkbank zu, die viel eher einer Folterbank gleichkommt. An ihr kleben mehrere Blutspuren und sind tiefe Kratzer zu entdecken, als hätte man einen Menschen auf ihr zersägt.

Als ich die Wand mit den fast Hunderten Geräten erreiche, drehe ich mich zu ihr und greife nach einer Sichel.

In dem Moment wandert eine Hand über meinen Arm und umfasst meine Finger. Aus den Augenwinkeln entdecke ich einen langen Schnitt auf seinem Unterarm, den ich zuvor nicht gesehen habe. Er ist frisch und tief. Mein Schnitt?

»Nimm lieber diese Sichel, sie ist schärfer.« Er spielt mit mir, führt meine Hand zu der kleineren Sichel daneben und tritt hinter mir zurück. Einen Moment schließe ich die Augen, bevor ich sie öffne, herumfahre und mit der Sichel aushole. Er weicht wenige Schritte beinahe beeindruckt zurück. Magnus gibt sich nicht einmal die Mühe, zu flüchten, hält die linke Hand locker in der Hosentasche und lacht höhnisch.

»Potenzial ist da. Aber dir fehlt der Wille.«

»Reiz mich nicht!« Wieder hole ich aus, aber weiß, was er meint. Mir fehlt die Überzeugung, die Sichel über seine Kehle fahren zu lassen.

Plötzlich steht einer seiner Anhänger in der Tür.

»Verschwinde!«, brüllt ihn Magnus mit strenger Stimme an. In dem Moment fährt die Spitze der Sichel über seinen Oberkörper, er wankt zurück und schnaubt angestrengt. Mit einem irren Blick schaut er mir entgegen und tastet über sein zerschnittenes Hemd. »Ich hab dich wohl unterschätzt. Du bist heimtückisch. Nutzt den Moment, wenn ich unachtsam bin. Heimtücke ist eine der sieben Faktoren von Mord. Wusstest du das?«

»Leck mich!« Erneut gehe ich auf ihn los, hole wieder mit der Sichel aus und stoße ihn zurück. Er gerät nicht einmal trotz stark blutender Wunde ins Wanken und stoppt meinen Angriff, indem er meine Hand in der Luft festhält.

»Genug gespielt. Du hattest deine Chance«, antwortet er

tief atmend und zieht mich an sich. Magnus ist über einen Kopf größer als ich und starrt auf mich herab. Mit einer Bewegung und zusammengekniffenen Augen verdreht er mein Handgelenk so schmerzhaft und spielend leicht, dass ich wimmere. Ich lasse die Sichel nicht los.

Unter dem Druck, den er ausübt, geben meine Beine nach, und ich falle vor ihm, ob ich es will oder nicht, auf die Knie.

Verdammt! Kämpf weiter! Mach was.

Aber je mehr ich mich gegen ihn wehre, desto gröber wird sein Griff. Er bricht mir fast das Handgelenk. Mit wütenden Tränen in den Augen gebe ich die Sichel frei und knie vor ihm. Wie erniedrigend.

»Gar nicht mal so schlecht für den Anfang, Moira. Wirklich. Du hast meine Hochachtung. Bisher konnte mich keine so oft verletzen wie du.«

Bösartig schaue ich zu ihm auf und sehe seine Geilheit. Ihn macht dieses Spiel an, denn die Beule in seiner Hose ist kaum zu übersehen. Unmerklich weiche ich zurück, obwohl er mein Handgelenk festhält.

»Warum tötest du Menschen?«, frage ich ihn und schaue zu ihm auf.

»Weil ich es kann.« Mit einem Ruck zieht er mein Handgelenk zu seinem Gürtel. »Weil ich diejenigen hole, die anderen Schaden zufügen, anderen ihr Leben zerstören, sich anmaßen, Richter spielen zu dürfen.« Er führt meine Hand über seinen erigierten Schwanz, was mich wegsehen lässt. »Wusstest du, dass Dalia vor sieben Jahren, als sie von einem Club nach Hause gefahren ist, ein Kind umgefahren und ihm nicht geholfen hat? Dass sie Drogen an Minderjährige verkaufte und Männer bestahl, mit denen sie herumhurte?«

Nein, wusste ich nicht. Woher auch! »Wir waren keine Freundinnen, wie du selbst weißt.«

»Wir tun der Welt einen Gefallen, indem wir den Müll der Straße beseitigen.«

»Du bist krank und gestört! Lass das die Polizei übernehmen!«

»Polizei …«, schnaubt er und gibt meine Hand frei. »Hat sie dir und deinem Vater damals geholfen, als die Vanags deine Mutter getötet haben?«

Mein ungläubiger Blick richtet sich zu Magnus, der mir triumphierend entgegen blinzelt. »Was …« *Was hat er gerade gesagt?*

»Vanags …?«

»Oh, das wusstest du nicht?« Er streichelt zärtlich über mein Haar. »Arūnas, so freundlich und selbstlos er sich ausgeben mag, ist einer der gefährlichsten Killer. Er war damals dabei, als der Machtumschwung stattfand und sämtliche Verräter getötet wurden. Auch deine Mutter, als du ungefähr vierzehn oder fünfzehn Jahre alt warst.«

Verwirrt von seinen falschen Worten schüttele ich den Kopf. Das würde bedeuten, meine Mutter wäre eine Verräterin gewesen und hätte sich den Vanags angeschlossen. Will er mir das sagen? Das ist … absurd. Das würde ich wissen. Das hätte sie oder mein Vater mir erzählt.

»Bleib hier. Ich lasse dir die Wahl. Wenn du zu den Vanags zurückgehst, wirst du wie deine Mutter enden. Tot mit vierundvierzig Messerstichen im Badezimmer.«

Mich überfällt eine eisige Kälte, als er über das Szenario,

das ich vorgefunden habe, spricht. Er weiß es … Weiß mehr, als ich dachte und er mich wissen lassen will. Damit ich ihm glaube und ihm vertraue …

Mit einem Mal wendet er mir den Rücken zu, greift nach einem Handtuch und wischt seine blutbeschmierten Hände daran ab. »Entscheide dich, wie du willst. Trittst du den Vanags bei, wirst du mein Feind. Hältst du dich aus allem heraus, wirst du nie wieder von mir hören. Schließt du dich uns an, machst du dir die Vanags zum Feind, aber kannst dir sicher sein, dass ich immer ehrlich zu dir bin. Dir zudem einen besseren Schutz biete als Arūnas. Du hast gesehen, wie spielend leicht es für mich war, seine Wohnung zu betreten.« Er schenkt mir einen Seitenblick über die Schulter, bevor er auf eine andere Tür zugeht. »Wenn du mich entschuldigst, ich habe einen Schnitt zu versorgen. Lass mich übermorgen deine Entscheidung wissen. Bis bald, kleine Moira.«

Er überlässt die Wahl mir? Mit einem Keuchen umklammere ich meine pochende Schulter und ziehe mich mit wackeligen Knien auf die Füße.

Nachdem er gegangen ist, bleiben bloß noch der glotzende Anhänger seiner kranken Sekte und ich in diesem Horrorraum zurück. Hinter seiner Maske schaut er mich die gesamte Zeit reglos an. Seine Arme hängen an seinem Körper schlaff herunter und sind zum Teil von seinem Umhang versteckt. Er sieht nicht aus, als wollte er mich angreifen.

Es vergehen Sekunden, in denen ich ihn ebenfalls anstarre und kurzzeitig überlege, ob ich die Sichel aufheben und ihn attackieren soll.

Allerdings wird mir die Entscheidung abgenommen, als er die Tür öffnet und den Raum verlässt. Die Metalltür steht sperrangelweit offen. Was wohl so viel bedeutet, dass ich gehen darf. Wie gnädig von Magnus.

Mit wachsamem Blick verlasse ich den Keller und finde mich auf einem engen Korridor wieder. Niemand ist zu sehen. Am Ende angekommen, finde ich ein Rolltor vor, das zur Hälfte hochgefahren wurde. Als ich mich auf der Ladefläche befinde, wartet zwei Meter unter mir ein dunkler Wagen in einer abgelegenen Gasse.

Mehrmals schaue ich von links nach rechts. Irgendwo wird jemand lauern und mich wieder einfangen. Es muss einen Haken geben. Magnus hat mich belogen, da bin ich mir sicher.

Als ich mich unter dem Rolltor durchschiebe und auf die schmale Straße herunterspringe, entscheide ich mich dafür, den Rückweg zu Fuß zurückzulegen. Ich werde ganz sicher nicht in diesen großen bulligen Landrover einsteigen.

Ich laufe nach rechts, wo sich nach sechs Metern eine Sackgasse befindet. Gerade als ich mich umdrehen will, wird mir wieder etwas auf den Mund gepresst. *Nicht schon wieder!*

Ich kralle meine Fingernägel fest in den Unterarm des Angreifers, reiße den Kopf hin und her und wehre mich mit Händen und Füßen – doch es ist zu spät. Ehe ich der Person entkommen kann, verliere ich mein Bewusstsein, meine Knie geben nach und ich rutsche vor der Gestalt auf den Boden. Sie hält mich und lässt mich nicht achtlos die Knie oder das Gesicht auf den Asphalt aufschlagen. Dann verschlingt mich die Finsternis.

20
MOIRA

Das vertraute Brodeln des Wasserkochers ist zu hören, als ich die Augen öffne. *Klack.* Der Wasserkocher hat die Temperatur erreicht und sich ausgeschaltet. Tassen klappern, ein Schubfach wird geöffnet.

Noch komplett gerädert erhebe ich mich und glaube, mich jeden Moment im Keller wiederzufinden. Doch ich bin nicht im Keller, sondern in meiner Wohnung. Ich liege in meinem Bett. Die Tür des Schlafzimmers ist geöffnet,

Schritte dringen an meine Ohren, bevor Vilma durch die Tür tritt und zwei Tassen dampfenden Tee in den Händen hält.

Was … hat sie hier zu suchen?

Fragend blicke ich zu ihr auf.

»Hey«, sagt sie verhalten und stellt eine Tasse auf meinen Nachttisch. Wie meistens trägt sie ihr blondes Haar zu einem Zopf geflochten und eher unscheinbare Kleidung. Strickpulli, den ihr ihre Oma geschenkt haben könnte, lockere Jeans aus den Achtzigern und ihre Kette mit einem Kreuzanhänger.

»Hey«, bringe ich verdutzt über die Lippen. »Wie …«

»Ich wollte nach dir sehen. Als du die Tür nicht geöffnet hast, hab ich gemerkt, dass sie bloß angelehnt war. Ich hoffe, es ist kein Problem, dass ich einfach reingekommen bin.«

Etwas stimmt doch nicht. »Äh, nein«, antworte ich ihr. »Wie lange bist du schon hier?«

»Keine zwei Minuten.« Wirklich … Mein Wasserkocher, die alte Mühle, braucht gefühlt fünf Minuten, bis er kocht. »Ich habe dir deinen Lieblingstee gemacht. Ingwertee mit Honig, den du magst. Wie geht es dir?«

Um sie nicht zu auffällig anzustarren und sie im Glauben zu lassen, dass ich ihren Besuch für absolut nicht fragwürdig halte, was definitiv nicht so ist, schaue ich zum Tee.

»Danke. Mir geht es gut. Ich hab mich nur kurz hingelegt und muss eingeschlafen sein«, lüge ich und forsche mit knappen Seitenblicken in ihrem Gesicht. Sie erhebt sich und schaltet den Fernseher, den ich sicher nicht angeschaltet habe, auf stumm.

»Passiert mir ständig. Auf den ersten Blick sahst du aus, als wärst du tot. Du warst nicht wach zu bekommen.«

Nach dem Scheißzeug, das ich innerhalb von nicht mal fünf Stunden inhalieren durfte, ist das kein Wunder.

Müde lehne ich mich gegen das Kopfteil des Bettes, greife zur Tasse und puste den Tee kühler.

»Ja, wenn ich einmal schlafe, dann wie ein Bär. Warum wolltest du nach mir sehen?«

»Hast du es noch nicht gehört?«, fragt sie mich beinahe schockiert und zappt durch meine Fernsehkanäle.

»Was gehört?«, hake ich nach. *O Mann, mein Kopf befindet sich immer noch auf einer Vollrauschparty.*

»Dalia wurde gefunden.«

»Sie wurde gefunden?«, stoße ich neugierig hervor.

Vilma seufzt niedergeschlagen. »Ja, tot unter der *Vingio parko*-Brücke im Süden der Stadt. Es läuft auf allen regionalen Nachrichtensendern. Ein Joggerpärchen hat sie gestern Morgen gegen sieben Uhr entdeckt. Es muss grausam ausgesehen haben.«

Mir wird mit jedem Wort, das Vilma ausspricht, flauer im Magen. Kurz droht mein Bewusstsein wieder wegzudriften, und das nicht wegen des Chloroforms, sondern wegen der Erzählung.

Ich habe meine Chance vertan. Dalia ist tot und kann nicht mehr gerettet werden.

»O nein, sieht aus, als wäre ich die Erste, die es dir gesagt hat.« Mitfühlend streicht sie über meinen Oberarm, als müsste ich getröstet werden. Das muss sie nicht. Ich mochte Dalia nicht einmal, trotzdem hätte ich ihr gern geholfen. Wie versteinert starre ich zum Fernseher, auf dem stumm Bilder von einer Reporterin vor Ort flackern. Von der Leiche ist nichts zu sehen. Aber ich kann mir ausmalen, wie furchtbar sie zugerichtet gewesen sein muss.

Weiterhin streichelt Vilma über meinen Arm, was ich einfach nur lästig finde. Ich zucke vor ihrer Berührung zurück, als sich zugleich das Brennen auf meinem Schulterblatt wieder einnistet. Leise zischend entgeht ihr nicht, dass ich Schmerzen habe.

»Alles okay?«

»Klar, Vilma. Alles bestens. Wärst du mir sehr böse, wenn du jetzt gehen musst? Ich muss gleich …« Ich hebe mein Handgelenk zu meinem Gesicht, um die Zeit auf meiner Armbanduhr abzulesen. Es ist neun Uhr morgens.

Gott! Ich dachte, ich wäre bloß zwei bis vier Stunden bewusstlos gewesen. Wie lange war ich im Käfig und was haben sie mit meiner Schulter gemacht?

»Ich muss gleich los zur Uni, zu einem Termin mit einem Dozenten.« Ohne einen Schluck vom Tee genommen zu haben, stelle ich die Tasse ab. Vilma weicht vom Bett zurück und nickt eifrig.

»Kein Problem. Ich bin ja unangekündigt reingeschneit. Wir sehen uns morgen im Center?«

Meine Blicke erreichen nur ihr Kinn, nicht ihre Augen, als ich kurz innehalte und danach nicke.

»Klar, ich komme morgen.«

Vilma studiert mich weiterhin mit unauffälligen Blicken, die mir nicht entgehen. Wackelig erhebe ich mich aus dem Bett und schließe die Augen, da sich die Welt einen Moment um mich dreht. Sie geht aus dem Zimmer in den Flur. Ich folge ihr und beobachte am Türrahmen angelehnt, wie sie den Reißverschluss ihrer Lammfellstiefel schließt, danach ihre hellblaue Steppjacke vom Haken nimmt.

»Ich wollte mich wirklich nicht aufdrängen, Moira.«

Ich winke gelassen ab. »Keine Sorge, hast du nicht. Ich hab mich über deinen Besuch gefreut.« Mit einem Lächeln verfolge ich, wie sie ihre Tasche aufschultert, danach die Wohnungstür öffnet. An der Tür sind keine Blutspuren des Auges mehr zu sehen. Wurden sie von Arūnas' Leuten oder dem eifrigen Hausmeister abgewaschen?

Sie winkt mir verklemmt lächelnd zu, bevor sie geht und die Tür hinter sich zuzieht. Ich schleppe mich zur Tür, schnappe meinen Haustürschlüssel und prüfe dreimal, ob ich die Wohnungstür korrekt abgeschlossen habe. Danach schütte ich den Tee in die Spüle, hole ein Glas aus dem Hängeschrank und drehe den Wasserhahn auf. Meine Kehle brennt, meine Zunge fühlt sich irgendwie pelzig an und unter meiner Nase hängt dieser chemische Gestank des blöden Betäubungsmittels.

Nachdem ich mehrere Schlucke getrunken habe, suche ich mein kleines bescheidenes Bad auf und werde mein Shirt los. Ich will verdammt noch mal wissen, warum meine Schulter so bestialisch schmerzt.

Mit dem Rücken zum Spiegelschrank gewandt, starrt mir ein feurig rotes Auge entgegen. Es ist eine Tätowierung.

Das gibt es gar nicht. Die Schweine haben mich ungefragt tätowiert.

Unbeholfen hebe ich die Hand über die Schulter, um das hässliche Symbol abzutasten. Über ihm klebt eine dünne Folie. An sich sieht die Arbeit gut aus, aber das Motiv ist die Hölle.

Ich muss es mir irgendwie entfernen lassen. Ich laufe den Rest meines Lebens ganz sicher nicht mit diesem faustgroßen Auge durch die Gegend.

Gott … andere würden sich an meiner Stelle glücklich schätzen, noch am Leben zu sein, während ich mich über eine Tätowierung aufrege. Bis morgen habe ich Zeit, mich zu entscheiden. Mir wurden drei Optionen von Magnus genannt. So lange, wie ich geschlafen habe, könnte alles auch bloß ein Albtraum gewesen sein. Wenn da nicht diese Tätowierung wäre. Es war kein Traum. Es war real.

Falls ich mich für die Vanags entscheide, stehe ich weiterhin auf Magnus' Todesliste. Für Magnus und seine Anhänger entscheide ich mich ganz bestimmt nicht. Von diesem Teufelsclan sollte ich mich fernhalten. Somit wäre die dritte Option, mich aus allem herauszuhalten, die beste und gesündeste Wahl. Es wird die sein, die ich nehme. Denn nachdem mir Magnus erzählt hat, dass die Vanags die Mörder meiner Mutter sind, will ich mit diesen Heuchlern nichts mehr zu tun haben. Obwohl ich Magnus nicht glaube, würden seine Worte Sinn ergeben.

Damals haben sich die Ermittler einen Scheiß um den Tod meiner Mutter geschert. Sie haben die Sache schnell mit Selbstmord abgetan, was absoluter Blödsinn ist. Mir kam schon lange der Verdacht, dass die Polizei jemanden deckt oder von jemandem bedroht wird. Es musste korrupte Beamte unter ihnen geben, die die Sache vertuscht haben. Möglicherweise kam ich an dem Tag zu früh von der Schule nach Hause und die Leiche wäre noch aus dem Haus geschafft worden, wenn ich sie nicht gestört hätte. Damit es aussähe, als wäre meine Mutter verschwunden und hätte uns verlassen. Das könnte sein. Und die Polizei musste nun herhalten und meinen Vater und mich mit der notdürftigen Erklärung eines Selbstmordes abspeisen.

Es könnte stimmen. Es könnte aber auch falsch sein. Gerade weiß ich nicht mehr, was ich denken soll.

Im Bad werde ich meine Hose los, um anschließend eine Dusche zu nehmen. Es kleben Dreck und Magnus' Blutreste an meinen Händen und meinem Gesicht, die ich einfach nur abwaschen will.

Als ich aus der Dusche gestiegen bin und das Handtuch um meinen Körper schlinge, höre ich ein verräterisches Klacken im Flur. *Was ist das?*

Vorsichtig öffne ich die Badezimmertür und gebe einen erschrockenen Laut von mir, als ich Arūnas im Flur entdecke.

Sofort dreht er sich von meiner Schlafzimmertür zu mir um und macht ein erschrockenes, dann ein erleichtertes Gesicht.

»Du lebst.«

»Und du bist ein elender Lügner!«, rutschen mir die Worte heraus. Ohne ihn vorzuwarnen, laufe ich auf ihn zu und verprügle ihn mit bloßen Händen. Ich trete nach seinen Schienbeinen, bevor er sich zur Wehr setzen kann.

Er hebt die Arme vors Gesicht, um die Schläge abzufangen. »Wofür habe ich die verdient?«

»Du fragst noch so blöd! Du weißt genau wieso.« Ich verpasse ihm einen heftigen Schlag gegen die Brust. Er setzt sich überhaupt nicht zur Wehr, aber weicht mit verärgertem Gesicht zurück.

»Weiß ich nicht! Klär mich auf, und hör auf, mich zu schlagen, du Biest!«

»Wer das Biest ist, stellt sich die Frage! Du hast mir verschwiegen, dass Vanags meine Mutter ermordet haben!«, konfrontiere ich ihn direkt mit meinem neuen Wissen. Als er das Gesicht hebt und mich mit einem kurzzeitig entsetzten Blick ansieht, weiß ich, dass ich richtigliege. Magnus hatte tatsächlich recht.

»Du streitest es nicht mal ab?«, hake ich schwer keuchend nach und starre ihn aufgebracht an.

»Ich streite nur ab, dich belogen zu haben. Das habe ich nicht. In keinem Moment.«

»Ach nein?!« Wieder will ich auf ihn einschlagen, als er meine Handgelenke zu fassen bekommt und mich neben der Schuhkommode gegen die Wand drückt. Im selben Moment rutscht mein blödes Handtuch herunter. Wütend zerre ich an seinen Griffen. Er schaut nur in mein Gesicht, starrt nicht meinen nackten Körper an, sondern forscht in meinen Augen.

»Nein!«, raunt er verärgert. »Wo bist du gewesen? Woher weißt du von den Mördern deiner Mutter? Was ist plötzlich passiert?«

»Das musst du nicht wissen!«

»Ich will es aber wissen!«, wird er lauter und beugt sich näher zu meinem Gesicht herab. »Ich habe dich überall gesucht. Ich war auch in deiner Wohnung. Keiner war da. Du wurdest von Magnus' Leuten geschnappt, oder? Rede schon!«

Ich reiße an meinen Handgelenken, damit er mich

endlich loslässt. Jedoch verstärkt er seine Griffe noch mehr, je mehr ich mich zur Wehr setze.

»Lass mich los, Arūnas«, sage ich ruhig und eindringlich zu ihm. Dabei schaue ich wütend zu seinen strahlend blauen Augen. Ich halte seinem Blick stand, auch wenn es mir vorkommt, als würde er mich mit ihm erdrücken.

»Nein, zuvor erzählst du mir, was passiert ist, und attackierst mich nicht grundlos.«

»Grundlos?«, spucke ich ihm das Wort entgegen. »Ich habe dich attackiert, weil ich dich nicht mehr sehen will. Weil du am Mord meiner Mutter beteiligt warst.«

Als wäre ich verrückt geworden, verzieht er das Gesicht.

»Das ist nicht wahr! Ich habe deine Mutter nicht umgebracht.«

Das soll ich ihm glauben. »Ach nein?«

»Nein. Ich hätte dir sagen sollen, dass Vanags sie getötet haben, allerdings …«

»Also hatte Magnus recht«, wispere ich zu mir selbst und schaue zur Seite. Er hat mich nicht belogen.

»Nein, er hat nicht recht. Die Vanags, von denen die Rede ist, sind nicht dieselben wie heute. Es waren Männer, die von Tjarks Vater zu eurem Haus geschickt wurden. Ich wusste, dass du es falsch auffassen würdest, wenn ich dir davon erzähle.«

Beleidigt schüttele ich den Kopf. »Du weißt, wie ich darauf reagieren würde? Mir wäre es lieber gewesen, du hättest mir von Anfang an die Wahrheit gesagt.«

Allmählich lockert er seine Griffe. »Kann ich dich loslassen oder fällst du wieder über mich her?«

»Finde es heraus«, kontere ich, hebe das Gesicht zu ihm

hoch und beginne mit jeder Minute mehr zu frieren. Wasser rinnt aus meinem feuchten Haar, während sich Gänsehaut auf meinem Körper ausbreitet. Meine Brustwarzen ziehen sich vor Kälte zusammen, was ihm nicht entgeht, er aber nicht kommentiert.

»Na gut«, murrt er, gibt mich frei und setzt einen Schritt in seiner dunklen Killerkleidung zurück. Gleich darauf stoße ich ihn mit beiden Händen von mir. Jedoch mit mäßigem Erfolg. Er bleibt stehen wie eine Litfaßsäule, als würde ihn mein Stoß nicht mal kitzeln.

Seine Gesichtszüge sind kühl, auch wenn er den rechten Mundwinkel hebt. »Jetzt hör mir zu und lass es mich erklären«, beginnt er erneut.

»Nein, du musst mir nichts erklären. Ich weiß Bescheid.«

»Wirklich?« Nun zieht er beide Brauen provokant, als wäre ich die dumme Schülerin, in die Stirn.

»Ja wirklich. Ihr seid in unser Haus gekommen und habt sie umgebracht. Ihr müsst euch ja köstlich amüsiert haben, nachdem du mich direkt zu deinem Boss gebracht hast.«

Arūnas mahlt mit den Kiefern, sodass auf seiner Wange ein Muskel zuckt. Stur starrt er zur Decke und verschränkt die Arme.

»Wie oft muss ich mich wiederholen? Wir haben damit nichts zu tun. Es war Tjarks Vater, der seine Männer in euer Haus geschickt hat, um deine Mutter zu verhören. Und jetzt solltest du an den Punkt kommen und dich fragen, wieso?«

Ja, wieso?

»Sag schon.« Ich gehe einen Schritt auf ihn zu. Ohne das Gesicht zu senken, schaut er auf mich herab und kann seine

Blicke dieses Mal nicht zurückhalten. Denn er glotzt mir ungeniert auf die Brüste.

»Kannst du dir etwas anziehen?«

»Weil du sonst nicht denken und lügen kannst?«

»Hör auf damit, Moira. Was du abziehst, ist nicht fair. Ich versuche es dir zu erklären und ehrlich zu sein, doch du gibst mir nicht mal eine Chance!«

Ihn so aufgebracht zu sehen, macht mir keine Angst. Allerdings hätte ich nicht gedacht, dass er so aufbrausend sein kann. Unter seinen Augen entdecke ich dunkle Ränder. Er sieht müde und irgendwie mitgenommen aus.

»In Ordnung …« Vor ihm gehe ich in die Knie, um mein Handtuch aufzuheben und es um meinen Körper zu knoten. »Reden wir. Erkläre es mir und lass kein Detail aus.«

Da ich nicht vorhabe, im Flur zu versauern, laufe ich an ihm vorbei ins Wohnzimmer.

Als ich die Couch erreicht habe, höre ich keine Schritte hinter mir. Ich werfe einen Blick über die Schulter und sehe Arūnas mich mit einem mörderischen Blick anstarren. Seine Augen wandern zu meiner Schulter.

»Ich denke, du bist diejenige, die mir zuerst etwas erklären sollte.«

Ohne zu zögern, beugt er sich zu seinen Boots und zieht ein Messer. Er tritt in einem so schnellen Tempo an mich heran, dass ich ihm nicht entkommen kann. Ehe ich irgendwas ausrichten kann, liege ich auf der Couch mit einem Messer an der Kehle. Schwer atmend umklammere ich seinen Arm und weite die Augen.

»Du trägst das Anhängerzeichen! Seit wann!«, fährt er mich an. Sein Blick ist absolut tödlich.

Er erdrückt mich fast unter seinem Gewicht, sodass ich kaum einen Ton hervorbringe.

»Rede, Moira, oder ich schwöre …«

»Seit wenigen Stunden«, antworte ich ihm. »Die Frage müsstest du dir selbst beantworten können.«

»Dann bist du eine von denen …« Feindselig kneift er die Augen zusammen. Die eiskalte Klinge drückt gegen meinen Hals. Ich schüttele den Kopf.

»Bin ich nicht. Als ich im Keller aufgewacht bin, trug ich dieses Zeichen. Sie … sie haben es mir, als ich bewusstlos war, gestochen. Ich schwöre, ich bin kein Anhänger von Magnus.« Arūnas forscht in meinen Augen.

»Nimm die Klinge von meinem Hals«, bringe ich flehend über die Lippen. »Bitte.«

Er holt geräuschvoll Luft, schon nimmt er das Messer von meiner Kehle.

»Dieses Zeichen müssen sich seine Anhänger verdienen. Was hast du getan? Wen hast du ermordet?«

»Niemanden«, stoße ich entsetzt über seine Unterstellung hervor.

»Lüg nicht.«

»Lüg du mich nicht an, Arūnas. Wir wollten über meine Mutter reden.«

»Gerade denke ich, sollte ich dich hinterfragen.«

»Ich bin kein Anhänger von Magnus, wie oft soll ich es noch sagen?!«

Mit einem kräftigen Stoß erhebt er sich über mir. »Wir scheinen in einer Sackgasse zu sitzen. Ich glaube dir nicht, du mir auch nicht. Genau das hat er gewollt. Was ist noch passiert?«

Langsam richte ich mich auf der Couch auf. »Sie kamen in dein Appartement, das Licht ging aus, plötzlich stand Magnus in deiner Küche. Ich habe mich gegen ihn und seine Anhänger gewehrt, aber es half nichts. Sie trugen mich in einen Kofferraum und verabreichten mir Chloroform oder so. Als ich wach wurde, brannte meine Schulter und ich befand mich im Käfig in einem Keller. Dort war Magnus, der mich herausgefordert hat, ihn anzugreifen. Es war nur ein Spaß für ihn, aber ich habe ihn mit einer Sichel verletzt. Dann erzählte er mir, dass die Vanags die Mörder meiner Mutter sind, und stellte mich vor die Wahl.«

»Welche Wahl?« Neben der Couch bleibt er stehen, dreht die Klinge zwischen den Fingern und taxiert mich mit abschätzenden Blicken.

»Entweder ich halte mich von euch fern und werde von ihm in Ruhe gelassen, oder ich schließe mich ihm an und erhalte seinen Schutz. Oder ...« Ich lege die Hand auf die Brust, um durchzuatmen. »Oder ich stelle mich auf eure Seite und bin ab sofort sein Feind.«

Nachdem er mir aufmerksam zugehört hat, wird er still und steckt die Klinge wieder in seinen Schuhschaft. Danach dreht er sich um und fährt sich durch sein Haar.

»Ich habe dich anderthalb Tage gesucht, weißt du das?«

Nein, wusste ich nicht. »Ich hatte gedacht, er würde dich foltern und dich ermorden. Er hat nie jemanden gehen lassen. Wie bist du zurückgekommen?«

Ich erzähle ihm alles, was ich weiß, auch von Vilmas spontanem und zugleich merkwürdigem Besuch.

Doch er sagt keinen Ton und geht stattdessen in den Flur zurück. »Hey, willst du jetzt gehen?«

»Ja, das sollte ich. Es ist besser, wenn du dich für keine Seite entscheidest. Wenn er mich hier mit dir sieht, wird er dich erneut kidnappen und dir nächstes Mal nicht nur eine fette Tätowierung verpassen.«

Er verschwindet hinter der Wand und murmelt leise Flüche. Schnell springe ich von der Couch auf und hole ihn ein. »Nein, du erzählst mir jetzt alles, was du über den Mord meiner Mutter weißt. Warum wurde sie getötet? Wer war dabei?«

An der Schulter bekomme ich ihn zu fassen, um ihn vom Gehen abzuhalten.

»Warum fragst du das nicht deinen Vater?«

»Ist das alles?«

»Ja, es ist alles, Moira.« Vor mir dreht er sich um und schenkt mir einen mitfühlenden Blick. »Es tut mir leid, dass du deine Mutter verloren hast, aber sie war eine Verräterin. Dein Vater hat sie gemeldet.«

Was? »Wie …«, bringe ich mit hoher Stimme hervor, was sich fast wie ein erstickter Laut anhört. Das kann nicht sein. Mein Vater hat meine Mutter über alles geliebt. Er kam lange Zeit nicht über ihren Tod hinweg und ertränkte seinen Kummer in Alkohol und vernachlässigte seinen Job als Filialleiter.

»Das stimmt nicht. Er würde das …«

»Nicht tun?«, unterbricht mich Arūnas schief grinsend. »Er hat es getan. Ich war derjenige, den er anrief. Ich habe seinen Hinweis entgegengenommen, Moira. Es ist keine Lüge. Ich denke mir das nicht aus.«

»Nein, er hat sie geliebt. Ihr Tod hat ihn in eine Depression getrieben.«

Arūnas hebt seine Hände auf meine Schultern. »Es war nicht ihr Tod, sondern seine Schuldgefühle, weil er sie verraten hat.«

Tränen ziepen in meinen Augenwinkeln, die ich schnell fortwische, da ich nicht vor ihm weinen will. Das sind zu viele Informationen für einen Tag. »Moira, es tut mir leid, dir die Wahrheit gesagt zu haben, aber so war es. Manchmal ist eine Lüge erträglicher als die Wahrheit.«

Nachdem er mir zärtlich über die Wange fuhr, dreht er sich um und geht durch die Tür.

21

ARŪNAS

Wer wird denn da so geknickt sein?«, säuselt sie mir ins Ohr und beugt sich von der Beifahrerseite zu mir rüber. Ihre schwarz lackierten Fingernägel gleiten über meine Wange, während ich in einem mörderischen Tempo durch Vilnius fahre.

»Kannst du etwas warten …«, knurre ich, umfasse ihr Handgelenk und schiebe es weg.

»Meinetwegen. Du bist ja richtig angepisst. Glaub mir, es ist besser so. Alles hat wieder seine Ordnung.«

Aus den Augenwinkeln schaue ich zu Natalie, die ihren roten Mantel aufknöpft und es sich im Sitz meines neuen Wagens bequem macht. Sie stellt das Radio an. Doch statt Musik läuft eine Berichterstattung über Magnus' Morde.

Du sollst mich nur ablenken, mehr nicht – denke ich, als wir vor dem Tor des Industrieblocks C ankommen. Gemächlich schiebt sich das Gitter auf, während sie meinen Oberschenkel betatscht, ihre Finger über mein Bein gleiten und anschließend meine Kronjuwelen umfasst. Ich keuche, da mein Schwanz sofort auf ihre Berührungen anspringt. Zwar würde ich am liebsten eine andere vögeln, aber scheiß drauf. Besser eine als keine.

»Ich liebe diese abgelegene, irgendwie morbide und totenstille Region.«

»Wirklich? Dann fühl dich wie zu Hause.« Ich parke den GLC vor der Treppe, stelle den Motor ab und steige aus. Mein Blick fällt auf den Schneeberg, in dem ich Zydrunas gefunden habe. Er liegt schwer verletzt mit einem Jochbeinbruch im Krankenhaus und wird für drei bis vier Wochen die Krankenschwestern verrückt machen. Es hätte verdammt schiefgehen können.

Nachdem er ins Krankenhaus gebracht wurde, habe ich ganz Vilnius mit Nojus', Jones' und Deronás' Hilfe abgesucht. Wir waren in Moiras Wohnung, sind zum Haus ihres Vaters gefahren, der uns zuerst nicht reinlassen wollte. Verständlich, da er nichts mehr mit den Vanags zu schaffen haben will und vor zehn Jahren ausgestiegen ist. Ich war sogar auf dem Campus, im Callcenter, bei Matas und Vilma. Überall, wo Moira sich hätte aufhalten können. Zugleich wusste ich, würde ich sie nicht an diesen Orten finden.

Wenn Magnus sie entführt hat, würde ich sie zu neunundneunzig Prozent an einem Strick aufgehängt unter einer Brücke auffinden.

Doch sie lebte. Sie war in ihrer Wohnung, als ich einen Kontrollgang machte, und ihr ging es gut. Und dann dieses Zeichen auf ihrem Schulterblatt. Es ist nicht viel bekannt, aber zwei von Magnus' Leuten, die in den Jahren unsere Wege kreuzten, trugen ebenfalls dieses rote tätowierte Auge. Einer am Hals, der andere auf dem Unterarm.

Nun wurde Moira in den engsten Kreis aufgenommen und hat keine Ahnung? Ich glaube ihr nicht. Ich will ihr glauben, aber ich kann nicht. Es sprechen zu viele Fakten dagegen. Was ist, wenn sie alles inszeniert hat? Wenn sie Magnus' Gehilfin ist und sie bei der Entführung von Dalia beteiligt war?

Als ich ihr begegnete, wird sie Magnus davon erzählt haben, der sich etwas überlegte, um mich loszuwerden. Schließlich wurde Moira nie angegriffen! Nur ich! Ich will an keinen perfiden Plan glauben, der mich ausschalten soll, und das bloß, weil ich sie kennengelernt habe und Magnus den Kontakt unterbinden will. Aber gerade sprechen verdammt viele Hinweise dafür.

Ob sie wirklich nicht wusste, wer ihre Mutter umgebracht hat? Wenn sie es wusste, hätte sie ein starkes Motiv, um sich zu rächen.

Natalie hakt sich bei mir unter und steigt mit mir die Stahlleiter zu meinem Appartement hoch.

»Gott, du wirkst so in Gedanken vertieft.«

»Keine Sorge«, antworte ich ihr breit lächelnd. »Gleich werde ich in eine ganz andere Sache vertieft sein.«

Vor meiner Tür angekommen, schlinge ich ihren blonden Pferdeschwanz um meine Hand, ziehe ihren Kopf in den Nacken und betrachte ihr bildhübsches Gesicht. Sie hebt ihre perfekt gezupfte Braue und schaut mir unter ihren schweren Wimpern entgegen.

»Worauf wartest du?«, spornt sie mich an. Ihr silbernes Piercing über der Oberlippe glänzt im Dunkeln, bevor ich den Kopf senke, schief grinse und sie danach erbarmungslos küsse.

Fuck! Ich brauche den Sex, um den Kopf frei zu bekommen und sämtliche lästigen Gedanken abzuschütteln.

Während ich sie grob gegen die Tür dränge, sie ihre Finger unter meine geöffnete Jacke und in mein Haar schiebt, schließe ich auf. Meine Zunge verschmilzt hungrig mit ihrer.

Kaum ist die Tür offen, stoße ich sie in mein Appartement. Sie wird ihren Mantel los, den sie auf den Boden fallen lässt. Ich ziehe meine Jacke aus, öffne meinen Gürtel.

Rückwärtsgehend lächelt sie mir lasziv entgegen, schiebt die Knöpfe ihrer schneeweißen Bluse durch die Löcher und streift sie von ihren Schultern. Darunter sehe ich ihre perfekten Brüste in einem weißen BH. Ich zerre mein schwarzes Langarm-Shirt über den Kopf und werfe es achtlos auf den Boden. Danach werde ich meine Schuhe los. Ehe sie sich aus ihrem engen schwarzen Rock befreit hat, umfasse ich ihre Taille und hebe sie mit einem Satz an mir hoch. Mit jeder Sekunde wird mein Schwanz härter, spüre ich die Schwere und das kaum zu bändigende Verlangen, sie zu ficken.

Sie lacht, als ich sie zum Küchentresen trage und darauf

absetze. »Du scheinst es kaum abwarten zu können«, stellt sie fest, als ich ihre Strumpfhosen herunterzerre und sie über meinen Oberkörper streicht.

»Brauchst du eine Pause?«, necke ich sie und schaue zu ihr auf.

»Nein, ich liebe deine stürmische Art.«

»Du wirst gleich viel mehr lieben«, versichere ich ihr, ziehe ihren Slip herunter und drücke sie auf die kühle Tresenplatte. Keuchend spreizt sie ihre Beine. Ich beuge mich zu ihrer Pussy herab, um sie zu lecken. Zugleich massiere ich ihre Brüste und höre ihr verlockendes Seufzen.

»Gott, du leckst von allen am besten.«

Danke, aber das will ich nicht wissen.

Ich dehne sie mit meinen Fingern vor, obwohl sie bereits feucht ist, umkreise mit der Zungenspitze ihre Klit und ziehe sie fester an der Hüfte zu mir. Die Vorstellung, sie gleich auf dem Tresen zu vögeln, sie mit tiefen harten Stößen zu nehmen, lässt mich nicht mehr los.

Sie macht ein Hohlkreuz und kommt nach nur zwei Minuten heftig unter mir. Ihre Pussy kontrahiert und ihre Klit ist herrlich angeschwollen. Ich lecke sie weiter, befeuchte meine Finger und schiebe alles, was auf dem Tresen steht – wie Mappen, Listen, Obstschale – zur Seite.

Während ich sie weiter lecke, sie vor mir göttlich stöhnt und sich windet, hole ich Gleitgel aus der Schublade und schiebe meine Finger von ihrer Pussy in ihren Anus. Sie hebt ihre Stiefeletten auf die Tresenkante und schreit vor Lust.

Warte ab, bis ich dich ficke, Natalie. Eines muss ich ihr lassen: Sie ist eine verdammt gute Sexpartnerin. Ich weiß genau, was ich machen muss, um sie um den Verstand zu bringen. Der beste Beweis ist, dass sie jedes Mal mehr will.

Als sie ein zweites Mal heftig kommt und mich beinahe tritt, bin ich mit drei Fingern in ihrem Anus. Sie keucht und krallt sich in meinem Haar fest.

»Fuck, Arūnas …«, schnauft sie und hebt ihren Kopf.

»Schon die Puste raus?«, veräppele ich sie. Sie schenkt mir einen wilden süßen Gesichtsausdruck und setzt sich auf. Immer noch mit meinen Fingern in ihr schlingt sie ihre Hände um meinen Nacken, schiebt sich mit dem Becken zur Tresenkante und küsst mich hemmungslos.

Ich beiße in ihre Unterlippe, lecke über ihren Kiefer und umfasse ihre Kehle. »Ich will es hören«, sage ich, damit ich fortfahren kann. Zugleich stoße ich tiefer in ihren Anus, sodass sie wimmert und vor meinen Lippen keucht.

Sie lächelt anschließend und leckt über meine Lippen. »Mein Arsch gehört dir. Fick mich.«

Das lasse ich mir kein zweites Mal sagen.

Ich ziehe meine Finger vorsichtig aus ihr zurück, hebe sie vom Tresen und laufe mit ihr in mein Schlafzimmer. Dort lege ich sie mit halb heruntergezogener Strumpfhose, ihren mörderisch hohen Schuhen und hochgeschobenem Rock bäuchlings auf mein Bett. Ich schnappe ihr linkes Handgelenk und lege es in die Handschelle am Bettpfosten.

»Du bist ein echtes Monster«, sagt sie lachend, zerrt an der Handschelle und schaut frech über ihre Schulter.

»Du willst es doch so, beschwer dich nicht.« Hinter ihr werde ich meine Hose los, steige gemächlich aufs Bett und mustere ihre prallen Pobacken und ihre leicht geöffnete Pussy.

Sie schmunzelt, aber hält ruhig, als ich sie erneut meine Zunge spüren lasse, danach fest in ihren Nacken greife und ihr Gesicht herunterdrücke.

»Ich würde mich nie beschweren, nicht bei dir.«

»Warten wir ab. Die letzte Zeit hast du etwas untervögelt gewirkt«, reize ich sie.

»Weil ich nicht mit jedem x-Beliebigen in die Kiste springe.«

»Das schmeichelt mir, mein Liebling.« Ich massiere meine Härte, bevor ich in ihre Pussy eindringe, und das nicht gerade zurückhaltend. Gott! Eine Flutwelle aus unbändiger Gier überkommt mich. Sie verstummt und seufzt stattdessen. Mit mehreren Stößen nehme ich mir das, worauf ich Tage, nein Wochen verzichtet habe, und vögele sie hart. Dabei greife ich in ihr Haar und könnte selbst mit ihrer Pussy komplett bis zum Höhepunkt kommen und wäre zufrieden. Trotzdem verteile ich Gleitgel auf ihrem Anus, ficke sie mit meinen Fingern im Rhythmus zu meinem Schwanz und massiere hin und wieder ihre feuchte Klit. Sie gibt sich mir vollkommen hin, wimmert, stöhnt und lässt sich komplett fallen. Kurz bevor ich komme, ziehe ich meinen Schwanz aus ihr und dringe langsam in ihren Anus.

Sie hält die Luft an, als sie sich an meine Größe gewöhnt. Ich wühle durch ihr Haar, schiebe Stück für Stück meinen Phallus in sie und, gottverdammt, ich könnte ewig weitermachen. Es ist saueng und verdammt geil. Wie ich Analsex liebe. Bereitwillig hält sie ruhig und schiebt mir ihren perfekten Arsch sogar weiter entgegen.

Sie wimmert und schluchzt vor Verlangen. Vor Lust jaulend beißt sie in mein Kissen, als ich beinahe komplett in ihr bin. Der Anblick ist überwältigend, wie mein Schwanz komplett zwischen ihren Arschbacken verschwindet.

»Fick mich!«, fordert sie mich auf. Sie ist wirklich unersättlich. Wenn sie es so will. Ich ziehe mich bis zur Hälfte aus ihr zurück, um sie anschließend mit harten tiefen Stößen zu ficken. Dabei reiße ich ihren Kopf in den Nacken und besorge es ihr, wie sie es braucht. Der Sex ist verdammt roh und genauso verdorben.

»Scheiße, ist das gut«, höre ich sie abgehackt keuchen. Gleich darauf bebt ihr Körper, und sie kommt, ohne nachhelfen zu müssen, höllisch intensiv. Sie schreit so laut, dass mich ihre Schreie noch mehr anturnen. Ich beschleunige das Tempo und nagele sie härter, bis sich meine Hoden zusammenziehen, mein Schwanz pulsiert und ich heftig stöhnend zum Orgasmus komme. Knurrend umfasse ich grob ihre Hüfte und ziehe sie im selben Rhythmus, wie ich in sie eindringe, zu meinem Becken.

»Verflucht!«, stoße ich hervor, schaue zur Decke und ergieße mich in ihr. Ihr Anus zuckt und, Gott, ich würde am liebsten weitermachen, wenn ich könnte.

Vollkommen außer Atem und erschöpft ziehe ich mich nach wenigen Minuten aus ihr zurück und küsse ihre Pobacken. »Braves Mädchen. Mit dir ist der Sex doch am versautesten.«

»Dabei haben wir uns heute nicht im Mehl gewälzt wie das letzte Mal in deiner Küche.«

Ich schmunzele und lasse mich neben ihr nackt auf die Matratze sinken. Sie rollt sich immer noch festgekettet zu mir und sieht mich an. Mit ihren Fingern malt sie Kreise auf meine Brust, während ich den Unterarm übers Gesicht lege und kurz die Augen schließe.

»Du siehst fertig aus. Geht es dir gut?«

»Blendend. Du machst mich fertig, Honey.« Ich hebe den Unterarm ein Stück höher, um sie anzusehen, und kassiere mir einen Schlag von ihr auf die Brust.

»Was?«, erkundige ich mich, zerre das Laken über meine Hüfte und schließe wieder die Augen. »Es ist so.«

»Dann ist das ein Kompliment.«

»Ja, ist es, du hohle Nuss. Aber bilde dir nicht zu viel ein«, necke ich sie und schnippe gegen ihre Schläfe.

»Pass auf, was du sagst, wenn du morgen früh nicht von Kugeln durchsiebt im Bett aufwachen willst.«

Ach, droht sie mir? Wie niedlich.

Ich lache. »Wir wissen beide, dass du heute unbewaffnet bist, Darling. Spuck also keine großen Töne.«

Sie faucht gespielt verärgert, bevor sie mit ihren Fingern unter das Laken zu meinem Schwanz wandert. Sie umfasst ihn und massiert ihn zwischen den Fingern. Gott …

Ich stöhne und lasse sie gewähren. Meinetwegen vögele ich sie die gesamte Nacht, solange ich Moira aus dem Kopf bekomme und alles hinter mir lasse.

Wie auch immer es ihr gelungen ist, Natalie hat sich aus den Handschellen befreit, sie ist so gerissen und clever und bläst kurz darauf meinen Schwanz.

Ich lasse es zu, greife in ihr Haar und genieße den Blowjob. Das wird eine verdammt kurze Nacht werden. Aber scheiße, ich will es so, sonst hätte ich sie nicht zu mir eingeladen.

22
MOIRA

Es ist dumm und unüberlegt. Trotzdem lassen mich die Fragen nicht los. Ich will es geklärt haben, und das richtig in einem ernsten Gespräch und nicht im Flur nur mit einem Handtuch bekleidet.

Mehrmals laufe ich den Zaun ab, um irgendwo ein Loch oder eine Lücke zu finden. Meine Finger wärme ich an meinen vorsorglich eingepackten Handwärmern in meinen Manteltaschen.

Es gibt nirgendwo ein Loch, daher hole ich die Drahtschere heraus und schneide ein Loch in den Maschendrahtzaun. Dafür wird er mich killen. Aber wenn er nicht an sein verdammtes Handy geht, weiß ich auch nicht, wie ich ihn anders erreiche.

Ich schneide ein Loch, gerade so groß, dass ich durchpasse, und schiebe mich durch den Schnee auf das Industriegelände.

Danach sichere ich den Zaun wieder notdürftig, verstaue die Schere in der Jackentasche und klopfe den Schnee vom Mantel.

Ein pfeifender Wind zieht um die leer stehenden Hallen. Es klappert, als würde Wellblech vom Sturm hin und her bewegt werden. Es ist so unheimlich in dieser Gegend, aber ich weiß, dass ich allein bin.

Wachsam husche ich über die aufgetürmten und festgefrorenen Schneeberge am Zaun und lasse mich dann herunterrutschen.

Gerade als ich den freigeschaufelten Weg betrete, glaube ich, eine Person auf einem Hallendach zu sehen.

Das bilde ich mir bloß ein. Doch bei genauerem Hinsehen bin ich mir absolut sicher, dort oben jemanden zu sehen, der sich nicht mal die Mühe macht, unentdeckt zu bleiben. Es schneit zwar nicht, dennoch ist die Gestalt schwer zu erkennen. Sie steht einfach da. Und wenn es eine Puppe zur Abschreckung ist? Oder ein Spion von Magnus? Je näher ich zur Halle laufe, auf der die Person steht, desto mehr erkenne ich. Sie hat blondes Haar, trägt nur ein T-Shirt und Jogginghosen.

So würde sich kein Spion in der Kälte kleiden. Ich werde immer schneller, als ich begreife, wer dort oben steht. Er sah so müde und fertig aus. Arūnas muss eingeschlafen sein und sich dieses Mal nicht am Bettpfosten festgebunden haben.

»Hey!«, rufe ich zu ihm hoch. Doch er reagiert nicht.

Meine Schritte werden schneller. Schlafwandelt er?

Und wenn ja, wie komme ich dort hoch?

»Arūnas!« Joggend umrunde ich die Halle und entdecke dann eine Feuerleiter, an der ich hochklettere. Die Stangen sind von einer dünnen Eisschicht überzogen und so kalt, dass die Wärme meiner Handwärmer nicht mehr auf meinen Handflächen zu spüren ist. Trotzdem steige ich ohne Pause hoch, obwohl ich verdammt noch mal Höhenangst habe.

Komm schon … Schau nach oben, nicht nach unten. Das sagt sich so leicht.

Ich könnte Hilfe holen, aber bis die da ist, wäre er womöglich vom Dach gesprungen.

Mit zusammengebissenen Zähnen schaue ich hoch zur Dachrinne. Es sind noch wenige Meter. Wild fluchend kneife ich die Augen zusammen. »Ah, Gott, das wirst du wiedergutmachen müssen, du Blödmann«, schimpfe ich und erklimme Sprosse um Sprosse, bis ich oben angekommen auf das schneebedeckte Dach krieche wie ein unbeholfener Käfer aus dem Wasser. Auf allen vieren schiebe ich mich von der Kante weg und schaue zur Gestalt, die weiterhin einen halben Meter entfernt an der Kante steht. *Gott, er muss doch halb erfroren sein.*

Schnell rappele ich mich auf die Füße und laufe zu der hochgewachsenen Person. »Arūnas, hey!«

»Was ist los?«, höre ich eine Frauenstimme aus irgendeiner Richtung unter mir. *Jemand ist hier?*

Ich ignoriere die Stimme, da mir wichtiger ist, Arūnas vom Dach zu holen, als nachzusehen, wer sich unten zwischen den Hallen herumtreibt.

Hinter Arūnas angekommen, greife ich nach seiner Schulter. Er fühlt sich genauso kalt an wie die Sprossen der Feuerleiter. Ich rüttele an ihm, doch er reagiert nicht. Obwohl ich eine höllische Höhenangst habe, schiebe ich mich vor ihn und umfasse sein Gesicht. Sein Blick wirkt halb offen und leer.

»Schläfst du? Du musst hier runter, sonst erfrierst du.« Seine Lippen sind bereits blau, seine Gesichtsfarbe hat ein ungesundes Grau angenommen, was ich anhand der Laternen der Straße erkennen kann.

Wieder rüttele ich vorsichtig an ihm, aber bekomme ihn nicht wach. Er muss schlafwandeln.

»Okay, ich sollte ruhig bleiben. Komm mit.« Da ich irgendwann einmal gelesen habe, dass Schlafwandelnde nicht angeschrien oder geweckt werden dürfen, greife ich nach seiner Hand, um ihn zum Umdrehen zu bewegen. Zuerst reagiert er nicht, doch dann dreht er mit starrem Blick das Gesicht.

Er trägt nicht einmal Schuhe und wird die nächsten Tage sicher krank im Bett liegen. Ohne einen Ton zu sagen, führe ich ihn über das Dach. Erleichtert darüber, dass es wirklich funktioniert, erreichen wir langsam die Feuerleiter. Und was jetzt? Ich kann ihn ja schlecht die Leiter herunterheben.

Plötzlich schaut ein Gesicht über die Leiter.

»Was zur Hölle macht ihr hier oben?«, fragt mich eine

Frau, deren Stimme und Aussehen ich nicht sofort zuordnen kann. Sie trägt offenes blondes Haar, das im Wind segelt, und einen roten Mantel. Mit einem Satz, als würden wir uns nicht in über zehn Metern Höhe befinden, klettert sie wendig aufs Dach. Bei ihr sieht es spielend leicht aus.

»Sch…«, ermahne ich sie und hebe den Finger zu den Lippen, damit sie ruhig ist.

»Was sch…?«

Sie richtet sich auf, und mit einem Mal weiß ich, wer vor mir steht. Natalie. Die Frau, die ich vor dem Anwesen der Vanags zum ersten Mal gesehen habe. Da sie ihr langes Haar offen trägt, hätte ich sie beinahe nicht erkannt.

»Wir dürfen ihn nicht wecken.«

»Er schläft?«, fragt sie skeptisch und beginnt, ihn sich genauer zu betrachten. Danach schielt sie in meine Richtung. »Was hast du hier eigentlich zu suchen?«

»Könnte ich dich genauso fragen«, antworte ich flüsternd. Sie hebt herablassend die Braue, bevor sie leise auf Arūnas einredet.

»Junge, wach auf, du bist auf dem Dach. Wenn du dich nicht bewegst, erfrierst du hier draußen.«

Genervt verdrehe ich die Augen. Mit ihren Worten wird sie nichts bezwecken. Arūnas' Hand fühlt sich in meiner so verdammt eiskalt an. »Wir müssen ihn dazu bewegen, die Feuerleiter herunterzusteigen. Ich gehe voraus, und du sorgst dafür, dass er mir nachkommt.«

Natalie wirft mir einen Killerblick zu. Sieht so aus, als würde sie sich ungern Befehle von Fremden erteilen lassen.

»Ach ja, und das soll was bringen?«

»Besser als ihn zu wecken. Sprich leiser, verdammt«, ermahne ich sie flüsternd.

»Rede nicht so mit mir, Verräterin!«

Ich soll eine Verräterin sein? Geschockt von ihren Worten weiche ich zurück und schüttele den Kopf. »Wenn wir unten ankommen, wirst du mir sagen, was du hier zu suchen hast!«, ranzt sie mich an.

»Das geht dich nichts an«, antworte ich ebenso giftig.

»Ich denke schon.«

Ohne mich länger mit ihr abzugeben, da es wichtigere Dinge zu erledigen gibt, wende ich mich der Feuerleiter zu, lasse Arūnas' Hand los und gehe auf allen vieren zur Feuerleiter. *Gott im Himmel, lass mich nicht von der Leiter abrutschen und Natalie noch hämisch über mich lachen.*

»Mach dich nützlich«, zische ich zu ihr. »Beweg ihn dazu, sich hinzuknien.«

»Es sieht viel witziger aus, was du da veranstaltest. Etwa Höhenangst?« Affektiert kichert sie.

»Halt den Mund!«, fauche ich ihr entgegen, atme tief durch und versuche den ersten Fuß auf die oberste Sprosse zu setzen. Als ich sicheren Halt mit beiden Füßen habe, umklammere ich mit den Händen die oberste Sprosse. Das Schlimmste ist geschafft. Ich wage einen knappen Blick nach unten. Sofort verknotet sich mein Magen und mir wird schwindelig.

Plötzlich steht Natalie direkt an der Kante und schaut mit einem spöttischen Blick auf mich herab. Sie hebt ihren Absatzschuh und senkt ihn auf meine rechte Hand, die die Leiter umklammert.

»Was soll das werden?«

»Wonach sieht es aus? Ich lass es wie einen Unfall aussehen, süße Moira.«

Nicht ihr Ernst? Sie tritt fester auf meine Finger, bevor ich meine Hand unter ihrer Schuhsohle wegziehen kann. Meine Knöchel knirschen, und ehe ich ihr antworten kann, aufzuhören, verpasst sie mir einen Tritt mit der Schuhspitze ins Gesicht. Vor Schreck schreie ich auf.

Ich höre die Engel singen, als ein heftiger Schmerz unter meiner Wange explodiert, aber ich lasse nicht los.

»Bist du irre!«, schreie ich panisch.

»Du hättest einen weiten Bogen um mich machen sollen, Miststück!«, beschimpft sie mich und holt noch einmal mit dem Fuß aus. Schnell drehe ich mein Gesicht weg. Sie tritt ins Leere und rutscht unvermittelt auf meiner Hand aus. Knöchel knacken schmerzhaft, sodass ich aufwimmere. Ehe ich mitverfolgen kann, wie sie auf das Dach fällt, kann ich mich nicht länger mit der rechten Hand festhalten. In dem Moment verpasst sie mir liegend einen Kick ins Gesicht und ich werde von der Leiter gerissen.

»Nein!«, schreie ich vor Todesangst und versuche die Sprosse wieder zu erreichen. Kurz bevor ich falle, greift eine Hand um mein Handgelenk. Überrascht schaue ich auf und sehe Arūnas. »Ich hab dich.«

Hektisch umklammere ich seinen Unterarm und keuche ängstlich. Tränen rollen ungebremst über meine Wange, bevor er meine Hand wieder zur Leiter zieht. »Bleib so.«

»Ich wollte ihr nur helfen …«, beginnt Natalie, ihm eine Lüge aufzutischen, nachdem sie sich aufgerichtet hat. »Aber …«

»Halt die Fresse!«, blafft Arūnas sie an. »Ich habe gesehen, dass du sie hinunterstoßen wolltest!«

»Nein, so war das nicht«, streitet sie alles ab.

Er fährt herum, während ich schlotternd und frierend die Leiter umfasse und die Augen schließe. *Bitte, ich will nur hier runter.*

»Nicht wahr! Ich wollte ihr helfen, weil sie Höhenangst hat.«

Mit einem Mal packt Arūnas ihre Schulter und drängt sie über das Dach zurück. Er blafft sie übel an, was ich hören, aber nicht sehen kann.

Beweg dich, Moira. Geh runter. Es wird nur schlimmer, wenn ich mich an der Leiter festklammere. Der Wind reißt an meiner Kapuze, die nach hinten rutscht. Ich versuche vorsichtig, eine Sprosse hinter mir zu lassen. Dabei kann ich bloß eine Hand benutzen, die andere dürfte verstaucht oder im schlimmsten Fall gebrochen sein.

Wimmernd krabbele ich die Leiter hinunter, bevor Arūnas über mir auftaucht und die Sprossen schnell heruntersteigt. Da die Leiter nicht zu schmal ist, ist er im nächsten Augenblick neben mir.

Über uns erscheint Natalie, die die Leiter ebenfalls herunterklettert.

»Es sind bloß noch ein paar Meter. Die überwindest du mit Leichtigkeit«, motiviert er mich.

Er ist direkt neben mir, als ich Sprosse für Sprosse im Schneckentempo hinuntersteige. Unten angekommen, umfasst er meine linke Hand und führt mich zu der gegenüberliegenden Halle, in der er wohnt.

Natalie folgt uns, aber sagt keinen Ton. Sie hätte mich fast umgebracht.

In Arūnas' Appartement angekommen, entdecke ich das reinste Chaos. Klamotten liegen im Eingangsbereich herum, einige Dinge wie Zeitungen, Papiere und Stifte liegen auf dem Boden. Ich muss nicht eins und eins zusammenzählen müssen, um zu wissen, was hier gelaufen ist und warum Natalie hier ist. Sie stolziert wie eine Gräfin an uns vorüber direkt in Arūnas' Schlafzimmer.

Als ich ihn mir genauer betrachte und meine schmerzende Hand halte, umfasst er mein Kinn und dreht meine linke Wange zu sich. Sein Blick ist finster, als er sieht, was ich nicht sehe. Er umfasst meine Hand, die ich blutverschmiert und angeschwollen kaum mehr bewegen kann. Danach holt er tief Luft, dreht sich von mir weg und marschiert ins Schlafzimmer.

An den Haaren zerrt er Natalie zur Wohnungstür, die wie eine Furie kreischt und Theater macht.

»Ich kann allein laufen, Arūnas. Ich habe ihr die Verletzungen nicht zugefügt.«

»Lüg mich noch einmal an, und ich schwöre dir, du wirst morgen in einem Sarg aufwachen. Tjark wird sich darum kümmern. Du wirst hiermit verstoßen! Lass dich nie wieder bei den Vanags blicken!«, brüllt er sie an und katapultiert sie vor die Tür. Nachträglich wirft er ihr ihre Zigaretten und Strümpfe hinterher.

»Du verblödeter Vollidiot!«, keift sie mit wütendem Blick in meine Richtung. »Daran bist nur du schuld, du blöde Schlampe!«

»Was hast du gesagt!« Er greift zur Pistole, die auf seiner

Kommode liegt, und geht auf sie los, woraufhin ich eingreife. Er sieht aus, als würde er jede Sekunde etwas tun, was er bereuen könnte. Den Lauf auf sie gerichtet, entsichert er seine Knarre.

Sie funkelt ihm provokant entgegen, starrt danach mich an und verzieht sich gleich darauf. »Fick dich, Arūnas! Du beschützt die Falsche!«

Kommentarlos wirft Arūnas die Tür hinter ihr zu und zittert am gesamten Körper, und das nicht vor Wut. Er muss komplett durchgefroren sein.

»Ich sollte auch gehen.«

»Nein, du bleibst. Ich lass dich nicht mit einer demolierten Hand und diesen Veilchen im Gesicht gehen. Warum bist du hergekommen und wie bist du …«

Ich hole mit tauben Fingern die Drahtschere aus der Tasche, um seine Frage zu beantworten.

Er seufzt und lächelt knapp.

»Von dir kann man wirklich was lernen.«

»Und vor dir sollte man sich fürchten. Du hast …« Auf dem Tresenhocker, der mitten im Raum steht, als wäre hier eine Party gefeiert worden, nehme ich Platz. »Einen Riesenschrecken eingejagt, als ich dich auf dem Dach gesehen habe. Am besten, du nimmst eine heiße Dusche und ich geh in ein Krankenhaus.«

Mit schmerzverzerrtem Gesicht betrachte ich meine aufgeschürfte Hand, die weiterhin pocht. Je mehr die Kälte aus meinem Körper verschwindet, desto mehr schmerzt sie. Die Kälte hat den Schmerz kurzzeitig betäubt, aber gerade wird er unerträglich. Vorsichtig taste ich über die Knöchel, die mich bei der kleinsten Berührung das Gesicht verziehen lassen.

»Du hast mich auf dem Dach gefunden und bist trotz Höhenangst an der Leiter hochgestiegen?«, fragt er mich, obwohl er die Antwort kennt. Wie sollte ich sonst aufs Dach gekommen sein?

»Und dann kam Natalie. Sie muss meine Rufe gehört haben. Hast du dich nicht wie sonst ans Bett gefesselt?«

Er zieht sich einen Mantel über, bevor er den Kopf schüttelt und sich die Hände reibt. »Es war zu viel Alkohol im Spiel.«

»Sehe ich.« Mein trüber Blick wandert durch die verunstaltete Wohnung. Keine Ahnung, wo sie es getrieben haben, vermutlich überall. Selbst auf dem Hocker, auf dem ich sitze.

Ich rutsche von ihm herunter, nehme meinen Schal ab und wickele ihn um meine Hand. Danach will ich die Wohnung verlassen. Jedoch stellt sich mir Arūnas in den Weg.

»Brauchst du es schriftlich? Du gehst nicht raus. Wer weiß, ob Natalie nicht draußen wartet, bis du gegangen bist.« Er meint, sie würde mich ein zweites Mal angreifen? Das wäre gut möglich, so wie sie drauf war.

»Fein, ich bleibe. Aber nur, wenn du dich jetzt aufwärmst und eine heiße Dusche nimmst.«

Er salutiert vor mir. »Zu Befehl, Miss.«

»Danach kümmere ich mich um deine Hand.« Er umfasst meine gesunde Hand und führt mich zum Kühlschrank. Nach kurzem Suchen nimmt er zwei Kühlpads aus dem Gefrierfach. Eines drückt er mir vorsichtig gegen meine schmerzende Wange, das andere überlässt er mir für meine Hand. »Und du wirst mir verraten, warum du hergekommen bist.«

Besitzergreifend hebt er mein Kinn an und studiert mein Gesicht.

»Eigentlich bloß, um mit dir zu reden.«

»Also nicht, um mich zu retten?«, scherzt er frierend.

»Du Vollpfosten. Woher sollte ich wissen, dass du nachts auf dem Dach herumirrst.« Gespielt genervt verdrehe ich die Augen.

Er grinst süffisant und zuckt die Schultern. »Zu schade, dann wärst du zu meiner Traumfrau geworden.«

»Klar, sicher. Zuvor vögelst du die Killerbräute.« Spöttisch hebe ich die linke Braue.

»Bist du etwa eifersüchtig?«

Wenn ich ehrlich bin … etwas, ja. »Auf diese durchgeknallte Chica? Im Leben nicht«, antworte ich. Auch wenn ich weiß, dass ich ihr nicht das Wasser reichen kann. Allein wie sportlich sie auf das Dach gestiegen ist, ist der beste Beweis, wie überlegen sie mir in vielen Dingen ist. Mit ihr schläft er, mit mir nicht.

Natürlich tut das weh, zu sehen, wie er sich so schnell mit einer anderen vergnügen konnte.

»Ich mag es, wenn du lügst«, neckt er mich und küsst mich sanft. Sofort kneife ich die Augen zusammen, weil mein Gesicht schmerzt. »Leg dich auf die Couch. Ich komme gleich zu dir.«

23

MOIRA

Ich muss auf der Couch eingedöst sein, als ich von einer zarten Berührung auf meiner Wange wach werde. Ein warmer maskuliner Duft umgibt mich. Langsam öffne ich die Augen. Die Haut auf meinem Gesicht spannt, meine Hand zittert unkontrolliert, während mein Schädel brummt.

»Hier, nimm die. Du siehst nicht gut aus.« Arūnas hockt neben der Couch mit aufgesprungenen Lippen und dunklen Augenringen und hält mir zwei Filmtabletten entgegen.

»Was ist das?«

»LSD. Ich dachte, die könnten Spaß machen.«

»Du Idiot«, murre ich verschlafen.

»Es sind Schmerztabletten. Vilius ist bereits auf dem Weg, auch wenn ich mir mit Sicherheit eine Strafpredigt anhören muss.«

Sein Arzt kommt? Arūnas sieht immer noch mitgenommen von der Kälte aus und wirkt, als hätte er Fieber.

Dankbar nehme ich ihm die Tabletten ab, greife zu dem Wasserglas und richte mich auf. Dummerweise stütze ich mich wie gewohnt mit beiden Händen ab und schreie vor Schmerz, als dieser durch meine gesamte Hand schießt.

»Sch. Es wird bald wieder. Wenn ich Natalie erwische, rasiere ich ihr den Schädel.«

»Erst den Schädel rasieren, dann in einen Sarg und zunageln.«

»So machen wir es«, antwortet er lachend.

Mit tränenverschleiertem Blick bringe ich ein kurzes Lächeln hervor und nehme die Tabletten. Es tut so höllisch weh.

Während er duschen war, ist meine Hand noch mehr angeschwollen. Sie sieht furchtbar aus. Arūnas hält mir ein neues Kühlpad ans Jochbein.

»Willst du etwas trinken oder essen? Einen Film sehen oder schlafen, bis er da ist?«

»Du musst mich nicht bemuttern«, antworte ich neckisch und will knapp lächeln. Doch selbst ein Lächeln schmerzt.

»Naaaa, übertreib mal nicht. Ich will nur meine Retterin versorgen und freundlich sein.«

»Du solltest an dich denken und schlafen. Du siehst

fertig aus und hast dir sicher eine Infektion eingefangen.« Mit der linken Hand taste ich nach seiner Stirn. Sie fühlt sich warm an, aber nicht heiß.

Er schmunzelt und umfasst mein Handgelenk. »Würde es dir nicht so schlecht gehen, hätte ich deine Krankenpflege mit Sicherheit in Anspruch genommen. Ich seh doch, wie gern du mich gesund pflegen willst.«

»Blödarsch«, murmele ich und schüttele schwer schluckend den Kopf. Eine Weile bleibt er bei mir auf dem Teppich sitzen und betrachtet mich.

»Sieh mich nicht so an«, wispere ich und schaue ihm ebenfalls ins Gesicht.

»Worüber wolltest du mit mir reden?«, fragt er mich und schiebt das Kühlpad auf die Stelle, die am meisten schmerzt.

»Ich wollte darüber reden, ob du mir absichtlich verschwiegen hast, dass Vanags meine Mutter getötet haben. Ich wollte dir sagen und beim Tod meiner Mutter schwören, dass ich keine Anhängerin von Magnus bin. Ich will dich nicht zum Feind haben.« Und um ehrlich zu sein, will ich mich nicht entscheiden müssen, weil es Magnus von mir fordert.

Nachdenklich senkt er den Blick. »Ich war mir zuerst nicht sicher, ob du wirklich nicht gewusst hast, dass deine Mutter von den Vanags getötet wurde. Hättest du davon gewusst, wärst du niemals zum Anwesen meines Bosses mitgekommen.«

Da hat er allerdings recht. »Warum hat mein Vater sie verraten? Was hat sie gemacht?«

Ich will mir nicht vorstellen, dass sie eine Kriminelle war.

Dass sie möglicherweise so gewesen sein könnte wie Natalie.

Arūnas holt tief Luft, sodass sich sein nackter Brustkorb hebt und wieder senkt. »Sie hat Waffen an eine andere Organisation verkauft. Waffen, die ihr nicht gehörten. Zuerst fiel es nicht auf, doch mit der Zeit schon. Sie arbeitete nicht mehr für die Vanags, sondern für das andere Kartell. Sie wusste, worauf sie sich einließ. Jeder kennt die Regeln. Wer die Vanags verrät, wird getötet. Wer von dem Verrat weiß, ebenfalls. Aus dem Grund hat dein Vater sie gemeldet.«

Weil er ansonsten auch umgebracht worden wäre und ich keine Eltern mehr gehabt hätte.

Müde schließe ich die Augen und will einfach nicht glauben, dass meine Mutter … meine Mutter, die ich so sehr geliebt und angehimmelt habe, solche Geschäfte abschloss. Mit der Zeit wirkt das Schmerzmittel, sodass es mir immer schwerer fällt, die Augen offen zu halten.

»Sag etwas, Moira.«

»Es tut weh, das zu hören. Ich dachte, wir wären eine normale Familie. Ich kann mir nur schwer vorstellen, das meine Eltern …«

»Du hattest fast eine normale Familie. Sie haben sich sehr bemüht, dass du davon nichts mitbekommst. Sie haben dich nicht wie mein Vater direkt in die Organisation eingeführt. Wenn man es richtig sieht, haben sie dir die Wahl gelassen oder wollten, dass du nicht mit den Vanags in Berührung kommst.«

So sieht er das? Eines muss ich ihm lassen: Er sieht sogar einen Vorteil darin.

Ich gebe keinen Ton von mir, da mich mein geschwächter

Körper im Stich lässt und mir selbst das Sprechen schwerfällt.

»Weißt du, wohin dich Magnus entführt hat? Konntest du ein Gesicht sehen oder ist dir etwas aufgefallen, was verraten könnte, wo er sich aufhält?«

Träge schüttele ich den Kopf. »Während der Hin- und Rückfahrt war ich bewusstlos. Er muss seine Opfer zu einer Lagerhalle bringen. Es gab ein Rolltor, durch das ich rausgehen konnte, bevor mich der Fahrer betäubte. In der Halle gibt es diesen Horrorkeller mit vielen Folterwerkzeugen. An der Folterbank und im Käfig, selbst auf dem Boden war Blut. Dort muss er seine Opfer festhalten, bevor er sie tötet.«

Blinzelnd schaue ich in Arūnas' Richtung. Aufmerksam hört er mir zu. »Er provozierte mich, ihn anzugreifen. Ich habe ihm zwei Schnitte zugefügt. Er dürfte vorerst seine Wunden lecken, bevor er weitere Frauen entführt.«

Nun tritt ein anerkennendes Leuchten in seine blaugrauen Iriden. »Du hast ihn verletzen können?«

»Ja«, antworte ich lächelnd. Im selben Moment klopft es an der Tür.

»Das ist Vilius.« Arūnas erhebt sich und überlässt mir das Kühlpad auf meiner Wange. Danach öffnet er Vilius die Tür, der mit den Worten »Wie sieht es hier aus?« das Appartement betritt.

»Eine Orgie. Du hast das Beste verpasst«, veräppelt Arūnas ihn, sodass ich schmunzeln muss. »Das nächste Mal lade ich dich ein. Zuvor schau dir Moiras Hand an.«

Unvermittelt ist Vilius bei mir und beginnt, mich zu untersuchen. Er tastet meine Handknöchel ab, sagt mehr als einmal, dass die Finger geröntgt werden müssen, und lässt mir Schmerztabletten da. Er geht zwar nicht von einem Bruch aus, trotzdem will er Risse im Knochen abklären lassen.

Anschließend nimmt er sich Arūnas vor, der ihn abweisen will.

»Du hast gesagt, es ist passiert, weil du auf dem Dach gewesen bist?«

»Ich war kurzzeitig verwirrt, passiert doch jedem mal«, lügt er und weicht Vilius mit abwehrenden Händen aus.

»Du warst verwirrt oder bist geschlafwandelt?«

»Er ist geschlafwandelt«, sage ich, bevor sich Arūnas wieder herausreden kann.

»Klatschtante! Nächstes Mal schwärze ich dich auch an!«, raunt Arūnas in meine Richtung.

»Du siehst ebenfalls aus, als bräuchtest du ein paar Tage Ruhe. Hast du Erfrierungen?«

»Nein«, antwortet er sofort. »Dürfen Moira und ich uns in einem Bett ausruhen? Das würde meiner Genesung sicher förderlich sein.«

Die Augen verdrehend richte ich mich auf der Couch auf. »Du sollst an deine Gesundheit denken, nicht an deine Triebe.«

»Es gehört doch beides irgendwie zusammen, findest du nicht?«, hakt Arūnas nach. »Wenn meine Triebe gestillt sind, werde ich schneller gesund.«

Vilius stöhnt. »Du bist ein hoffnungsloser Fall. Nimm die Sache ernst. Ich werde Tjark davon berichten.«

»Von den Trieben, davon weiß er längst Bescheid wie kein anderer oder …«

»Deinen nächtlichen Wanderungen natürlich. Hör auf,

alles ins Lächerliche zu ziehen!«, schimpft Vilius. Ich mag den Mann. Er wirkt auf mich wie ein Vater, der seinen Sohn für seine Flausen rügt.

»Mache ich nicht. Aber du musst zugeben, mein lieber Vilius, keiner springt auf meine Provokationen so sehr an wie du. Bis auf Moira, sie schimpft auch ständig mit mir.« Nun schaut er bedrohlich in meine Richtung.

»Du solltest erwachsen werden.«

»Und du etwas entspannter.«

Oh, oh, gleich wird Vilius sicher böse. »Gut, dass ich Moira als Verbündete habe, sie wird sich um dich kümmern. Sei froh, dass sie dich vom Dach geholt hat, bevor ich morgen nur noch den Totenschein hätte ausfüllen können.«

»Jetzt wirst du gemein, mein Freund. Aber du hast recht, Moira ist meine Retterin. Dann sollte ich sie wohl hierbehalten und mich bei ihr revanchieren.« Anzüglich wackelt er mit den Augenbrauen, während ich mir am liebsten vor die Stirn schlagen würde, wenn mein Gesicht nicht ein Trümmerfeld wäre.

»Ich sehe gegen Mittag nach euch. Geht schlafen und ruht euch aus.«

»Ist Sex erlaubt?«

»Nein!«, murrt Vilius und wird rot im Gesicht.

»Nicht mal ein bisschen?«

»Nein!« Er greift nach seinem Koffer und schaut entschuldigend zu mir. »Ich kann verstehen, warum du den Kontakt abbrechen wolltest. Lass die Röntgenbilder an diese Adresse schicken.« Er reicht mir seine Visitenkarte. »Ruf jederzeit an, wenn sich dein Zustand verschlimmert.«

»In meiner Obhut?«, scherzt Arūnas lachend.

Ich nicke leise zu Vilius. »Hab ein Auge auf ihn, bevor er sich vor Übermut das Genick bricht.«

»Habe ich. Obwohl ich keine Haftung übernehme. Für jemanden wie Arūnas Verantwortung zu übernehmen, ist sicher eine Lebensaufgabe. Kein Wunder, warum es keine Frau länger als eine Nacht bei ihm aushält.«

»Boah, jetzt greift ihr ja tief in die Trickkiste«, beschwert sich Arūnas und kommt zur Couch. Vilius hingegen lächelt hinter seiner Brille.

»Ich sehe, wir verstehen uns.«

Als er gegangen ist, erhebe ich mich von der Couch.

»Wehe, du verbündest dich mit ihm, dann …«

»Dann was, Arūnas? Er macht sich Sorgen, während du alles mit einem Joke ins Lächerliche ziehst. Ist dir klar, was hätte passieren können?«

Plötzlich wird er still und läuft hinter mir zum Badezimmer.

»Ihr seht das Leben viel zu ernst.«

»Und du zu leichtsinnig!« Außerdem weiß ich, dass er es nicht so sieht. Allmählich durchschaue ich seine dahergesagten Worte.

»Ich frage mich die gesamte Zeit, wie man so viel reden kann und dabei nichts sagt«, lasse ich ihn mit den Worten vor dem Badezimmer zurück und schließe die Tür.

»O klasse, jetzt hast du es mir gegeben, Moira.«

»Denk drüber nach«, singe ich und gehe auf die Toilette. Mit einer Hand ziehe ich eher unbeholfen meine Hose hinunter.

»Und wehe, du betrittst das Bad!«

»Es ist mein Badezimmer.«

»Dann zeig Anstand.«

Wütend knurrt er vor der Tür. Ihm fehlt es etwas an Erziehung. Ich kann mir vorstellen, dass, wenn man nur allein lebt und auf niemanden Rücksicht nehmen muss, man so eigensinnig, albern und leichtsinnig wird. Wobei das nur Fassade bei ihm ist, um die Frauen um den Finger zu wickeln.

Als ich die Spülung betätige, öffnet er die Tür.

»Hey!«, meckere ich.

»Hey, was? Du bist fertig.«

»Du lernst es nicht«, murmele ich, wasche die Hände und hebe mit Daumen und Zeigefinger einen Slip aus der zweiten Waschschale, den ich ihm an den Kopf werfe.

»Da wurde was vergessen. Sag nicht, du hast Natalie ohne Slip aus der Wohnung geworfen?« Mir gefällt der Gedanke, dass sie sich draußen die Eierstöcke abfriert.

Er befördert ihn direkt in den Müll und beginnt dann, im Bad alle Handtücher einzusammeln und Flaschen wieder hinzustellen, die bei der wilden Orgie umgefallen sind.

»Morgen kommt die Putzfrau, die regelt den Rest.«

»Muss dir nicht unangenehm sein«, scherze ich.

»Sehe ich so aus?« Lachend wird er sein Handtuch los und spaziert nackt mit seinem Adoniskörper an mir vorbei ins Schlafzimmer. Es dürfte bereits kurz nach drei Uhr nachts sein. Heute Abend beginnt meine nächste Schicht im Callcenter und bis dahin sollte ich halbwegs ausgeruht sein.

Als ich meinen Zahnputzbecher, der immer noch neben dem Waschbecken steht, nehme und meine Zähne putze, höre ich Arūnas im Schlafzimmer wirtschaften. Räumt er das Schlachtfeld auf? Ich wasche vorsichtig mit einer Hand mein Gesicht und gehe anschließend zu den zwei Schubfächern, in denen meine Kleidung liegt und die ich heute abholen wollte.

Ungelenk schiebe ich meine Sweatjacke über die linke Hand, ohne die andere zu gebrauchen. Danach versuche ich sorgfältig, den anderen Ärmel auszuziehen, was mir jedoch nicht gelingt.

»Mist, geh schon …«, schimpfe ich vor mich hin, bis ich aus den Augenwinkeln Arūnas im Türrahmen des Schlafzimmers in Shorts stehen sehe. »Warte, ich helfe dir.«

Vor mir angekommen weitet er den Ärmel so weit, dass ich meine Hand vorsichtig herausziehen kann.

»Lass mich den Rest übernehmen. Es kann ja keiner mit ansehen, wie ungeschickt du dich umziehst. Arm hoch«, befiehlt er mir, um mir mein T-Shirt über den Kopf ziehen zu können.

»Netter Versuch, um mir an die Wäsche zu gehen, was?«, antworte ich belustigt, aber lasse mir von ihm aus dem T-Shirt helfen. Danach zieht er meine bereits am Knopf geöffnete Hose herunter. Ich nehme auf der Couch Platz, damit er mich von den Schuhen, Socken und der Hose befreit. Das hat bisher keiner vor ihm getan, höchstens meine Mutter, als ich noch vier Jahre alt war.

»Und schon habe ich erreicht, was ich will, ohne dass du Proteste eingelegt hast«, amüsiert er sich vor mir hockend, woraufhin ich ihm mit dem rechten Fuß einen Stupser gegen die Schulter verpasse.

»Hast du für heute nicht genug nackte Frauen gesehen?«

»Als Mann kann man nie genug nackte Frauen sehen. Außerdem bist du nicht nackt.« Er erhebt sich und greift dann, ohne mich vorzuwarnen, unter meine Arme und hebt mich vorsichtig über die Schulter.

»Wuha, was wird das?«

»Wonach sieht es aus? Ich trage dich in mein Bett.«

Sofort hebe ich das Gesicht und starre in den Wohnbereich. »Was?«

»Wir bumsen, bis Vilius wieder kommt.« Er lacht. Ich schlage mit der gesunden Hand gegen seinen Rücken, während ich einen Klaps von ihm auf meinem Po kassiere.

»Du wirst niemanden mehr bumsen, nicht heute.«

Unter mir vibriert sein Oberkörper, als er wieder lacht. Im Schlafzimmer lässt er mich behutsam auf das Bett sinken.

»Du hast mein Schlafzimmer noch nicht gecheckt, vielleicht wartet im Schrank ein Sexbunny.«

»Wurde dein Hirn in der Kälte schockgefroren, dass du so wirre Fantasien äußerst?«, frage ich, als ich mich im Raum umsehe. Er wurde eins a aufgeräumt, denn ich wette, es sah hier drin genauso aus wie der Rest des Appartements. Ich rutsche mit einer Hand mit schwarzem Bustier und Slip tiefer ins Bett, bevor er sich auf die Seite mit der Handschelle setzt und über das Bett zu mir greift.

»Glaub mir, meine Fantasie ist grenzenlos, dafür brauche ich keinen Adrenalinkick auf dem Dach.« Mit diesem frivolen Glitzern in den Augen schiebt er eine Haarsträhne hinter mein Ohr und betrachtet eingehend mein Gesicht, das in sämtlichen Blau- und Violetttönen erblühen dürfte.

»Na dann …«, antworte ich und lehne mich im Kissen zurück. Ich schnüffele an der Bettwäsche. Selbst die hat er gewechselt. So unerzogen, wie ich dachte, ist er gar nicht.

»Deine Sexfibel sieht sicher keine demolierten Frauen vor, oder?«

»Nein, aus dem Grund hast du Welpenschutz. Wir sollten schlafen.«

»Du willst schlafen?«, hake ich nach, während er die Bettdecke über mich zieht, nachdem ich mich hingelegt habe. Danach rutscht er zu mir und legt sein rechtes Handgelenk in die Handschelle. Nachdem er das Licht ausgeschaltet hat, dreht er sich in meine Richtung.

»Grenze«, sage ich sofort schmunzelnd. »Hände bleiben bei dir.«

»Ich habe nur eine Hand, genau wie du. Trotzdem können wir mit diesen zwei Händen –«. *Bumm!* Ich schlage locker mit meiner einen gesunden Hand in sein Gesicht.

»Träum nicht mal davon. Wenn du an mir rumfummelst, wirst du morgen früh verknotet als Knäuel aufwachen. Das willst du nicht.«

»Ich würde es darauf ankommen lassen. Ich fummele gern an dir rum.« Plötzlich schiebt er seine Hand über meinen Bauch.

»Hast du Vilius nicht gehört?«

»Es sind nur Ratschläge, keine Anweisungen.«

»Er hat gesagt, kein Sex. Ich halte mich daran.«

»Dann sterbe ich.«

Ich lache, greife nach seinem Handgelenk und schiebe es unter der Decke zurück zu seinen Shorts. »Fummel an dir herum, bevor du stirbst.«

Aufgebracht knurrt er. »Mit dir wäre es –«.

»Nein. Wenn du dich nicht im Griff hast, gehe ich auf die Couch.«

»Vergiss es, ich muss mich an dir wärmen, nachdem ich draußen fast erfroren bin.« Wieder landet eine Hand auf meinem Körper. Dieses Mal auf meiner Hüfte, an der er mich zu sich dreht. Und erst da merke ich, wie warm er sich anfühlt. Möglicherweise stammen seine Sexfantasien nicht vom Kälteschock, sondern dem Fieber. So schnell?

»Du bist krank.«

»Du musst nicht gleich beleidigend werden«, murrt er.

»Nein, du hast erhöhte Temperatur.« Zu ihm gerollt schaue ich in sein Gesicht. Es brennt bloß noch oben eine gedimmte Lampe auf der Galerie.

»Kein Wunder. Mir wird jedes Mal heiß, wenn ich in deiner Nähe bin.«

»Kannst du deine Ironie und deinen Humor einmal ablegen und ernst sein?«

Besorgt beiße ich mir auf die Lippe, bevor ich nach seiner Stirn taste. »Okay, für dich versuche ich es. Selbst wenn ich Fieber hätte, würde ich Vilius deswegen nicht noch mal anrufen. Schlafen wir. Ich fass dich nicht an, keine Sorge, Moira. Falls ich jedoch im Bett sitze oder an der Handschelle zerre, weck mich. Du bist die Erste, die neben mir schläft, seit ich … diese Schlafprobleme habe«, sagt er eindringlich ohne jeden Witz. Er nimmt mich und die Sache wirklich ernst.

»Das mache ich. Eigentlich sollte man Schlafwandelnde nicht wecken.«

»Dann wirst du meine Lage ausnutzen?«

»Ja klar, wenn du von rhythmischen Bewegungen sanft aus dem Schlaf gerissen wirst, weil ich auf dir reite«, kann ich mir meinen Scherz nicht verkneifen. Er knurrt anzüglich.

»Du darfst perverse Fantasien äußern, ich habe ein Verbot erteilt bekommen. Warte ab, bis dein Welpenschutz aufgehoben ist, dann werde ich alles mit dir nachholen, was ich versäumt habe.«

Neugierig stütze ich den Kopf auf und schaue in sein Gesicht. Er liegt mir zugewandt und schließt einen Moment die Augen. »Wie sähe es aus?«

»Das wirst du sehen, wenn du …« Gähnend unterbricht er seinen Satz. »Du stöhnend darum bettelst, dass ich aufhöre. Allerdings … würde ich es mit dir anders machen, als mit den Frauen vor dir … Ich würde jeden Bissen genießen, nicht die gesamte Torte auf einmal essen … Ich will jeden Moment auskosten und dich jeden Tag woanders vögeln, bis ich den Verstand verliere. Bis ich irgend-wann wieder eine Frau liebe … lieb-en kann wie frü-her …«, spricht er die Worte verwaschen im Halbschlaf. Er sucht wirklich nach einer Frau, in die er sich verlieben will.

Ihn weiterhin betrachtend bette ich die gesunde Wange auf das Kissen, hebe die Hand über meinen Kopf und lausche seinen Worten, die irgendwann verstummen.

»Schlaf gut, Arūnas«, hauche ich vor seinen Lippen und streife sie zärtlich mit meinen.

24
ARŪNAS

Heilige Scheiße, wie spät ist es? 9.47 Uhr? Ich muss zweimal zum Funkwecker neben mir blicken, um zu begreifen, mehr als sechs Stunden am Stück geschlafen zu haben. Als ich mich stöhnend umdrehe, sehe ich Moira im Bett sitzen und mit einer Hand auf ihren Laptop tippen.

Nicht möglich. Sie ist vor mir wach?

»Hallo, Eisprinz, gut geschlafen?«

»Du hast doch statt an mir am Wecker herumgespielt.«

Sie lacht niedlich. »Weil ich einen heimlichen Wecker-Fetisch habe? Ja, klar, ich hatte eine wilde Orgie mit deinem Funkwecker. Bleibende Hirnschäden sind bei Erfrierungen keine Seltenheit.«

»Aber …« Hat sie mir was verabreicht?

»Du gerätst jetzt nicht ins Stottern, oder?« Wieder schmunzelt sie geheimnisvoll. »Ich bin seit sieben Uhr wach. Du hast sehr ruhig geschlafen, hin und wieder Sätze gemurmelt wie: Moira, ich liebe dich. Aber ansonsten war nichts auffällig.«

Sie verarscht mich doch. So was würde ich weder murmeln noch träumen. »Netter Versuch, um mein Herz zu erobern, Kleines, aber du musst es dir schon erkämpfen.«

Sie schaut von ihrem Laptop zu mir und klappt ihn zu. »Wir sollten ab heute getrennte Wege gehen. Ich habe lange hin und her überlegt, aber ich will das Risiko nicht eingehen und mir Magnus zum Feind machen. Ich stehe gleich auf, gehe duschen, werde was von deinem Müsli essen, ein Taxi bestellen und dann im Krankenhaus meine Hand röntgen lassen. Heute Abend wird mich Magnus wieder anrufen und wissen wollen, wofür ich mich entschieden habe.«

Ihre Entscheidung, ab sofort getrennte Wege zu gehen, trifft mich wie ein Faustschlag ins Gesicht. Normalerweise bin ich es, der die Ladys abweist oder den Kontakt abbricht.

»Das sind zu viel Informationen am Morgen. Du bist mein Schlafglücksbringer. Ich lass dich sicher nicht gehen.«

Stöhnend vergrabe ich das Gesicht im Kissen und muss ihre Worte verarbeiten.

»Es geht nicht anders.«

»Weil du auf den Affen hörst?«

»Der Affe ist ziemlich clever und weiß eine Menge über mich. Früher oder später wird er dich wieder angreifen.«

»Ausrede«, stöhne ich unter dem Kissen. »Du hast bloß Angst.«

»Ja, die habe ich auch«, wispert sie, legt den Laptop auf den Nachttisch und steht aus dem Bett auf. Danach läuft sie zur Tür und ich kann einen kurzen Blick auf ihren schlanken Körper und die runden sexy Pobacken erhaschen. Ehe ich den verdammten Schlüssel der Handschellen aus der Schublade kramen kann, ist sie verschwunden. Ich taste blind im Schubfach und finde den verdammten Schlüssel nicht. *Wo ist er hin?!*

Schlagartig wird mir bewusst, dass sie ihn hat. Ich zerre an der Handschelle und rufe: »Moira! Komm zurück. Ich schwöre, wenn du mich nicht befreist …« Unvermittelt höre ich das Rauschen der Regenkopfdusche. Sie steht unter meiner Dusche und wird meine Rufe nicht hören.

Verdammte Kacke! Ich richte mich auf, um mich irgendwie aus den Handschellen zu befreien. *Du bist so ein blöder Vollidiot. Sie hat sich nicht einmal die Mühe machen müssen, dich festzuketten, weil du es selbst erledigt hast.*

»Warte, bis ich dich in die Finger kriege!«, raune ich und versuche, meine Finger durch die Handschelle zu ziehen, obwohl ich ganz genau weiß, dass es nicht funktionieren wird.

Irgendwann stelle ich den Versuch ein. In mir brodelt der Zorn. Das Rauschen des Wassers verstummt endlich. Ich höre Schritte in meinem Appartement, dann, wie Müsli in eine Schüssel geschüttet wird.

»Komm auf der Stelle her!«

»Nein, du killst mich, wenn ich das tue.« *Darauf kannst du deinen hübschen Arsch verwetten!*

Ich beuge mich zur halb geöffneten Schlafzimmertür, um einen Blick zum Wohnbereich zu erhaschen. Doch ich sehe das kleine Monster nicht. Stattdessen höre ich, wie sie die Schüssel in den Geschirrspüler einräumt und danach ein Reißverschluss zugezogen wird.

»Beweg dich hierher!«, rufe ich erneut nach ihr. Bereits im Mantel angezogen, was sie ohne meine Hilfe hinbekommen hat, und mit gepackter Tasche betritt sie das Schlafzimmer. Sie umrundet das Bett und packt ihren Laptop ein, während ich sie fassungslos anstarre.

»Du machst wirklich die Biege?«

»Mir bleibt keine andere Wahl.« Sie tritt in einem halben Meter Abstand an meine Bettseite und atmet einmal tief durch. Ihre grünen Augen schauen zu der Handschelle, dann zu meinem nackten Oberkörper.

»Du hast sehr wohl eine Wahl. Keiner legt mich aufs Kreuz und lässt mich ans Bett gefesselt zurück.«

»Pech, du hast das selbst erledigt. Die Nacht war unvergesslich mit dir, Arūnas«, scherzt sie. »Ich würde dir gern einen Abschiedskuss geben, wenn ich nicht wüsste, dass du mir dabei das Genick brechen wirst.«

»Da liegst du sehr richtig! Gib mir die Schlüssel.«

Sie schüttelt den Kopf mit einem entschuldigenden Blick. »Ich werde später Vilius anrufen und ihm sagen, wo sich die Schlüssel befinden. Versuch bitte nicht, mir zu folgen. Ruh dich aus und pass auf dich auf.«

Ich schenke ihr einen irren Blick. »Verwechselst du mich mit deiner Oma?«

»Nein, ich meine es ernst. Versprich es mir.«

»Kannst du vergessen, Babe. Wenn ich loskomme, werde ich dich ans Bett fesseln und dich nicht mehr entkommen lassen.«

Sie schmunzelt über meine Worte. Plötzlich wirkt sie wie ihre Mutter früher, konzentriert und unnahbar. Sie ist sich ihrer Sache sicher, dass ich sie nicht finden werde? *Aber … wie?*

»Machs gut, Arūnas.«

Mit ihren gepackten Sachen verlässt sie das Schlafzimmer. Kurz darauf höre ich, wie die Appartementtür ins Schloss fällt. *Wann hat sie die Entscheidung gefällt, zu gehen?*

25

MOIRA

Im Hotel eingecheckt atme ich tief durch und ziehe mich um. Der Befund vom Krankenhaus hat glücklicherweise ergeben, dass weder Finger noch Knöchel gebrochen wurden. Trotzdem ist meine Hand angeschwollen und von Schürfwunden und Hämatomen überzogen, als hätte ich mich geprügelt.

Da hilft bloß, Schmerztabletten nehmen und meine bandagierte Hand schonen. Die Veilchen im Gesicht sind schwer zu kaschieren. Selbst Make-up hilft wenig. Mit der

Farbexplosion muss ich die nächsten Tage leben, ob es mir gefällt oder nicht.

Als ich mich im Hotel fertig eingerichtet habe, ist es kurz vor 22 Uhr. Arūnas dürfte längst von Vilius befreit worden sein. Eigentlich seit Mittag. Wenn er mich bis jetzt nicht finden konnte, ist meine neue Unterkunft gut gewählt.

Es ist das Beste. Für ihn und für mich. Er wird mich sicher schnell vergessen, sich zügig Ersatz suchen wie gestern Nacht Natalie und seinen Vanags-Dingen nachgehen. Wenn Ruhe eingekehrt ist und ein paar Wochen vergangen sind, nehme ich mir eine neue Wohnung und hoffe darauf, dass mich Magnus nicht länger terrorisiert.

Ich schaue eine Stunde lang eine Sendung im Fernsehen, bevor ich meine Sachen für meinen Job packe und mir meinen Tee zubereite, da ich meinen Wasserkocher aus der Wohnung mitgebracht habe. Ohne Tee würde mir etwas fehlen.

Danach verlasse ich mein Hotelzimmer und nehme den Aufzug. An der Rezeption begrüßt mich eine Frau, die mir einen schönen Abend wünscht. Ich denke nicht, dass er schön wird. Oder doch, wenn ich das Gespräch mit Magnus hinter mir habe.

~

IM CALLCENTER SIND Matas und Vilma vor mir da, während Polizisten zum Schutz um das Gebäude abgestellt wurden. Ich habe heute mit dem Ermittler telefoniert und ihm mitgeteilt, dass Arūnas möglicherweise ein Verdächtiger ist. Ich musste es tun, weil er ansonsten in das Gebäude eingedrungen wäre und mich abgepasst hätte. Doch ich hatte Glück. Kein schwarzer Mercedes parkte vor dem Gebäude. Kein dunkelblonder gut aussehender Mann wartete am Parkrand auf mich.

Einerseits war ich erleichtert. Andererseits hätte ich nicht gedacht, dass er so schnell aufgibt. Es ist gut so, besser, als wenn er sich in Gefahr begeben würde. Denn eines weiß ich: Magnus ist unberechenbar und kaltblütig. Möglicherweise ist er sogar eifersüchtig.

Es ist kurz nach halb ein Uhr nachts, als ich einen Anruf entgegennehme und Magnus' tiefer gestellte Stimme höre. Er muss einen Stimmverzerrer benutzen, denn als ich ihn im Keller sprechen gehört hatte, klang seine Stimme anders. Jünger, klarer, maskuliner. Oder aber er hat mich getäuscht und hinter der Maske verbarg sich nicht Magnus, sondern einer seiner Anhänger. Er liebt Tricks und Täuschungen. Er mag es, Leute zu manipulieren und sie hinters Licht zu führen. Und am liebsten stiftet er Verwirrung.

»Einen wunderschönen Abend, kleine Moira. Habe ich dir gefehlt?« Der Ermittler lauscht angespannt Magnus' Worten und versucht, mit seinen Leuten herauszufinden, von wo aus Magnus anruft. Vilma verhält sich auffällig ruhig und telefoniert, während Matas das Gespräch verfolgt.

»Ja, ich habe dich sehr vermisst. Wie geht es dir?«, erkundige ich mich, wie er es meistens tut, um das Gespräch aufzulockern.

»Nach deiner Begegnung etwas mitgenommen.« Der Ermittler starrt mich fragend an. Er weiß nichts von meiner Entführung.

»Du wirst doch nicht nachtragend sein?«

»Mir gefällt dein Biss, den du heute an den Tag legst. Allmählich bricht dein wahres Ich aus dir hervor«, schmeichelt er mir und lacht beschwingt. Er sympathisiert mit mir, was mir zwar einerseits nicht gefällt, andererseits meine Anspannung löst.

»Kommen wir zum Wesentlichen und lassen die halbherzigen Komplimente hinter uns. Für welche Option hast du dich entschieden?« Ich wusste, er würde nicht lange um den heißen Brei herumreden.

Ich nehme einen Schluck von meinem Tee, schaue zum Ermittler, der meine Antwort kennt, und antworte: »Ich möchte mich aus allem heraushalten.« Der Ermittler weiß nicht, dass es eine dritte Option gab. Er kennt nur zwei Antworten. Entweder Magnus' Clan beitreten oder nicht. Genau aus dem Grund ist er skeptisch, dass Magnus meine Entscheidung akzeptieren wird.

Theatralisch atmet Magnus durch. »Genau die Antwort habe ich erwartet. Ich bin enttäuscht, dass du dich nicht zu deiner dunklen Seite bekennst und weiterhin deine Lebenszeit mit tristen alltäglichen Gewohnheiten, wie sie Millionen Menschen nachgehen, verschwenden willst. Zusammen hätten wir harmonisiert und Großes bewirken können«, versucht er mich umzustimmen. Ein Polizist unweit von uns entfernt schnaubt abfällig.

»Du hast mir die Wahl gelassen.« Warum also ist er enttäuscht?

»Nun stelle ich dich vor eine neue Wahl, Moira.« Nein. Ich will, dass es aufhört. Dass er mich nicht mehr kontaktiert und in Ruhe lässt.

»Ich steige aus. Ich dachte, wir wären uns einig darüber

gewesen, dass du mich ab sofort in Ruhe lassen wirst, sobald ich eine Wahl getroffen habe.«

Nun erklingt ein süffisantes schallendes Lachen, auf das eine gekünstelte Pause folgt.

»Das hätte ich auch, wenn du dich an die Regeln gehalten hättest und heute Nacht nicht in das falsche Bett gestiegen wärst.« Er weiß darüber Bescheid, dass ich bei Arūnas übernachtet habe.

»Ich wollte es mit ihm klären.«

»Nenn es, wie du willst«, antwortet er harsch. »Du hast dich nicht von ihm ferngehalten.« Ich sehe in den Augen der Beamten die Frage, wer gemeint sein könnte. Das werde ich ihnen sicher nicht sagen. Ich bin heilfroh, dass Magnus nicht seinen Namen nennt. »Es bleibt das Gleiche, zumindest für mich. Was mich am meisten stört, ist die Tatsache, wie du behandelt wurdest.«

Mehrmals blinzelnd schaue ich zum PC-Monitor und drücke den Rücken durch. Auch das weiß er?

»Plötzlich so still? Was haben die netten Beamten zu deinem Gesicht gesagt? Hat es Sie interessiert, was passiert ist, oder ist Ihnen meine Inhaftierung wichtiger? Was denken Sie darüber, Kommissar Tamulis? Ich höre!«

Der Ermittler beginnt neben mir unruhig zu werden, dann in mein Gesicht zu starren. »Wir sind nicht hier, um gegen häusliche Gewalt vorzugehen, sondern –«.

»Ah, da haben wir es«, unterbricht Magnus ihn mit seinem selbstsicheren, intellektuellen Auftreten. »Es kümmert euch einen Scheißdreck, was mit den Bürgern dieser Stadt geschieht. Wärt ihr nicht so nachlässig, müsste ich nicht hinter euch aufräumen.«

Sofort erinnere ich mich an Magnus' Worte. Wir bestrafen die, die anderen Menschen Schaden und Leid zugefügt haben.

»Wenn du mieser Bastard dich für etwas Besseres hältst, kann ich darüber bloß lachen. Du bist der Abschaum der Gesellschaft, dem endlich Einhalt geboten werden sollte. Mit deinen elenden Spielchen und Tricks wirst du irgendwann einen Fehler begehen und dann werden wir dich endlich schnappen!«

»Könntest du dem aufgebrachten Kommissar bitte nicht das Feld überlassen, Moira. Wir wollen doch nicht, dass unser kompetenter Ermittler sein Gesicht verliert, seinen Anstand vergisst und Dinge sagt, die er womöglich bereuen könnte, deshalb stelle ich dich erneut vor die Wahl. Deine Angreiferin selbst zu töten oder …«

»Du hast Natalie?«

»Sollte ich sie davonkommen lassen nach dem, was sie dir angetan hat?« Soll bedeuten, er will sich bei ihr rächen, weil sie mir Schmerzen zugefügt hat? Wieso? Warum bin ich ihm so wichtig?

»Lass mich ausreden. Entweder du tötest sie oder ich kümmere mich um deine Ablenkung, die dir den Kopf verdreht. Beide sind hier. Du erhältst morgen weitere Informationen.«

»Du hast Ar…«

»Lass dir nicht zu viel Zeit. Triff dieses Mal die richtige Wahl und tu dir selbst den Gefallen und meide endlich die Polizei. Sie haben bei der Ermordung deiner Mutter nichts ausgerichtet, sie werden dir auch jetzt nicht helfen können. Schlaf gut und träume von mir.«

Wie erstarrt schaue ich auf die Tastatur und kann nicht glauben, dass er das Spiel fortsetzt. Statt Dalia hat er nun Natalie und Arūnas. Er muss mir keine Beweise liefern, um mir zu versichern, mich nicht belogen zu haben. Denn ich habe den gesamten Tag über keine Nachricht von Arūnas erhalten, er hat mich nicht aufgesucht. So wütend, wie er war, hätte er die Stadt nach mir umgegraben, um mich zu finden. Doch er muss aufgehalten worden sein. Von Magnus.

Das Freizeichen ertönt wie das unheilvolle Omen kurz vor dem Tod eines Menschen. Ich bin nicht frei, auch wenn er mich nicht mit Ketten gefangen hält. Ich kann keine Entscheidung selbst treffen, obwohl er mich zu nichts zwingt.

Wer zur Hölle bist du, Magnus?!

Und warum hast du ausgerechnet mich als Spielpartner für deine mordlustigen Pläne ausgesucht? *Warum mich!*

NACHWORT

THANK YOU

für den Kauf oder die Ausleihe des ersten Parts. Wenn dir die Geschichte gefallen hat, würde ich mich sehr über ein Feedback freuen.

Schon Ende Februar werdet ihr erfahren, ob sich Moira auf Magnus Wahl einlässt oder aus dem kranken Spiel aussteigen wird. Zudem werden weitere Hintergründe aufgedeckt und Fragen beantwortet werden, wie: aus welchem Grund hat sich Magnus ausgerechnet Moira ausgesucht? Warum verschont er sie und bringt andere Menschen – ohne ihnen eine Chance zu geben – um? Liegen die Antworten in Moiras Vergangenheit versteckt? Und was wird aus Arūnas? Hat er in Moira die Partnerin gefunden, nach der er ernsthaft sucht?
Dies und vieles mehr erfahrt ihr Ende Februar.
Es war mir ein Vergnügen, euch zu unterhalten.

XOXO

♥

Yuna Drake

Erscheint demnächst

EVER say EVER
FOREVER say FOREVER

Bisher erschienen

Nachtblütenkuss
Follow your Passion
Broken Blackness